El encanto de
Artemisa

El encanto de Artemisa. Los Lancaster 5

Originally published in English under the title:
Charming Artemis
Copyright © 2021 Sarah M. Eden
Spanish translation © 2023 Libros de Seda, S.L.
    Published under license from Covenant Comunications, Inc.
ALL RIGHTS RESERVED. No part of this work may be reproduced in any
    form or by any means without permission in writing from the publisher.

© de la traducción: Laura Fernández Nogales

© de esta edición: Libros de Seda, S.L.
    Estación de Chamartín s/n, 1ª planta
    28036 Madrid
    www.librosdeseda.com
    www.facebook.com/librosdeseda
    @librosdeseda
    info@librosdeseda.com

Diseño de cubierta: Nèlia Creixell
Maquetación: Rasgo Audaz

Imágenes de cubierta: © Lauren Rautenbach / Arcangel Images

Primera edición: septiembre de 2023

Depósito legal: M-27366-2023
ISBN: 978-84-19386-25-0

Impreso en España – Printed in Spain

SARAH M. EDEN

El encanto de
Artemisa

Libros de
seda

A Katherine, mi Artemisa

Espero que nunca olvides lo fuerte que eres
y te ames con todo tu corazón.
Y que nunca dejes de luchar por lo que más
quieres en la vida.

Jonquil

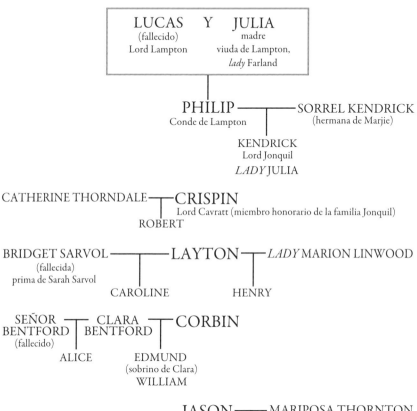

LUCAS Y **JULIA**
(fallecido)   madre
Lord Lampton   viuda de Lampton,
                            lady Farland

PHILIP —— SORREL KENDRICK
Conde de Lampton   (hermana de Marjie)

KENDRICK
Lord Jonquil
LADY JULIA

CATHERINE THORNDALE —— **CRISPIN**
Lord Cavratt (miembro honorario de la familia Jonquil)
ROBERT

BRIDGET SARVOL —— **LAYTON** —— *LADY* MARION LINWOOD
(fallecida)
prima de Sarah Sarvol
CAROLINE   HENRY

SEÑOR —— CLARA —— **CORBIN**
BENTFORD BENTFORD
(fallecido)
ALICE   EDMUND
                  (sobrino de Clara)
                  WILLIAM

JASON —— MARIPOSA THORNTON
ISABELLA

MARJIE KENDRICK —— **STANLEY**
(hermana de Sorrel)
LUCAS

HAROLD —— SARAH SARVOL
(prima de Bridget Sarvol)

LADY JULIA
(fallecida)

CHARLIE

Lancaster

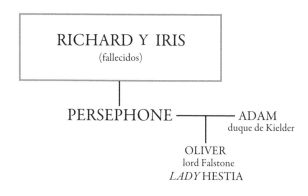

RICHARD Y IRIS
(fallecidos)

PERSEPHONE ——— ADAM
duque de Kielder

OLIVER
lord Falstone
LADY HESTIA

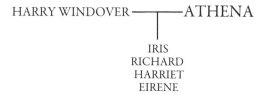

HARRY WINDOVER ——— ATHENA

IRIS
RICHARD
HARRIET
EIRENE

EVANDER
(fallecido)

LINUS ——— ARABELLA HAMPTON
(miembro honorario
de la familia Jonquil)

JAMES ——— DAFNE
lord Techney

LADY CASSANDRA
OGDEN

ARTEMISA

Capítulo 1

Shropshire, 1803

rtemisa Lancaster no solía ir al pueblo con sus hermanas mayores. La familia se dedicaba a hacer la colada de otras más pudientes a cambio de algunas monedas, y para ello tenían que acudir a la plaza del mercado dos veces a la semana, una para recoger las cestas y otra para devolverlas con la ropa limpia. Pero ese día, por fin habían permitido que las acompañara.

Su padre también iba. Y nunca hablaba con ella. Artemisa sabía que ella no le gustaba, pero quería agradarle como fuera. Él no paraba de repetirle a Perséfone, la hermana mayor, lo agradecido que le estaba por su duro trabajo y por su gran ayuda. Perséfone ya tenía dieciocho años. Era bastante mayor. Artemisa tenía seis y, aunque parecía demasiado pequeña para ayudar, aquella era su oportunidad de demostrarle a su padre que era buena y útil. Por lo menos pensaba intentarlo. Siempre lo intentaba.

Llevó una de las cestas de la colada hasta Heathbrook, a pesar de que era demasiado grande. No dejaba de mirar a su padre, con la esperanza de que él se diera cuenta de que estaba trabajando sin quejarse.

Pero él no la miró. Ni una sola vez. Nunca lo hacía.

Cuando llegaron a la plaza del mercado, le dio la cesta a Perséfone para que la colocase encima del muro, donde se suponía que debían esperar a las personas que acudirían a recoger la colada que las hermanas habían hecho a principios de semana.

—Voy a la librería —dijo su padre.

Perséfone asintió. No parecía sorprendida. ¿Su padre solía ir a la librería mientras sus hermanas esperaban a que vinieran a buscar la ropa limpia?

De pronto se acercó una mujer muy seria.

Perséfone examinó las cestas.

—Es esa.

Señaló la que estaba junto a Atenea, unos años menor que ella.

Las tres se pusieron a hablar sobre algo de la colada. Artemisa no tenía nada que hacer. Quizá su padre pudiera asignarle alguna tarea. Seguro que se mostraba agradecido si ella se ofrecía a trabajar.

Se fue por donde lo había visto marchar, apretando el paso para alcanzarlo. La plaza del mercado estaba a rebosar. Había más gente de la que había imaginado, pero no pensaba acobardarse. Avanzó sorteando a la gente, aunque tropezó varias veces, se cayó al suelo y terminó con heridas en las rodillas.

Se había desgarrado el dobladillo del vestido. A su padre no le iba a gustar nada. La ropa era muy importante, y su familia no tenía mucho dinero. Lo sabía con toda seguridad, se hablaba de ello a menudo en su casa.

Artemisa se acercó al escaparate de una tienda para alejarse del gentío. Notaba el latido del corazón en las palmas de manos, arañadas y enrojecidas por las caídas. Le sangraba una rodilla.

¿Debía seguir buscando a su padre? Quizá le horrorizase verla en ese estado y quisiera que se marchara. Aunque no se lo diría. Él nunca le decía nada.

Dejó caer los hombros en un gesto de abatimiento. Tal vez lo mejor era que regresara con Perséfone y Atenea. Aunque ellas no necesitaban su ayuda. Y quizá su padre sí. Hasta puede que se alegrara mucho de tenerla a su lado. Por una vez.

Lo iba a intentar. Sería valiente y lo intentaría.

Siguió caminando por la calle, intentando olvidar el dolor en las manos y las rodillas, decidida a demostrarle a su padre que era una buena hija. Pero no encontró ninguna librería. Dobló por una calle distinta. Y allí tampoco encontró ninguna.

Pasado un buen rato, todas las calles le parecían iguales.

No sabía dónde estaba ni cómo volver con sus hermanas. Ni con su padre. O cómo volver a su casa.

Se había perdido.

Se le hizo un nudo en la garganta y se le entrecortó la respiración. Con los ojos inundados de lágrimas, no pudo contener los sollozos. ¿Qué pasaría si nadie la encontraba? ¿Y si nadie se daba cuenta de que se había perdido? Quizá su familia regresara a casa y todos olvidaran que tenían una hermana pequeña.

Artemisa se dejó caer al suelo, se hizo un ovillo y lloró y lloró. Estaba perdida y sola.

—¿Qué ha pasado? —Oyó la voz de un hombre, que preguntaba con delicadeza y amabilidad—. ¿Por qué lloras?

Ella levantó un poco la cabeza. Un caballero que no conocía se había arrodillado en el suelo delante de ella. Estaba tan cerca que lo oyó pese a haber susurrado, pero lo bastante alejado como para que se sintiera tranquila a pesar de no conocerlo.

Él sonrió un poco. Tenía un rostro agradable.

—¿Te has hecho daño?

Ella asintió y alzó las palmas arañadas.

—Me he caído.

—Lamento oírlo. —Se sentó en el suelo. Ella jamás había conocido a ningún adulto que se sentara en el suelo sin importarle la suciedad. Siempre les preocupaba demasiado mancharse la ropa o llenarse de barro—. ¿Te has lastimado algo más que las manos?

Ella se limpió la nariz con el reverso de la mano.

—Las rodillas. Y me he roto el vestido.

El hombre se sacó del bolsillo un pañuelo de tela suave, con diminutas flores bordadas en una esquina, y se lo dio.

—Eres demasiado pequeña para estar aquí sola. —Le hablaba con una expresión y un tono de voz que revelaba preocupación—. ¿Tus familiares andan por aquí?

—Los he perdido —admitió, sorbiendo por la nariz—. Hay demasiada gente y me he caído... y después ya no sabía dónde estaba.

—Límpiate la nariz y los ojos —le dijo—. Te ayudaré a encontrar a tu familia.

—¿Sí?

Él le sonrió con ternura.

—No me separaré de ti hasta que los hayamos encontrado.

Era un ofrecimiento muy amable, pero ella se echó a llorar, no supo por qué.

El hombre no la había regañado ni se había marchado disgustado.

—Llora todo lo que quieras. Aguantarse las lágrimas solo provoca más llanto.

¡Aquel hombre la entendía! Cuánto había necesitado que alguien le prestara atención y comprendiera la tristeza que sentía siempre en el corazón.

Artemisa se acercó a él y le apoyó la cabeza en el pecho. Él la rodeó con el brazo. La delicadeza con la que la estrechó y la ternura que intuyó en sus ojos le recordaban a Perséfone, que siempre sabía cómo tranquilizarla. Y, sin embargo, él era más bien de la edad de su padre. Su padre, que jamás la atendía como lo hacían sus hermanas. La pequeña cerró los ojos y lloró con más fuerza. Se llevó el pañuelo prestado a la cara, demasiado desconsolada como para enjugarse las lágrimas.

—Siento mucho que hayas tenido un día difícil, princesa —le dijo en voz baja.

—Todos... los días... son difíciles —confesó ella de forma entrecortada por el llanto—. Tenemos que hacer la colada para otras personas. Y yo... he traído la cesta, pero mi padre no se ha dado cuenta. Nunca se fija.

—¿No se fija en las cestas?

—No se fija en mí.

La voz de aquel hombre resultó incluso más amable.

—Lo siento.

La pequeña respiró hondo, algo temblorosa. Notó el corazón acelerado y la cabeza le daba vueltas, pero se sentía segura y protegida, algo excepcional para ella.

—Si tú quieres, princesa —añadió él—, podemos dar un paseo por el pueblo y buscar a tu familia. O también podemos quedarnos aquí sentados y esperar a ver si pasan buscándote.

—¿Crees que me estarán buscando? —preguntó ella esperanzada.

—No cabe ninguna duda.

Aquello la reconfortó mucho más de lo que habría imaginado.

—¿Crees que debemos ir a buscarlos o que es mejor quedarse aquí?

Él le tomó el brazo con delicadeza.

—Dejaré que tomes tú solita esa decisión.

Artemisa daba vueltas al pañuelo de aquel hombre mientras reflexionaba. Recorrer las calles de Heathbrook sería cansado. Pero si se quedaban allí sentados esperando a su familia y no aparecía nadie, se le rompería el corazón.

—Creo que deberíamos ir a buscarlos —repuso.

—Pues eso haremos.

El hombre se incorporó y la ayudó a levantarse.

La pequeña le tendió la mano y él la estrechó con suavidad. Dejó que fuera la niña quien decidiera por dónde empezar a buscar; solo la detuvo en una ocasión, cuando ella sugirió que se internaran por un callejón estrecho y oscuro.

—Siempre es mejor quedarse en la luz, princesa.

Recorrieron las calles del pueblo, mientras él se paraba de vez en cuando al cruzarse con alguien. Ella observaba a todo el mundo, pero no encontraba a nadie de su familia. Entretanto, él trataba de distraerla con preguntas como cuál era su color favorito, si tenía alguna canción preferida, qué comería si pudiera elegir lo que quisiera, qué juego le gustaba más. Poco a poco fueron secándose las lágrimas. También desapareció su permanente sensación de soledad. Se reía cuando él le hacía alguna broma y le estrechaba la mano con fuerza.

—Ahí está la tienda de caramelos —dijo la niña señalando el edificio—. Mis hermanos siempre se quedan mirando el escaparate y se imaginan que tienen un montón de caramelos.

—¿Crees que tus hermanos podrían estar dentro? —preguntó su caballero de reluciente armadura.

—Ahora no están —repuso la pequeña—. Ya no volverán a casa.

—¿Te gustaría entrar y elegir un caramelo, princesa?

La pequeña alzó la vista y miró a los ojos al amable desconocido.

—¿Puedo?

—Claro que sí.

Nunca había estado en una tienda de caramelos. No tenía ni idea de qué elegir. Tras repasar los diferentes sabores, el hombre le sugirió que probara uno de menta. Se lo compró y se despidieron del tendero.

Artemisa lamía su preciada chuchería mientras retomaban el paseo por Heathbrook.

—¿Tienes una casa para vivir? —preguntó la niña.

—Claro. He vivido allí casi toda mi vida.

—Yo he vivido en la mía toda la vida —repuso ella.

Él sonrió.

—Somos como gemelos.

—¿Tienes caballo?

Asintió.

—Tengo varios. Me gustan mucho los caballos.

—Nosotros no tenemos —lamentó la pequeña—. Pero he visto algunos. Son muy grandes.

—Sí que lo son, princesa.

A Artemisa le gustaba que la llamara así. Su padre nunca la llamaba por su nombre.

—¿Tienes hijos?

—Pues sí . Pero hoy no están aquí conmigo.

—¿Los echas de menos?

—Siempre los extraño cuando no están.

¿Su padre la extrañaría? Probablemente no.

—Yo podría ser tu pequeña mientras estés aquí —le dijo—. Así no te sentirías solo.

—Me encantaría.

—¿Puedo...? —Artemisa guardó silencio antes de acabar la pregunta. Él podría decir que no y su corazón se rompería para siempre.

Él dejó de caminar y se puso en cuclillas delante de ella.

—Por favor, no tengas miedo de preguntarme nada.

La pequeña le apoyó la cabeza en el hombro; por algún motivo se sentía más valiente si no lo miraba a los ojos.

—¿Puedo llamarte papá?

—Claro que sí.

Y entonces se echó a llorar de nuevo. Le rodeó el cuello con los brazos. Siempre tenía las emociones a flor de piel. Él la hacía sentir protegida y eso, por motivos que su corazón de seis años no podía comprender, le provocó el llanto.

El hombre la consoló con un abrazo.

—Llora todo lo que quieras. Seguiremos buscando cuando estés preparada.

Un papá que la abrazaba y le hablaba con amabilidad. Un papá que la quería. Era lo único a lo que aspiraba.

—Normalmente soy una niña feliz —se disculpó—. No lloro todos los días.

—No tiene nada de malo llorar cuando uno lo necesita. O reírse cuando uno tiene el corazón contento. O guardar silencio cuando uno tiene la cabeza ocupada pensando en cosas.

La pequeña volvió a apoyar la cabeza sobre él.

—A mí me gusta saltar cuando me apetece hacer un poco el tonto.

—¿Quieres que te cuente un secreto, princesa?

—Sí, por favor —susurró entusiasmada.

—A mí me encanta hacer el tonto.

Ella se retiró un poco y lo miró.

—Pero tú no eres un niño pequeño.

—A los adultos también les puede apetecer hacer el tonto.

A Artemisa le gustó oír eso. Le gustó mucho.

—Creo que a mí me gustará hacer el tonto toda la vida. Incluso cuando sea adulta.

—Eso me haría muy feliz, princesa.

—¿Estarás orgulloso de mí, papá?

Su padre le decía a Perséfone, a veces, que estaba orgulloso de ella.

—Muy orgulloso —repuso él—. ¿Y si yo hago el tonto toda la vida...?

—Yo estaré muy orgullosa de ti —afirmó la pequeña con tono muy solemne.

A él el brillaron los ojos y esbozó una gran sonrisa.

—Será un honor saber que estás orgullosa de mí.

Le encantaba hablar con aquel desconocido.

—Podemos seguir buscando.

Retomaron la búsqueda. Ella lo llamaba papá y él la llamaba princesa. Por primera vez en su vida, se sentía querida e importante de verdad.

Él estaba orgulloso de ella. Y los dos iban a hacer el tonto juntos. Y él la adoraría y le enseñaría todo lo que necesitaba saber sobre tiendas de caramelos... y no se enfadaría si lloraba. Tal vez incluso saltase con ella.

Papá y su princesa. Jamás volvería a sentirse sola.

—Oh, ahí está la plaza del mercado —dijo.

—Así es. —La miró—. ¿Crees que tu familia puede estar por aquí?

La niña asintió. Observó la multitud, mucho menos numerosa que antes.

—Dime si los ves.

Al poco, ella exclamó:

—¡Allí! —Señaló a Perséfone, que caminaba por entre los puestos del mercado—. ¡Allí. Allí!

Él la ayudó a abrirse paso entre la gente.

—Corre antes de que la pierdas de vista.

Artemisa corrió hacia su hermana. Le iba a encantar conocer a papá. Seguro que también sería amable con ella; sabía que lo sería.

—Artemisa... —Perséfone susurró su nombre cuando la vio y le dio un abrazo—. ¿Dónde te habías metido? No te encontrábamos.

—Me he caído, me he hecho daño en las manos y las rodillas, y después me he perdido.

—¡Cielos!

Perséfone la miró de arriba abajo.

—Pero un hombre me ha ayudado a volver. Y me ha dado un caramelo de menta. Tiene una casa y caballos y niños... y no se ha enfadado cuando he llorado... y me ha dicho que hacer el tonto es bueno.

Perséfone miró a su alrededor.

—¿Qué hombre, Artemisa?

La pequeña se volvió y señaló con el pañuelo hacia donde estaba, hacia donde había estado. Pero papá ya no estaba allí.

Miró a su alrededor, desesperada. Se había marchado. Él la había abrazado y había sido cariñoso con ella. Y después se había marchado.

Perséfone la tomó de la mano y se la llevó de la plaza del mercado.

Artemisa estrechó el pañuelo de papá contra su corazón sin dejar de mirar para atrás con la esperanza de verlo. Pero no lo vio.

Se le encogió el corazón, pero pronto dejó de sentirse preocupada. Papá no se había comportado como alguien que no quisiera volver a verla. La buscaría; lo sabía. Y ella lo buscaría a él.

La había encontrado una vez. Podía volver a hacerlo. Allí, en Heathbrook. Volvería a verlo. Seguro. Y mientras supiera que él estaba allí, en algún sitio, buscándola, se sentiría querida.

Capítulo 2

Londres, primavera de 1818, quince años después

Charlie Jonquil odiaba Londres. Por desgracia, uno de sus amigos íntimos, Newton Hughes, se quería casar allí, y él era demasiado buen tipo como para decepcionar a su amigo o a su futura esposa. Por eso se encontraba en el corazón de la vibrante metrópolis, deseando poder estar en cualquier otro sitio.

—Por el aspecto que tienes cualquiera diría que te estoy obligando a asistir a tu propio ahorcamiento —protestó Newton, mirándolo desde el asiento de enfrente, en el carruaje en el que viajaban junto a su amigo Thomas Comstock, al que todos llamaban Toss, de camino al baile de compromiso.

—Para el caso es como si lo fuera —replicó Charlie—. Ya sabes que no me gustan las fiestas.

—Y tú sabes que sé que eso no es del todo cierto.

—Bueno, pues entonces es Londres lo que no me gusta.

—Una conclusión decididamente rara para una persona tan lógica como tú —terció Toss.

—No podría ser más lógica —repuso Jonquil—. Reúne a todas las familias e individuos del reino con tiempo libre y podridos de dinero. Súmale una ciudad repleta de oportunidades para presumir de ambas cosas. Multiplícalo por...

—Dios, ahora se pone matemático —murmuró Toss.

—Tú lo has provocado —repuso Newton.

Charlie no se inmutó.

—Multiplícalo por la insana obsesión social por la apariencia y la frivolidad... No se puede llegar a ningún resultado que no hable de...

—Falsedad y superficialidad —entonaron sus amigos al unísono y al mismo tiempo que él.

Se rieron los tres. El exagerado desprecio de Charlie por Londres siempre era objeto de broma para los tres amigos.

—Espero que encuentres la forma de mostrarte mínimamente encantador —comentó Toss—. Tienes que estar a la altura del nombre que te puso tu sobrina.

Ya hacía mucho tiempo que su sobrina, cuando trataba de pronunciar correctamente los nombres de toda la familia, lo había bautizado como «tío Chorlito».

—Supongo que puedo intentarlo —convino con fingido desagrado.

—Eso espero —repuso Newton—. Los anfitriones del baile de compromiso son el duque y la duquesa de Kielder, un honor que solo han concedido a dos damas más, y eran las hermanas de la duquesa. No podría negarle a mi querida Ellie una entrada tan impresionante en la sociedad londinense.

Charlie entendía perfectamente el motivo por el que estaban allí y lo inútil que era esperar que su amigo Newton tratara siquiera de cambiar de lugar de celebración los eventos previos a la boda o de la ceremonia en sí. Pero tenía otras objeciones.

—¿No había forma de no invitar a Artemisa?

Artemisa Lancaster era lo más parecido a un enemigo que había tenido en la vida. Habían conseguido establecer una especie de alto al fuego durante el cortejo de Newton y Ellie, pero tendrían que retomar sus disputas una vez que sus amigos estuvieran casados.

—Dado que la duquesa es hermana de Artemisa, que mi Ellie es amiga suya y Falstone House es su casa en Londres..., no.

Charlie suspiró con dramatismo.

—Espero que el hecho de que no haya decidido ya tirarme del carruaje dé buena muestra de lo mucho que valoro nuestra amistad.

—Me ocuparé personalmente de que alguien escriba unos versos al respecto —bromeó Toss.

—Que sea en verso pentámetro, por favor. No hay nada más impresionante que el verso pentámetro.

Toss lo miró fingiendo confusión.

—Para ser una persona decidida a impartir sesudas conferencias sobre matemáticas, tienes opiniones muy formadas sobre poesía.

—El verso pentámetro es matemática pura —replicó Charlie—. Por eso me gusta tanto.

—Supongo que ya te habrás dado cuenta de que vas a ser un catedrático insoportable —le advirtió Newton—. Los estudiantes asistirán a regañadientes a tus clases y saldrán corriendo cuando terminen, encantados de recuperar la libertad.

Charlie se rio.

—Pues yo disfruto mucho de las conferencias sobre matemáticas a las que asisto. Y no soy el único.

—Tú y tus compañeros sois unos tipos extravagantes —afirmó Toss, negando con la cabeza.

Es posible que fuera raro, pero Jonquil no se avergonzaba de su pasión por los números. Le reconfortaba saber que algo se le daba tan bien. Después de dar muchos tumbos había descubierto, por fin, qué quería hacer con su vida; había hallado un propósito.

Nadie se hacía rico ejerciendo como catedrático en Cambridge, pero tendría una ocupación y un sueldo. Ese pequeño ingreso unido a la modesta suma que recibía de la propiedad de su difunto padre, bastaría para vivir holgadamente. Buscaría algún alojamiento humilde cerca de la universidad, contrataría un ama de llaves y viviría una existencia tranquila y gratificante compartiendo su amor por las matemáticas con otros extravagantes como él.

Tendría que quedarse soltero toda la vida, pero ese era el precio que uno debía pagar cuando decidía hacer carrera como catedrático.

No solo por no disponer del dinero suficiente para mantener a una esposa o una familia con holgura. Según las normas de la universidad, un catedrático no podía casarse. Al principio no le gustó esa condición y descartó el objetivo. Pero ninguna otra carrera le atraía tanto. Había dedicado casi dos años a ese empeño, y cada vez estaba más cerca de conseguirlo.

—Mi padre está encantado de saber que esta noche tu hermano mayor y tu cuñada asistirán al evento —comentó Newton—. Siempre le ha parecido que tienes una familia admirable.

—¿Y tú no le has corregido para que cambie de opinión? —Toss hizo chasquear la lengua—. Viviendo siempre en la mentira... Qué decepción.

—¿Y quién soy yo para difamar el buen nombre de los Jonquil? Eso lo dejo en las capaces manos de Charlie.

Newton era un gran amigo. Una pena que ya hubiera terminado de formarse en Cambridge. Ellos tres, junto al cuarto y al quinto miembro de la pandilla, Duke y Fennel, habían compartido grandes juergas durante su etapa universitaria.

—Supongo que mis cuñadas tendrán que salvar el nombre de la familia —repuso Charlie—. Seguro que lo consiguen.

—Tus hermanos han elegido bien —admitió Newton.

Jonquil le dedicó una sonrisa.

—Igual que tú.

—¿Crees que alguna vez conocerás una mujer que te vuelva tan loco que llegues a considerar abandonar tu carrera como catedrático? —preguntó Toss—. Me cuesta imaginar que una chica pueda provocarte tanto interés como las matemáticas.

—No descarto la posibilidad —admitió—, pero tendría que estar completa e irreversiblemente enamorado, y ella no solo tendría que sentirse exactamente igual, además debería estar dispuesta a vivir en la pobreza. Y como lo más probable es que esa combinación perfecta no exista, estoy perfectamente conforme con la vida que pueda llevar como académico soltero.

—¿Pero qué pasaría si te acabas enamorando perdidamente? —insistió Toss.

—Que te escribiría una carta usando versos pentámetros en la que te comunicaría mi cambio de planes.

—¿Yo también recibiría una? —quiso saber Newton.

—Claro.

Toss miró al amigo prometido con divertida camaradería.

—Comprobaré el correo cada día aguantando la respiración.

—Te vas a asfixiar, amigo —repuso Newton con su habitual ironía.

El carruaje se detuvo delante de la casa del duque de Kielder. Todavía no había mucha gente. Como Newton era el novio, se suponía que debía llegar un poco antes del comienzo del baile. Charlie había tenido que elegir entre pasar la tarde con sus amigos o con su hermano, y eligió a los primeros. No tenía ningún problema con los demás Jonquil, pero con sus amigos nunca se sentía prescindible.

El mayordomo los recibió y los acompañó hasta el lugar exacto, fuera del salón de baile, donde la familia residente y Newton deberían recibir a los invitados cuando el baile diera comienzo. Los tres se sentaron en las sillas dispuestas en el largo pasillo, pues sabían que tendrían que esperar hasta que los anfitriones y la novia terminaran de prepararse para la velada.

—¿Se espera que asistan tus futuros suegros? —preguntó Charlie, cuando los sirvientes se marcharon a terminar los preparativos.

Newton asintió.

—Pero han tenido que prometer que se comportarían. El duque los ha aterrorizado tanto que ni si quiera Ellie está ya preocupada de que puedan armar algún lío.

—¿Y ese miedo bastará para evitar que te causen problemas durante el resto de tu vida? —Charlie estaba preocupado. También consideraba a Ellie una buena amiga y no quería que nadie pudiera hacerla infeliz —. Seréis familia para siempre.

—¿De verdad piensas que Artemisa no arrasaría con medio reino para vengar a Ellie si su familia le provocara la más mínima infelicidad? ¿O que yo no haría lo mismo?

Aunque Charlie no tuviera buena sintonía con Artemisa, ni ella con él, debía que admitir que ella siempre era fiel a su grupo de amistades y que jamás dudaría en acudir en su defensa. Y el hecho de que uno de sus amigos estuviera a punto de casarse con una de las amigas de ella significaba que ya no podría evitarla por completo durante el resto de su vida. Pero suponía que podría soportarla de vez en cuando por Newton. Y por Ellie.

—Te envidio un poco —admitió Jonquil—. Te vas a casa con tu pareja ideal.

—Un destino que os deseo también a ambos —repuso Newton—. Alguna dama se cruzará en vuestro camino y os robará el corazón. Y yo asistiré a vuestros bailes de compromiso y os fastidiaré tanto como vosotros me estáis fastidiando a mí.

—¿Que te estamos fastidiando dices? —se burló Toss—. Querrás decir que somos terriblemente carismáticos.

—No, no, no. —Newton negó con la cabeza—. Ese no es tu papel.

—¿Y cuál es? —preguntó Toss.

Charlie puso cara de duda.

—¿Molesto?

—Espero que seas el próximo en casarte —replicó Toss—. Así serás problema de tu mujer.

—Es una lástima para las damas de Londres que sea tan improbable que yo pueda convertirme en el problema matrimonial de alguna de ellas.

Quería creer que existía alguna posibilidad, pero no era precisamente una persona con suerte. Normalmente el destino se reía de él.

El sonido de dos voces muy conocidas los puso en pie. Ellie y Artemisa aparecieron en el pasillo cogidas del brazo y se dirigieron hacia ellos con cara de felicidad.

La novia se soltó de su amiga y corrió hacia Newton. Enseguida se abrazaron con ternura.

—Charles. —Artemisa lo saludó con la misma frialdad de siempre.

—Artie —respondió él.

A ella no le gustaba el mote que le había puesto la última vez que habían estado juntos, por eso precisamente lo utilizaba. Igual que ella sabía que a él no le gustaba que lo llamaran Charles, pero se dirigía así a él la mayoría de veces.

Le lanzó una mirada sutilmente crítica.

—Esperaba que te vistieras con un poco más de esmero que habitualmente, considerando que esta es una ocasión especial.

—Y yo esperaba que tú abandonaras tus aires de fingida superioridad, considerando que esta es una ocasión especial.

—Pero, señor Jonquil, supongo que ya sabrá que no es en absoluto fingida... —replicó con tono dramático.

En ciertas ocasiones, Charlie había intuido una Artemisa muy distinta bajo la máscara. No le gustaban muchas cosas de ella, pero esa permanente teatralidad era lo peor. No había nada que despreciara más que la hipocresía. No era mala persona, incluso había disfrutado de su compañía en pequeñas dosis, pero era incapaz de pasar por alto sus frivolidades.

—La señorita Ellie debe de estar encantada de que hayas abandonado tu campaña de conquistas para preocuparte por su felicidad —contraatacó él.

—Y tus insípidos colegas deben de sentirse muy decepcionados de saber que has abandonado los aburridos pasillos académicos para celebrar la felicidad de Newton.

No pretendía ser un cumplido, pero utilizó un tono exageradamente dulce para que la critica pareciera más ofensiva que hiriente.

Charlie le tendió la mano.

—¿Firmamos una tregua por esta noche, señorita Lancaster?

—Por el bien de nuestros amigos —admitió ella. Aceptó la mano y la estrechó con firmeza—. Evitarte será mi mayor objetivo durante toda la velada.

—Yo también me lo he propuesto.

Tras el acuerdo, se separaron. Artemisa permaneció en el vestíbulo esperando la llegada del resto de invitados y Charlie entró en el cuarto de aseo, que de momento estaba vacío, para disfrutar de unos instantes de silencio.

Iba a ser una noche muy larga.

Artemisa buscaba en todos los eventos a los que había asistido, incluso ya antes de ser presentada en sociedad, a alguien a quien ni siquiera sabía describir. Aunque solo se había cruzado con él en cinco ocasiones en Heathbrook, «papá», como seguía llamándolo, seguía estando muy presente para ella. Recordaba la amabilidad de su tono de voz, la forma en que la había abrazado como si fuera un valioso tesoro, el sobrenombre de princesa que le había puesto... Pero había otras cosas que se habían vuelto confusas o que directamente había olvidado. Recordaba la suavidad de la tela del abrigo y la corbata, pero no detalles como si iba vestido a la última moda o lucía un estilo más anticuado. Su forma de hablar era muy similar a la de su padre, con corrección y claridad, pero no podía rememorar el sonido de su voz. Sabía que tendría más o menos la edad de su padre. A veces imaginaba que era moreno, como Perséfone. Otras veces estaba convencida de que era rubio, como ella.

En realidad, Artemisa había descubierto que los recuerdos que conservaba de él adoptaban las características de personas que conocía y compartían cualidades con aquel hombre. Si conocía a alguien que hablaba con delicadeza, era considerado o se mostraba particularmente amable con los niños, su apariencia empezaba a confundirse con la de «papá». Ya no podía distinguir entre los recuerdos reales y los que eran producto de su imaginación.

Lo único de lo que estaba segura era que él la había amado. La había amado. Y lo sabía porque él se lo había dicho. Había pronunciado las palabras que su verdadero padre jamás le había dicho. Las cinco veces que lo había visto habían sido encuentros idílicos, esperanzadores. Cinco días que le habían cambiado la vida. Cinco momentos en los que una niña pequeña que se sentía sola y triste supo, sin ninguna duda, que era amada.

Siempre la había reconocido y le preguntaba cosas sobre las que habían hablado en sus encuentros anteriores. Ella lo había buscado cada semana durante dos años hasta que la vida la había alejado de Shropshire, cuando se fue a vivir con Perséfone y Adam.

Y después lo buscó durante toda la temporada, siempre que volvía de visita a la casa en la que había vivido de niña, en todas las fiestas, en todas las posadas de carretera. Cuando lo conoció, él ya era un hombre adulto y tenía hijos. Lo imaginaba con la edad que hubiera tenido su padre de seguir con vida. Observaba con atención los rostros, desesperada por ver un destello de familiaridad, esa voz que susurraba «princesa». Jamás lo reconocería —los recuerdos de una niña tan pequeña eran demasiado difusos y fragmentarios—; pero estaba convencida de que, si lo volvía a ver, él la recordaría. Confiaba en ello.

Los invitados iban llegando uno tras otro al baile de compromiso, saludaban, felicitaban a la pareja y entraban en el salón. Ninguno habló de Heathbrook o de una pequeña princesa solitaria rubia y de ojos verdes.

Conocía a muchos de los invitados: admiradores pasajeros de otras temporadas, caballeros que la veían como un medio para hacer fortuna, parásitos que abrigaban la esperanza de poder aprovecharse de su posición social, chismosas mezquinas que se mostraban muy amables con ella pero después la criticaban por la espalda. Cada temporada atraía a un montón de personas, pero nunca encontraba a la única que quería ver.

Casi media hora después de la llegada de los primeros invitados, hicieron acto de presencia lord y *lady* Lampton. Eran el hermano y la cuñada de Charlie, aunque Artemisa no se lo tenía en cuenta.

—¿Crees que el conde ha venido a buscar al merluzo de su hermano para volver a llevarlo con su niñera? —le preguntó a Ellie en voz baja.

—Déjalo ya —susurró su amiga entre risas—. Charlie es una persona maravillosa e inteligente, a pesar de lo que tú puedas pensar.

Artemisa encogió un hombro y adoptó una expresión de inocente confusión.

—Si es tan inteligente, ¿cómo es que no le resulto simpática?

Newton tuvo que esforzarse para reprimir una sonrisa. Artemisa apreciaba al prometido de Ellis. Era un caballero muy bondadoso.

—No tema, señor Hughes —le dijo—. No le revelaré al señor Jonquil que comparte usted mi opinión sobre su falta de sesera.

Newton negó con la cabeza sin poder reprimir una leve sonrisa.

—Probablemente Charlie sea la persona más inteligente que he conocido en mi vida.

—Pues lo disimula muy bien —repuso ella con gesto de fingida sorpresa.

—No es la primera vez que lo dices —comentó Ellis.

—Porque es así. —Se volvió hacia el hermano y la cuñada de Charlie, que acababan de llegar al principio de la cola—. Bienvenidos, lord Lampton, *lady* Lampton.

El conde era, sin lugar a dudas, la persona más extravagante que conocía Artemisa. En una época en la que los caballeros no solían desmarcarse de los tonos negros, grises y azules oscuros, él vestía chalecos de colores llamativos y modernísimas levitas. Siempre llevaba los nudos más intrincados imaginables en el pañuelo. En lo que parecía casi una gesta de proporciones milagrosas, se las arreglaba para proyectar una imagen atrevida e insólita sin dejar de ser muy elegante. La señorita Lancaster se sorprendía observándolo con atención siempre que lo veía, deseosa de conocer su secreto. La moda, tanto en general como en casos particulares, era algo que le resultaba fascinante.

La condesa también captaba mucha atención allá donde fuera, pero por motivos diferentes. Era una dama sorprendentemente hermosa que demostraba ser muy inteligente. También le costaba mucho andar. En su primera visita a Londres tras la boda con el conde, había tenido que esforzarse mucho, pero parecía que estaba mejorando. Cuando había asistido a una fiesta en la casa de campo de los Lampton, a Artemisa le había impresionado la forma de moverse de *lady* Lampton. Pero algo había cambiado de forma drástica en los dieciocho meses que habían pasado desde entonces. A la condesa le costaba permanecer de pie. Su marido la sostenía mientras trataba de ocultar el esfuerzo que le suponía.

—No me perdería las fiestas de su señoría por nada del mundo —respondió lord Lampton—. Estas veladas siempre prometen ser animadas y divertidas. Espero que el duque sea tan amable de compartir con nosotros los últimos chismes.

La condesa miró de reojo a su marido.

—Vas a conseguir que te decapiten, Philip.

—No va desencaminada —terció Artemisa—. Adam no es particularmente conocido por su sentido del humor, en especial cuando se siente obligado a relacionarse en sociedad.

—Tonterías. Le resulto muy simpático —afirmó lord Lampton—. Ya me aseguraré yo de que me cuente rumores jugosos.

—Tendré que pedirle a Charlie que me acompañe a casa, ¿verdad? —repuso *lady* Lampton, con un suspiro y en un tono entre bromas y veras.

—Espero que no —replicó Artemisa—. No creo que merezca usted esa tortura.

Sus rifirrafes con Charlie eran bien conocidos por ambas familias. Todos asumían a regañadientes las rencillas entre sus hermanos pequeños.

—Hablando de torturas... —*Lady* Lampton inclinó la cabeza hacia el conde—. No me cabe duda de que su señoría apreciará que ofrezcamos los debidos saludos sin demora.

Lord Lampton bajó la voz y le susurró a su esposa:

—No me cabe duda de que tus piernas también lo apreciarán.

Ella asintió con sutileza. Felicitaron a Ellis y Newton y siguieron adelante, además de saludar a la hermana y el cuñado de Artemisa.

La pequeña de los Lancaster tenía en gran estima a lord y *lady* Lampton. La condesa viuda de Lampton también era encantadora. En realidad no había ni un solo miembro de la familia de Charlie Jonquil de cuya compañía no disfrutara.

A excepción de Charlie.

Y por lo que había oído, ella era la única persona del mundo entero que él no soportaba. Artemisa hubiera preferido que no le importase, pero no era así. Más que molestarle, le dolía. Y le dolía porque ese sentimiento de rechazo le recordaba otro desgraciadamente familiar. Había pasado demasiados años de su vida buscando entre la multitud al único hombre anónimo y sin rostro que la había amado, sin poder dejar de pensar en el otro hombre de su vida que debería haberla amado y no lo había hecho. Ella era su hija, y no había significado nada para él. Cuando el peso de todo aquello amenazaba con hundirla en la oscuridad de la desesperación, las palabras de su querido «papá» regresaban a ella a través de los años: «Siempre es mejor quedarse en la luz, princesa».

La luz. La necesitaba, se aferraba a ella. Había alguien en ese mundo que la quería y eso la ayudaba a mantener la oscuridad a raya. Pensaba esforzarse todo lo que pudiera para mantener a Charlie Jonquil al margen de su vida y trataría de encontrar su refugio, su esperanza, a «papá».

Capítulo 3

Charlie estaba encantado con que Sorrel hubiera asistido al baile. Ella tampoco era una enamorada de Londres. Pasaba gran parte de aquellas fiestas sentada, debido al deterioro de su cadera, y así le brindaba una excusa para sentarse también, aunque le dolía aprovecharse de la mala salud de su cuñada.

—Tu hermano se siente muy satisfecho de que hayas venido a Londres —le dijo Sorrel.

Probablemente no se alegraba en especial de su presencia. Philip no necesitaba que él estuviera en Londres, sencillamente no concebía que alguien no adorase la ciudad.

—Siempre disfruta mucho aquí —continuó ella—. Yo me embarco en los agonizantes viajes y soporto el dolor durante todos los bailes a los que él quiere asistir solo para poder verlo tan feliz como está en este momento.

Su cuñada podía ser un poco arisca y seca, pero cuando hablaba de Philip o de sus hijos siempre se ablandaba. Los dos habían elegido bien cuando habían decidido construir una vida juntos. Todos los hermanos de Charlie habían acertado. Habían encontrado su media naranja y todos eran extremadamente felices.

Philip no andaba muy lejos hablando con un grupo de asistentes. Gesticulaba mucho, ponía mucho dramatismo en lo que estaba contando y sonreía abiertamente. Sorrel esbozó una sonrisa mucho más sutil.

—Siempre ha sido un gran actor. —Charlie no pudo evitar reírse—. Todos nos preguntábamos si encontraría una mujer que pudiera soportarlo. Wilson lo tolera, pero Wilson es el rey de los ayuda de cámara.

—Así es. —Sorrel hizo un gesto con la cabeza para señalar a Ellie y Newton—. Tus amigos parecen muy felices juntos.

—Ya lo creo. Se conocieron por casualidad y se enamoraron sin remedio. Aunque a él le quedan todavía dos años para terminar los estudios de abogado, las propiedades de su padre le rentan la cantidad de dinero suficiente como para mantenerse mientras acaba. Estoy convencido de que serán asquerosamente felices.

Artemisa se unió a la pareja en ese preciso momento:

—Lo de «asquerosamente» sin duda se debe a las compañías que frecuentan, claro.

—Espero que tengas una estrategia en mente para que podáis enterrar el hacha de guerra ahora que estáis destinados a veros con frecuencia. —La mujer dejó de mirar a los invitados para concentrarse en él—. No estoy diciendo que tengas que decidir de repente que es tu persona favorita, pero los futuros señor y señora Hughes no deberían tener que vivir permanentemente obligados a elegir entre vosotros dos.

En especial porque Charlie no estaba convencido de que el elegido fuera él.

—Es un problema en el que he pensado mucho últimamente —reconoció—. Yo no estaré en Londres tan a menudo como Artemisa. Durante la temporada, ella y su grupo de amistades pueden pasar todas las noches con Newton y Ellie. Yo vendré de vez en cuando desde Cambridge, cuando las «cazadoras» se hayan marchado de la ciudad. Creo que lo mejor será que procuremos mantener la paz evitándonos en la medida de lo posible.

Lady Lampton no acostumbraba a reírse, y cuando lo hacía era con un gesto rápido y sutil.

—Nunca dejará de impresionarme que Artemisa bautizara a su grupo de amigas como las «cazadoras». Es un guiño brillante a la diosa del mito del que toma su nombre.

—Un guiño absolutamente arrogante, por otra parte —añadió Charlie.

—Quizá tengas razón y evitaros sea la mejor estrategia —admitió su cuñada.

Charlie se llevó el dedo a la sien y se dio unos golpecitos.

—Soy un intelectual, ya sabes.

Ella se inclinó un poco más hacia él.

—Philip no deja de presumir ante cualquiera y en todas partes contando que tiene un hermano catedrático que está destinado a ser una leyenda en el campo de las matemáticas.

Philip jamás le había dicho a él nada parecido.

—¿Y no se avergüenza de que vaya a elegir algo tan... aburrido?

Sorrel negó con la cabeza.

—Él disfrutó en la escuela, pero nunca ha sido una persona muy académica. Le desconcierta que seas tan inteligente.

—¿Está desconcertado porque no se cree que no soy un descerebrado?

—En absoluto —repuso ella—. Está impresionado.

El pequeño de los Jonquil odiaba ser el único de los hermanos de pelo y piel claros por la facilidad para sonrojarse. Cuando empezaba a ruborizarse, lo mejorera escapar.

—¿Quieres que te traiga una copa de ponche de frambuesa? —preguntó—. Tengo entendido que la receta de la duquesa es una de las mejores de Londres.

—Me encantaría, Charlie. Gracias.

Agradecía tener una excusa para poder huir de aquella conversación, pero también estaba encantado de poder ayudarla. La familia Jonquil no solo tenía un heredero y un sustituto, como se suele decir, sino un heredero y seis sustitutos. Y él no acostumbraba a sentirse necesitado ni a servir de mucha ayuda.

Cruzó el salón con cuidado de evitar a Newton y Ellie, debido a la presencia de Artemisa y el resto de «cazadoras», que estaban reunidas con ellos. Al pasar lo saludaron algunos de los invitados. A pesar de que no solía ir mucho a Londres ni interactuar con la alta sociedad, su familia era muy conocida y respetada. Y todos se parecían tanto que jamás podría pasar desapercibido en una fiesta sin que alguien lo identificase como uno de los Jonquil.

Toss lo arrinconó un momento para sugerirle que se uniera al grupo con el que había bailado las últimas piezas. De no haber sido porque tenía que volver junto Sorrel, tal vez hubiera aceptado. No le disgustaba la gente ni socializar. Lo que no le gustaba era la hipocresía londinense.

Por fin consiguió localizar un sirviente con una bandeja llena de copas y alcanzó dos. Si Sorrel estaba sedienta, para cuando llegara ya tendría la garganta completamente seca. Se movía con rapidez y destreza abriéndose paso entre la multitud para regresar junto a su cuñada, haciendo equilibrios entre la gente con las copas repletas de líquido rojo. Su familia siempre bromeaba con la capacidad que tenía para meterse en líos sin darse cuenta. Él quería creer que esa era una realidad de una etapa ya superada, pero sus hermanos no pensaban lo mismo.

Decidió recorrer la sala bordeándola. Parecía la forma más fácil de encontrar un camino despejado. Cuando llegó a la altura de las puertas abiertas del salón, alguien lo empujó, pero consiguió no verter ni una sola gota de las bebidas.

Entonces alguien lo empujó con más fuerza aún. Evitó que se le cayeran las copas, pero no pudo evitar derramar el contenido... sobre su propia ropa. Todo el líquido rojo le cayó sobre el pecho.

—Maldita sea —murmuró.

—Adam dice cosas peores tras provocaciones mucho más leves.

Artemisa. Por supuesto.

Charlie dejó de mirarse la levita, el chaleco y la camisa, todo manchado de rojo, para fijarse en la única persona que podía conseguir que la espantosa situación en la que se hallaba empeorara.

—Debería haber imaginado que habías sido tú quien me ha golpeado.

—Ha sido un accidente —replicó con tono enojado—. Cosa que podría haberse evitado si hubieras mirado por donde vas.

—Entonces es culpa mía, ¿no?

Señaló con la copa vacía el lamentable estado de su ropa.

—Ha sido un accidente —repitió ella con énfasis en cada palabra.

¿No podía pasar una sola noche sin provocar algún desastre?

Le entregó las copas vacías.

—Disculpa, señorita Lancaster. Necesito ir a arreglar las consecuencias de «tu» accidente.

Ella lo siguió fuera del salón.

—Eres, sin ninguna duda, la persona más malhumorada que he conocido, y no es precisamente un título al que nadie debiera aspirar.

—Y yo tampoco creo que debas aspirar a ser la única persona cuya compañía pone de mal humor al ser humano más cordial de la tierra.

Ella dejó las copas en una mesa del pasillo sin detenerse. Lo seguía de cerca. Cuando Charlie hizo ademán de entrar en el aseo de caballeros, ella le tiró de la manga.

—Adam tiene vodka en la biblioteca. Es lo mejor si quieres quitar esa mancha.

—¿Ahora eres una experta en licores?

Artemisa suspiró con evidente frustración.

—Estoy intentando ayudarte, no me preguntes por qué.

—¿Porque te sientes culpable? —sugirió con fingida inocencia.

—Porque es un comportamiento inevitable en una persona excepcionalmente maravillosa. —Empujó la puerta de la biblioteca de su cuñado—. Es una carga que estoy aprendiendo a sobrellevar.

Artemisa jamás dejaba de actuar, incluso si su único espectador no tenía ningún interés en el teatro. El líquido rojo extendido por todo el pecho también había empezado a gotearle en los pantalones. Tenía un aspecto lamentable. Lo mejor que podía hacer era buscar el modo de salir de aquel apuro.

La señorita Lancaster se dirigió directamente a la vitrina de los licores y abrió las puertas.

—Mira por ahí a ver si encuentras una toalla, un trapo o algo parecido.

No era una mala sugerencia. Sin embargo, le incomodaba abrir cajones buscando algo con lo que limpiarse.

—Esto es ridículo.

—Esa es la palabra preferida de mi cuñado —dijo—, y a ti te viene como anillo al dedo.

—Tú eres una jovencita que está rebuscando en una vitrina repleta de licores mientras yo registro los cajones de la estancia privada de otro caballero. Nada de lo que estamos haciendo me parece muy apropiado.

—¿Siempre eres tan aburrido?

Charlie respiró hondo para tranquilizarse.

—Solo estoy siendo racional.

Ella se dio la vuelta con una botella de cristal en la mano.

—Ya he encontrado lo que buscaba. ¿Y tú?

Charlie encontró en el cajón del escritorio un pañuelo perfectamente doblado de un pulcro lino blanco, sin duda guardado allí por si Adam necesitaba cambiarse. Iba a quedar completamente inservible.

—Si el duque pregunta pienso decirle que la idea de destrozarle el pañuelo fue tuya.

Artemisa encogió un hombro.

—Me regañará un poco, pero agoto demasiado su paciencia y termina dejándome por imposible.

—Así que tienes ese efecto en todo el mundo...

—Debes saber que precisamente ayer me dijeron que la temporada sería una absoluta pérdida de tiempo sin mi presencia.

—Es muy común que las personas mientan en las reuniones sociales. —Se frotó el pecho con el pañuelo tratando de absorber parte del ponche. Otra vez el torpe de Charlie..., pensarían sus hermanos si lo vieran en ese estado—. Diablos, Artie, estoy completamente empapado. Va a ser imposible limpiarlo.

—No es apropiado decir «diablos» delante de una dama —le recriminó alzando la cabeza con un gesto altivo.

Charlie no podía arreglar el desastre extendido también a las mangas. La levita y el chaleco le impedían la tarea.

—No me lo puedo creer —murmuró. Arrojó el pañuelo al escritorio y se quitó la levita—. Todavía soy un estudiante, ¿sabes? No tengo montones de dinero para pagar ropa nueva.

—Te estás poniendo muy dramático, Charles. Todavía no has intentado siquiera limpiar la mancha.

Él presionó el pañuelo sobre la zona roja y empapada.

—Parece que me hayan disparado.

El color empezó a teñir el pañuelo blanco de su señoría.

—¿Había algún paño más en el cajón? —preguntó Artemisa—. No puedo echarte el vodka por encima.

—¿Por qué no? —preguntó con sequedad—. Sería muy coherente con tu comportamiento de esta noche.

Ella ladeó la cabeza y lo miró alzando una ceja.

—Cómo se asombraría la alta sociedad londinense si se descubriera que lord Lampton no es el más dramático de los hermanos Jonquil.

Charlie presionó una parte seca del pañuelo sobre otra parte del chaleco, pero solo le sirvió para apreciar que la humedad llegaba a la camisa.

—No me lo puedo creer.

Tiró de los botones del chaleco. No conseguiría secar nada si la prenda que llevaba encima estaba mojada.

—Dame tu chaleco. —Tendió la mano—. Intentaré quitarle las manchas.

—Estás empeñada en empaparme la ropa de vodka, ¿no?

—Intentaré encontrar un trapo o algún paño por aquí.

Tiró del nudo del pañuelo que llevaba al cuello. Solo tenía algunas salpicaduras rojas. Se lo tendió a Artemisa.

—Puedes usar este.

Él utilizó el del duque para limpiar la mancha de la camisa. Ella vertió un poco de vodka en el suyo y empezó a limpiar las manchas del chaleco. Qué desastre.

Charlie se desabrochó el cuello de la camisa y se metió el pañuelo dentro tratando de secarse la piel.

—Me has dejado empapado.

—Ha sido un accidente. —Volvió a remarcar cada palabra. Se volvió hacia él con el chaleco en alto para que pudiera inspeccionarlo—. La mancha está empezando a salir.

—Aunque la limpies, no creo que pueda volver al salón oliendo a licor y empapado hasta los huesos. Debería pedir que me trajeran el carruaje de mi hermano y regresar a Lampton House.

—Tonterías. —La joven se colgó el chaleco del brazo y se acercó a él—. ¿Siempre te rindes con tanta facilidad?

—¿Siempre eres tan obstinada?

Ella agarró el pañuelo empapado y se lo frotó por el cuello abierto de la camisa.

—A Newton no le gustaría que te fueras en pleno baile de compromiso. Y tampoco me gustaría que decepcionaras a Ellie.

—Tu lealtad hacia ellos es admirable, pero eso no implica que debas torturar a terceros.

Ella negó con la cabeza.

—Estoy ayudándote, no torturándote.

—Al parecer, entre una cosa y la otra hay una línea muy fina.

Ella lo miró apretando los labios en un gesto de enojo. Estaban lo bastante cerca como para que él pudiera percibir la tensión con la que respiraba. Reaccionó a su mirada de absoluta desaprobación con otra de despreocupado desafío. A fin de cuentas, había sido ella la causante del desastre. No pensaba dejarse culpar.

—No me gustas, Charles Jonquil —espetó apretando los dientes.

—El sentimiento es mutuo, querida.

Se quedaron allí plantados, él en mangas de camisa, con el pañuelo y el chaleco en la mano, la camisa desabotonada y una de las manos pegada al pecho; se miraban fijamente a los ojos cuando una voz resonó en la estancia vacía. Y la palabra que oyeron no fue precisamente amable.

Ambos miraron hacia la puerta y allí vieron al duque y a la duquesa, a Philip y a Sorrel, a dos mujeres con los ojos abiertos como platos y a un grupo de jóvenes que los observaban boquiabiertos.

—Vaya, qué contratiempo —susurró Artemisa.

Pero con solo mirar a Philip, Charlie supo que aquello supondría mucho más que un contratiempo.

Capítulo 4

Al principio, cuando os vi, pensaba que lo habías apuñalado. —Perséfone se frotaba las sienes—. Y la verdad es que no sé qué habría sido mejor.

—No me importaría apuñalarlo ahora.

Artemisa sonrió mirando a Adam. Su cuñado siempre agradecía una broma en la que se recurría a una solución violenta.

Pero en ese momento no estaba para diversiones. Permaneció sentado en el escritorio, repiqueteando con los dedos sobre la mesa. Apenas había articulado palabra desde que sorprendieron a Artemisa y a Charlie tratando de resolver la emergencia textil. Él y Perséfone, ayudados por lord y *lady* Lampton, habían conseguido dispersar a la multitud sin agravar más la situación. Había sido bochornoso, pero por suerte no había resultado desastroso.

—¿Quién está supervisando el resto del baile? —preguntó Artemisa. Los anfitriones estaban en la pequeña sala de lectura.

—La duquesa de Hartley —respondió su hermana.

Una elección excelente. Esa mujer era universalmente conocida por ser una anfitriona impecable.

—Lo hará estupendamente —afirmó Perséfone—, y no dará más pie a las habladurías.

Artemisa negó con la cabeza, divertida.

—La alta sociedad nunca necesita un motivo para chismorrear.

—Pues ahora lo tienen —murmuró Adam.

De pronto se abrió la entrada del servicio a la estancia. Rose, que era mucho más que la doncella de Artemisa, también era su mentora y amiga, entró en la sala. El duque la observó expectante.

—El incidente ha llegado incluso a las caballerizas. Mañana por la mañana se hablará de ello en todo Londres y más lejos.

Adam asintió lentamente sin mudar la expresión de preocupación.

—¿Y cuál es la naturaleza de las habladurías?

—Que la señorita Lancaster y el señor Charlie Jonquil habían sido descubiertos medio desnudos en una sala remota de la casa.

«Menudo contratiempo». A pesar de que esa interpretación de los hechos podía considerarse como cierta versión de la verdad, era en realidad una exageración, y además muy acusadora.

—Ha sido todo muy absurdo —replicó Artemisa—. Charlie se ha tirado el ponche de frambuesa por encima y se le ha empapado la ropa. Él intentaba salvar su traje y yo procuraba ayudarle, porque al haber chocado con él tengo cierta culpa de lo sucedido. En realidad solo estábamos intentando arreglar el desastre.

—Ya lo sé —repuso Perséfone—. Y nosotros te creemos. Pero en este momento la realidad es mucho menos importante que la sospecha. Y está claro que la sospecha contradice tu versión.

—Pero Adam se pondrá de mi parte. Y él puede aplacar cualquier rumor.

El duque se levantó de la silla con una expresión de recelo poco común en él.

—Ni siquiera yo puedo arreglarlo todo, Artemisa.

—¿Y qué diantre significa eso?

Empezaba a estar preocupada.

Adam hizo caso omiso a la pregunta y se dirigió a Rose. En los casi dos años que la joven llevaba con ellos, el duque había llegado a respetarla profundamente. Y eso siempre le había gustado mucho a Artemisa. Adoraba a su doncella y amiga, y admiraba cómo se las arreglaba en una casa que a veces podía ser complicada. Al ser india, se había enfrentado muchas veces al prejuicio y al maltrato desde que había llegado a Inglaterra. Artemisa no quería causarle disgustos añadidos con aquel incidente.

—¿Las habladurías son lo bastante importantes y dañinas como para requerir acciones drásticas? —le preguntó Adam a Rose.

—Para ser completamente sincera, su excelencia, ni una actuación drástica podrá arreglarlo del todo. —La joven no era dada a dramatizar, por lo que su diagnóstico podía tomarse al pie de la letra—. Las conversaciones que he oído en la última media hora son la clase de habladurías que podrían perseguir a una persona durante años. Dentro de algunos días, lo ocurrido se habrá retorcido hasta convertirlo en algo mucho más sórdido.

Perséfone se acercó a su marido detrás del escritorio.

—Ya sé lo que estás pensando, amor. ¿Pero funcionará?

—Con el esfuerzo de todos los implicados y añadiendo una buena dosis de comedia, quizá.

Artemisa le hizo señas a Rose para que se acercase.

—¿De qué solución están hablando?

Tenía una espantosa sospecha. Necesitaba que alguien le asegurara que había una salida en la que no había pensado.

—No es usted ninguna necia. Ya conoce la respuesta.

La doncella solía ser directa y hablaba sin tapujos, pero no carecía de bondad. Y en ese momento resultó brusca y compasiva al mismo tiempo. Artemisa no tuvo que indagar más, sabía cuál era la respuesta por muy espantosa que pareciera.

De pronto se abrió la puerta de la sala de lectura y todos miraron en la misma dirección. Charlie entró seguido de su hermano mayor. Los dos parecían muy serenos y ya nadie tenía aspecto de haber sido apuñalado, haber recibido un disparo o estar mortalmente herido. Se había cambiado de ropa, pero ¿cuándo y cómo?

Al parecer Rose advirtió la confusa sorpresa de Artemisa.

—Tiene prácticamente la misma talla que el duque de Hartley. Conseguimos una muda nueva de su casa, que por suerte está solo a unos metros de aquí.

—Solución que habría sido mucho más eficaz para resolver el problema que lo que estábamos intentando hace una hora.

Rose se limitó a asentir.

—Mi esposa me ha pedido que le transmita su pesar —le dijo lord Lampton a Perséfone—. Su ama de llaves ha sido tan amable de acompañarla a una habitación de invitados y está descansando.

La duquesa asintió.

—Si no se siente con fuerzas para regresar a su casa, los dos pueden quedarse a pasar la noche.

—Y usted, señor Jonquil —Adam miró a Charlie—, ¿qué planes tiene para el resto de la velada?

—Mi intención es hacer lo que sus excelencias sugieran para solucionar esta situación.

El duque no apartó la mirada ni mudó su severa expresión.

—¿Es usted consciente de los daños?

—Sí, señoría. Mi hermano, mi cuñada y yo no hemos dejado de buscar una solución para este desastre, y parece que solo hay una. Sin embargo, si usted y su esposa han decidido otra cosa, estoy a su disposición.

La conversación era tan formal y protocolaria que parecía que estuvieran discutiendo sobre la compraventa de un carruaje o acerca de la hora más conveniente para hacer acto de presencia en alguna fiesta.

—No podemos estar considerando esto en serio —terció Artemisa.

Todos la miraron.

Lord Lampton fue el primero en hablar.

—Le aseguro, señorita Lancaster, que hemos considerado todas las alternativas. Mi esposa, particularmente, ha insistido en la necesidad de encontrar una solución menos drástica, pero las habladurías que estamos escuchando al otro lado de esta puerta y que se están extendiendo por la ciudad son peores de lo que temíamos. Es un hecho que no podemos ignorar. Hay muchos daños. Y solo conseguiremos sanarlos con un apósito enorme.

Artemisa jamás había oído hablar a lord Lampton sin un ápice de ironía. Perséfone parecía triste, cosa que no solía ocurrir. Adam había adoptado una expresión de resignación, algo que no era propio de él.

Miró a Charlie a los ojos. De todos los presentes en la sala, él era el único que estaría de acuerdo con ella e insistiría en que estaban sacando de quicio todo aquello.

—Si te hace sentir mejor, hubiera preferido que me disparases —dijo él.

«Maldita sea».

—No puedes estar considerando de verdad esta... solución.

—No tenemos más remedio, Artie.

—No me llames Artie.

Él apretó los dientes.

—En este momento tienes suerte de que solo te llame así.

Lord Lampton suspiró.

—Cielo santo, se van a matar.

—Señorita Narang, ¿ha oído alguna otra conjetura en las habladurías que puedan ofrecernos otras opciones? —preguntó Adam a la doncella—. Cualquier cosa.

Rose negó con la cabeza.

—Las conjeturas solo valoran la posibilidad de que se casen o terminen arruinando su reputación. No he oído nada más.

«Casados o mancillados».

—No podemos estar pensando de verdad en seguir por ahí. —La señorita Lancaster estaba a punto de pasar de la preocupación al pánico—. Ha sido un malentendido.

—Artemisa, querida —replicó Perséfone—, ese malentendido implica un rincón privado y escasa ropa. Poco importa que las prendas desprendidas fueran tan poco íntimas como una levita y un chaleco. Sigue siendo escandaloso y se hablará de ello sin ninguna compasión.

La joven se pasó las palmas de las manos por la frente.

—Esto es absurdo.

Adam pasó por su lado.

—Deberías haberlo pensado antes de verter una botella de vodka en la ropa de un caballero.

—Pero eso no ha sido lo que ha pasado.

Artemisa no conseguía ocultar su frustración.

Nadie la estaba escuchando.

Los caballeros aguardaban juntos con posturas igual de rígidas.

—No nos queda más salida —le dijo Adam a Charlie—, pero necesito conocer la situación. Evidentemente, Artemisa tiene una buena dote, aunque preferiría que no tuvieras que vivir exclusivamente de eso.

La señorita Lancaster empezó a pasearse por la estancia sin apenas creer lo que estaba oyendo.

—Percibo ciertos ingresos de las propiedades de mi padre, excelencia. Tenía la intención de convertirme en catedrático en Cambridge, pero los catedráticos no pueden casarse. Le confieso que me siento un poco perdido pensando que tendré que renunciar a eso, pero podría publicar artículos y conseguir un puesto de profesor.

El duque asintió. Perséfone aguardaba junto a la ventana; era evidente que estaba escuchando sin mirarlos. Rose había tomado asiento en un rincón tranquilo. Ella también estaría atenta a la conversación; no solía perderse nada de lo que sucedía alrededor.

—El padre de Artemisa se ganaba la vida de la misma forma —dijo Adam—, y con eso no bastaba. No me gusta pensar en la posibilidad de que la señorita Lancaster vuelva a vivir en la pobreza.

—Mi padre nos proporcionó todo lo que necesitábamos —repuso lord Lampton.

—No me cabe duda —respondió el duque.

—Charlie no se hará rico —comentó Philip—, pero esa asignación sumada a lo que él pueda ganar en el mundo académico les garantizará una posición aceptable.

«Esto no puede estar pasando».

—Además, entre las propiedades de los Lampton hay una pequeña casa en Cumberland. Está destinada al heredero del título cuando alcance la mayoría de edad, y mi hijo acaba de cumplir un año; es evidente que la vivienda estará vacía durante los próximos veinte años. El mantenimiento correría a cargo de Lampton. Se la he ofrecido a Charlie para que haga uso de ella durante esos años.

Ya estaban hablando de casas y de décadas de organización doméstica. Artemisa entrelazó las manos y se las llevó a los labios. Estaba demasiado disgustada como para seguir deambulando por la habitación. Obligada a casarse. Y con Charlie Jonquil, nada menos. Sencillamente no podía estar pasando. No podía ser.

—Entiendo que estás hablando de Brier Hill —dedujo Adam. Se volvió hacia Perséfone—. Está a un día de viaje desde el castillo de Falstone.

La hermana mayor miró a la pequeña.

—Estarías cerca.

—Y casada con un caballero que acaba de afirmar que hubiera preferido que lo asesinara antes de encontrarse en esta situación.

—Para ser justos —terció Adam—, tú has dicho exactamente lo mismo.

La joven alzó las manos en señal de rendición. Era evidente que todo aquello era descabellado, pero nadie se desdecía ni apuntaba otra posible salida.

—Lampton, tú y Charlie tendréis que venir a verme por la mañana. Como tu hermano sigue siendo menor de edad a ojos de la ley, tendrás que negociar en su nombre.

¿Sería esa la forma de librarse?

—Si Charlie no es lo bastante mayor para casarse...

Adam no dejó que terminara la objeción.

—Es demasiado joven para casarse sin el permiso de su familia o para negociar contratos matrimoniales por su cuenta. Pero no es demasiado joven para casarse.

«Cielo santo».

—Anunciaremos el compromiso cuanto antes —resolvió el duque—, detallad los pormenores y obtened la licencia para que puedan casarse antes de dos semanas.

Artemisa parpadeó tratando de impedir que se le escaparan las lágrimas mientras se esforzaba para respirar en medio de un creciente pánico.

—Y aquí es donde empieza la comedia. —Adam miró a los presentes—. Debemos dar la impresión de que estamos todos encantados con esto. Señorita Narang —dijo a Rose—, haz correr la voz entre los sirvientes de que todos esperamos esta boda con ilusión. —Se dirigió entonces a lord Lampton—. Pídele a Wilson que también haga uso de su influencia.

El conde asintió. Philip era conocido por su extravagancia y dramatismo. Y Artemisa todavía no había visto nada de eso durante aquella conversación. Ni siquiera un ápice, y eso la asustaba.

Adam se volvió entonces hacia Artemisa y Charlie.

—Vosotros dos fingiréis desde este momento y hasta que abandonéis Londres para iros a Brier Hill que estáis conformes con la situación. No hace falta que finjáis estar enamorados o eufóricos con esto, pero es de vital importancia que no deis más argumentos a las habladurías dejando ver que lo hacéis por obligación.

Artemisa no dejaba de sacudir la cabeza tratando de asimilar todo aquello.

—Cuando lleguéis a Cumberland, seréis perfectamente libres de apuñalaros, dispararos o asesinaros de la manera que más os guste, pero no podéis hacerlo hasta entonces.

Artemisa se acercó a su cuñado y lo apartó un poco del resto.

—Por favor, no me obligues a hacer esto. Por favor.

Él suavizó la expresión, cosa que no acostumbraba a ver.

—No puedo salvarte de esta.

—Él no me ama —susurró la joven—. Los demás miembros de la familia se han casado por amor.

—Perséfone y yo no. Los padres del señor Jonquil tampoco.

—No puedo hablar por el difunto conde y su viuda, pero sé que tú y mi hermana no os odiabais, así que no es la misma situación.

—En cualquier caso, es tu situación. Y es inevitable.

Su tono era franco e inflexible. No la iba a ayudar.

Nadie lo haría. Con la sensación de abandono que la había perseguido toda la vida ya debería haber aprendido a no esperar otra cosa.

Solía imaginarse recién casada... los días repletos de cálidas miradas y gestos arrobados, abrazos encendidos y una profunda y desatada pasión propia de la novela más romántica. Pero lo veía como un sueño inalcanzable. Siempre había tenido la sensación de que el amor verdadero, sólido y reconfortante que veía entre sus hermanas y sus respectivos esposos estaba fuera de su alcance. Y en ese momento mucho más.

Respiró hondo, algo temblorosa, y se irguió con la esperanza de aparentar cierta entereza.

—Por lo menos, informadme en algún momento de la capilla a la que tengo que ir.

Se dio media vuelta y se marchó por la salida del servicio. Así podía evitar coincidir con el resto de invitados. No miró atrás. No pensaba darle la oportunidad a ninguno de ellos de ver su dolor.

La escalera del servicio era más segura, aunque también allí se topó con alguna mirada curiosa.

Cuando llegó a su cuarto, cerró la puerta de un golpe. Aquello era una pesadilla. Después de años imaginando cómo sería construir un hogar con alguien que la amara, con la bendición de su querido «papá», anticipando un futuro en el que se sentiría valorada, querida y arropada, volvía a estar atrapada en el horror que había sentido de niña.

Viviría con un hombre que la despreciaba en un hogar que ella nunca consideraría propio, lejos de Heathbrook y Londres, donde podría abrigar la esperanza de encontrar a «papá», sabiendo que jamás tendría a nadie que la amase como deseaba ser amada.

«Siempre es mejor quedarse en la luz, princesa».

Pero no veía ninguna luz en ese momento, no veía la posibilidad de escapar. Cruzó el dormitorio a oscuras y se acercó a la mesita de noche. Sacó del cajón lo único que necesitaba en ese instante: el pañuelo de «papá».

—No puedo quedarme en la luz, «papá». No hay.

Y con la preciosa tela arrugada entre las manos se metió en la cama y se quedó dormida.

Capítulo 5

El día posterior a la boda de Ellie y Newton, Artemisa paseaba nerviosa por el jardín de Falstone House tratando de comprender la realidad de su situación. La acompañaban Daria Mullins y Gillian Phelps, dos de sus mejores amigas y miembros del grupo que toda la sociedad conocía como las «cazadoras». Todas habían acordado posponer aquella necesaria conversación hasta que pasara el enlace.

Y la boda ya había pasado.

—Las habladurías sobre lo que ocurrió son numerosas y diversas —comenzó Daria—. Sería incapaz de repetirlas todas.

—¿Qué has oído?

La señorita Lancaster casi temía preguntar.

—Se habla de muchas cosas, desde un abrazo tórrido hasta... mmm... —Alternó la mirada entre Artemisa y Gillian—. Una versión... extremadamente comprometedora para... mmm... para los dos.

La pobrecilla se estaba poniendo colorada.

Artemisa pensó en evitarle a su amiga el bochorno, pero Daria era tan divertida cuando se sonrojaba que resultaba muy entretenido tomarle el pelo.

Gillian, que era especialmente bromista, se sumó al juego.

—¿Y qué es eso tan extremadamente comprometedor?

Daría negó con la cabeza.

—Sois unas arpías

—¿Arpías por qué? —preguntó Artemisa con fingida inocencia y los ojos muy abiertos.

—Déjalo —repuso Daria entre risas.

—¿Dejar el qué? —preguntaron las otras dos amigas al unísono.

Las tres se echaron a reír. Oh, cuánto había necesitado Artemisa aquel momento de relajación.

Todo el mundo sabía que Daria era especialmente afable. Se tomaba sus bromas con muy buen humor y, de vez en cuando, soltaba alguna buena réplica.

—¿Y qué piensas hacer ahora? —le preguntó Gillian a Artemisa—. Imagino que tendrás un plan.

«Ojalá fuera así», pensó.

—Después del momento en que, por desgracia, no disparé a Charlie Jonquil, pasé cinco días intentando convencer a todos los que insisten en ir por ese camino para que cambiaran de opinión, pero no ha habido forma. —Miró fijamente a sus amigas—. No creo que tenga que deciros a ninguna de las dos lo exasperante que puede llegar a ser la familia.

—En absoluto —repuso Gillian.

Daria se limitó a sonreír. Sí que tenía problemas con su familia, igual que todas las «cazadoras», pero ella mantenía una maravillosa relación con su hermano. Por eso tenía muchas menos quejas.

—Y si no consigues convencer a tu familia, ¿qué harás? —insistió Gillian.

—No quiero perder la esperanza todavía.

Daria paseó los dedos por una flor rosa que crecía en un arbusto.

—¿Pero terminarás casándote con él si se niegan a hacerte caso?

La señorita Lancaster adoptó esa actitud tan suya de seguridad con la que se mostraba impasible. Había tenido que aferrarse a ella en muchas ocasiones.

—No me queda otro remedio, a menos que aparezca alguien que por arte de magia me salve de este desastre.

Aunque era una esperanza completamente disparatada, a veces imaginaba desesperadamente que «papá» aparecía para salvarla de aquel espantoso destino. Lo haría si conociera sus lamentables circunstancias. Eso era lo único que la había ayudado a soportar el trago de ver el anuncio de su compromiso en el Times.

Estaba bastante segura de que él no sabía su nombre —nunca se lo había preguntado—, pero quizá acudiera a la capilla y descubriera de quién se trataba. Él se daría cuenta de cómo se sentía, pues lo había intuido siempre que se habían visto. Y la salvaría.

No dejaba de repetirse una y otra vez que era perfectamente posible. Improbable, pero posible.

—A ti no te gusta Charlie Jonquil, ni tú a él. —Daria estaba horrorizada por Artemisa—. Ya sé que no soy la persona más lista del mundo, pero hasta yo sé lo imprudente que es esta solución. No vais a ser felices.

—El objetivo del matrimonio no es siempre la felicidad.

Gillian acostumbraba a hacer observaciones muy frías sobre asuntos sobre los que tenía las ideas muy claras. Muchas personas no se daban cuenta de lo sensible que era.

—Desde luego no será el objetivo de este —repuso Artemisa entre dientes.

Dos «cazadoras» más, eran siete en total incluyendo a Ellie y a Artemisa, se acercaron corriendo a ellas. Mucha gente daba por hecho que las hermanas O'Doyle eran gemelas, aunque se llevaban dos años. Tenían el mismo pelo castaño oscuro, los ojos grisáceos y la cara salpicada de un sinfín de pecas adorables. Tenían la misma figura, algo muy favorable para su modesta familia a la hora de compartir la ropa. Ambas tenían nombres irlandeses, pues su familia procedía de Dublín. Hacía mucho tiempo que habían renunciado a enseñar a pronunciarlos correctamente a los angloparlantes y habían adoptado nombres ingleses. Rose había hecho exactamente lo mismo cuando llegó de la India. Era una lástima, pensó Artemisa, que sus compatriotas no se esforzaran más en abrirse a cosas que se salieran de su limitada visión del mundo.

—Las habladurías son cada vez más extravagantes —dijo Eve, la mayor de las hermanas—. Nos hemos quedado con la boca abierta al escucharlas, además de reírnos y resoplar.

—Y las hemos llamado tontas —concluyó Nia, la menor—. Te conocemos demasiado bien como para creernos una sola palabra.

Daria miró a Artemisa con su habitual dulzura e ingenuidad.

—¿Crees que eso podría ayudar? Podríamos decirle a todo el mundo que no eres la clase de chica que haría las cosas que van diciendo por ahí.

Gillian entrelazó el brazo con el de Daria. Eran muy buenas amigas, y la primera solía responder en voz baja las preguntas potencialmente bochornosas para Daria por ahorrarle la humillación. Y, a su vez, esta ayudaba a Gillian a sentirse menos incómoda en sociedad.

—¿Pero de qué tipo de extravagancia estamos hablando?

Artemisa estaba agotada, pero necesitaba saber con precisión a qué se enfrentaba.

—Por lo visto han empezado a hacer apuestas en Whites y Boodles —repuso Eve.

—¿Sobre mi compromiso?

Las hermanas asintieron.

—Sobre si el señor Jonquil te acabará abandonando. —Nia la observaba con los ojos como platos—. ¡Es espantoso!

—¿Todo el mundo piensa que va a pisotear el código de los caballeros para deshacerse de mí?

Las hermanas volvieron a asentir en perfecta sincronía.

—La alta sociedad puede llegar a ser repugnante, ¿verdad? —A veces la señorita Lancaster odiaba a esos burgueses—. Es la cuarta temporada que me nombran «diamante». Y de golpe y porrazo se vuelven todos en mi contra.

—Qué mala es la envidia —espetó Gillian.

Artemisa dejó de caminar. Respiró hondo por la nariz y a continuación soltó el aire por la boca. La gente estaba apostando contra ella. No era más que una moneda de cambio, su nombre estaba siendo pisoteado. Esperaba que cuando Adam se enterara pusiera fin a aquel desatino.

«Hay cosas que ni siquiera yo puedo arreglar». Esa sentencia había resonado en la mente de Artemisa una y otra vez. No se había dado cuenta hasta que le oyó decir eso de lo mucho que había dependido de él, que la rescataba de las dificultades que se iba topando. Ella, que tanto se había jactado de su formidable independencia, había terminado dependiendo de alguien.

Quizá no estuviera en su mano la posibilidad de eludir aquella situación, pero podía afrontarla a su manera.

—Soy Artemisa —pronunció con énfasis e intención—. Me pusieron este nombre por la diosa de la caza, una mujer que asesinaba hombres y decidía su propio destino. Y pienso estar a la altura.

—¿Incluyendo lo de «asesinar hombres»? —preguntó Eve con una sonrisa.

—Pienso afrontar la situación con mi Acteón de la misma forma que la Artemisa de la antigüedad afrontó la suya.

Daria frunció el ceño pensativa. Parecía que no conocía esa historia del mito.

Gillian, lectora empedernida como era, sí que lo conocía.

—No creo que ni siquiera tú puedas convertir un hombre en ciervo y hacer que lo persiga una manada de perros salvajes.

—Acteón abusó de Artemisa y le robó el derecho a decidir quién era, cómo quería vivir y a quién permitía formar parte de su vida. No fue más que un fanfarrón y un sinvergüenza arrogante. Por eso ella empleó los métodos de los que disponía para eliminar la amenaza que suponía.

—No pretendes matar al señor Jonquil, ¿verdad? —preguntó Nia.

—Lo que quiero es negarle la satisfacción de destruir todos mis sueños. Me está arrebatando la posibilidad de poder disfrutar de un matrimonio feliz. No pienso dejar que me robe también todo lo demás.

Empezaba a notar suelo firme bajo los pies. Por fin tenía un plan, una idea. No era ideal, pero era algo. Y eso le estaba devolviendo parte del orgullo y el control sobre su vida y su futuro.

Si «papá» no descubría su enlace a tiempo para salvarla, ella se salvaría de la mejor forma que pudiera.

—Yo viviré como deseo, sin necesidad del permiso o aprobación de un marido que no quiero. En realidad, viviré sin pedirle nada, porque no necesito nada de él.

—Lo despreciarás —resumió Gillian con su habitual rapidez.

—Haré mi vida. Y dejaré que él viva la suya.

Capítulo 6

La semana anterior había sido un infierno. Charlie se hubiera opuesto de forma más radical contra el espantoso matrimonio que le estaban imponiendo, pero sabía que no había otra solución. Si no seguían adelante, la reputación de Artemisa caería por los suelos y él cargaría con la etiqueta de canalla toda la vida. Los dos vivirían siempre perseguidos por el escándalo y sus familias sufrirían por ello. Había analizado la situación desde todas las perspectivas posibles con la esperanza de hallar una salida distinta. Pero no la había.

La única parte buena de permanecer en Londres era la habitación infantil de Lampton House en la que pasaban el rato dos de sus sobrinos. Charlie ya era tío de diez niños y niñas, una de las cosas que más le gustaban de formar parte de la familia Jonquil.

Tres días antes de su matrimonio de inconveniencia, abrió la puerta del cuarto de juegos y miró a la niñera. Ella asintió aceptando la intromisión y él se coló en la estancia. Los pequeños siempre se alegraban mucho de verlo, disfrutaban de su compañía. Ellos lo necesitaban, a diferencia de todos los demás.

El pequeño Kendrick, al que todos conocían como lord Jonquil, y Julia, a la que en sociedad se llamaba *lady* Julia, recorrían a gatas toda la estancia explorando sus dominios. Los dos gemelos ya podían ponerse en pie agarrándose a los muebles, pero todavía no caminaban. Charlie sospechaba que lo harían muy pronto.

Su sobrino fue el primero en verlo. Con un balbuceo que Charlie interpretó como su nombre, el pequeño pilluelo se le acercó gateando a una velocidad impresionante. Julia, fiel a su carácter, se detuvo donde estaba, se sentó, y lo observó con atención. Los pequeños compartían la fecha de nacimiento y el apellido, pero por lo demás eran completamente diferentes.

Tomó en brazos a Kendrick y se acercó a Julia. Se sentó a su lado dándole un momento para decidir si quería que la aupara o no. Se puso a Kendrick sobre el regazo y cruzó las piernas.

La niñera se fue a la habitación de al lado. Charlie le permitía darse un respiro, la oportunidad de disfrutar de unos momentos de paz y tranquilidad. Alguien debía beneficiarse de su presencia.

—¿Cómo estáis, chicos? —les preguntó a los bebés.

Kendrick enseguida empezó a balbucear, cosa que hacía en cuanto alguien le hablaba. Y Julia, como siempre, observaba en silencio. Muchas veces gesticulaba de un modo que le recordaba mucho al hermano de Sorrel, otro de los tíos de Julia y buen amigo de Charlie, también muy introvertido.

—¿Estás percibiendo que estoy un poco triste, Julia? ¿Lo notas?

Los bebés de un año no destacan por sus habilidades dialécticas. Ninguno de los dos le iba a brindar una buena charla para que pudiera aliviar sus pensamientos. Pero mejoraban su estado de ánimo.

Kendrick alargó el brazo en busca de un caballito que apenas alcanzaba. Charlie lo inclinó para que el pequeño llegara al juguete. Cualquier niño un poco mayor, sin duda, habría hecho correr el caballito por el suelo imitando su forma de relinchar. Pero él prefirió mordisquear la cabeza del animal.

Charlie miró a Julia.

—Me parece que tú eres la lista en este dúo.

En la diminuta boca de la niña se dibujó una dulce y conmovedora sonrisa que dejó entrever cuatro dientes y unos adorables hoyuelos. Se inclinó hacia delante y apoyó la cabeza en la pierna de su tío, que la acercó un poco para que estuviera más cómoda.

—Dentro de unos días ya no podré venir a veros tan a menudo —dijo—. Viviré demasiado lejos. Tendréis que prometerme que no os olvidaréis de mí, pero me temo que no será así. Pronto me convertiré en un desconocido para vosotros.

Vaya, se estaba poniendo triste hablando con dos niños tan pequeños que no entendían ni una sola palabra de lo que decía. No estaba mal para la calculadora mente de un matemático.

—Debería haber imaginado que te encontraría en la habitación de los niños. Tienes debilidad por los bebés.

«Toss».

—Las sobrinas y los sobrinos son la mejor distracción que existe —dijo Charlie sin volverse para mirar a su amigo—. Te recomiendo que te hagas con algunos.

Se rió y sus pasos empezaron a resonar por la habitación.

—Se lo diré a mi hermana. Ya tiene casi once años. Me parece que se le está pasando el arroz.

—Rosamond todavía no puede casarse. Espero poder emparejarla con mi sobrino Edmund dentro de unos años. Son de la misma edad.

Toss se sentó en el suelo frente a él y miró a Julia con ternura. La niña desprendía un aire angelical. Podía derretir incluso al corazón más gélido, y él no era precisamente una persona fría.

—Tienes sobrinos y sobrinas de sobra para emparejar a toda la alta sociedad —apuntó el recién llegado.

Charlie pasó los dedos por el suave pelo de la niña.

—Quizá deba emplear mi tiempo en eso ahora que ya no podré dedicarme a lo que yo quería.

—Esa es una regla completamente absurda. Un hombre no deja de ser inteligente y elocuente o un experto en su campo solo porque se haya casado. A decir verdad, el influjo de una esposa podría convertirlo incluso en mejor catedrático.

Aunque Charlie coincidía del todo con él, de nada servía.

—No puedo decir que me alegre esa norma, pero no espero que cambie.

Kendrick le ofreció a Charlie su caballo cubierto de babas, pero, sin esperar siquiera un segundo para que el juguete cambiase de manos, el niño se lo volvió a meter en la boca.

—¿Y tú sigues pensando en dejar Cambridge? —insistió Toss.

Su amigo asintió.

—El objetivo de mis estudios era convertirme en catedrático. Y ahora ya no podré hacerlo.

—Es una lástima, Jonquil. —Negó con la cabeza—. Es una lástima.

—Desde luego. Me hubiera encantado estudiar matemáticas a ese nivel.

—No, me refería a que es una lástima que no vayas a estar allí para ayudarme a tirar la ropa de Peter Duncan al río Cam.

Se le escapó la risa.

—Vaya, cómo echaré de menos nuestras bromas. No estoy preparado para convertirme en un sobrio y triste hombre casado que sabe comportarse en todo momento.

Julia lo miraba con atención. ¿Cómo podía ser tan observadora una niña pequeña?

—Todavía no me acabo de creer que te vayas a casar con la señorita «Falsaster».

Charlie la había apodado así cuando compartía sus frustraciones con sus mejores amigos. Desde que la conocía, lo sacaba de quicio con esa personalidad impostada y la falta de sinceridad. De todas las personas con las que podrían haberlo obligado a casarse, muy posiblemente ella era la peor opción. No podía establecerse un matrimonio «real» con alguien que no sabía lo que significaba esa palabra.

—Señor Jonquil, si me disculpa. —La niñera estaba asomada a la puerta de la habitación—. Acaba de llegar su familia, señor. He pensado que querría saberlo.

—Gracias —repuso.

Los miembros de su familia habían aceptado ir a Londres para asistir a su boda. Lo más probable era que no se sintieran mucho más felices que él con la situación. Aquella no iba a ser una celebración muy feliz para nadie.

Charlie miró a Toss.

—¿Nos llevamos los bebés? Nos servirán de distracción.

—Estoy a favor de utilizar la simpatía como arma.

Toss le tendió los brazos a Julia, pero Kendrick se adelantó. Gateó hasta los brazos extendidos, en apariencia dando por hecho que el ofrecimiento era para él.

Charlie tomó en brazos a Julia y salieron de la habitación infantil hacia la sala de estar; el sonido de las voces de los Jonquil delató enseguida la ubicación de los recién llegados.

Habían llegado tres de sus hermanos, Layton, Corbin y Harold, que era vicario. Charlie esperaba que le permitiesen oficiar la ceremonia. Quizá de ese modo la experiencia resultara menos penosa.

—Hemos encontrado un par de ladronzuelos —anunció Toss—. ¿Quién quiere responsabilizarse de dos pequeños holgazanes?

Captó la atención de toda la sala. Toss se había saltado los saludos y había pasado directamente a la distracción. La familia cedió enseguida. Le hicieron algunas bromitas a Philip, le pidieron disculpas a Sorrel y se pelearon por ver a quién le correspondía ocuparse de los bebés.

A Charlie le arrebataron enseguida su adorable carga. Suspiró aliviado. No habría sermones o discusiones sobre su patética situación. Por lo menos de momento.

Su madre emergió de entre todos ellos. Iba vestida de negro, como hacía sin excepción en los últimos trece años. También lucía el colgante de plata con la piedra azul cielo sin el que Charlie no recordaba haberla visto jamás y que en ese momento reflejaba la luz que se colaba por la ventana. Sin embargo, verla no le produjo la sensación de alivio que tanto necesitaba.

Aguantó la respiración mientras su madre se acercaba a él. No tenía una expresión de lástima o enfado, sino de esa amorosa preocupación por el niño pequeño que seguía necesitando desesperadamente a su madre. Sus compañeros de colegio se habían burlado de él por ese motivo durante años. Con el paso del tiempo, Charlie había aprendido a ocultar la añoranza, pese a que a menudo lloraba por las noches deseando tener cerca a sus padres. Pero nunca consiguió que ellos fueran a consolarlo. Su madre estaba en Lampton Park. Y su padre había muerto mucho antes de que él empezara a ir a la escuela.

Sin mediar palabra, su madre lo abrazó como cuando era pequeño. Él le devolvió el abrazo esforzándose para no perder la compostura.

—Me he vuelto a meter en un lío —susurró—. Y no creo que pueda arreglarlo.

—No pierdas la esperanza, hijo mío. Encontraremos la forma de salir adelante.

Rodeándolo con un brazo, empezó a caminar a su lado hacia la salita de lectura. Se sentaron uno junto al otro en el sofá. Estar con su madre siempre aliviaba su tensión y sus miedos, pero eso no ocurrió en esa ocasión. Los problemas que tenía en ese momento eran demasiado graves; ni siquiera ella podía solucionarlos.

Suspiró y encogió los hombros.

—Ya sé que este ha sido el dominio de Philip durante más de una década, pero esta habitación siempre me recuerda a papá.

—A mí me pasa igual —admitió su madre—. Philip ha hecho muy pocos cambios. Tal vez a él también le recuerde a vuestro padre.

—Ojalá papá estuviera aquí. —Se inclinó hacia delante apoyado los codos en las rodillas—. Siempre lo deseo, pero ahora mismo... —Tragó saliva.

La viuda le acarició la espalda con movimientos lentos y circulares. Solía hacerlo cuando era pequeño y ya entonces se sentía abrumado por emociones que no era capaz de comprender.

—No sé qué te habría dicho tu padre en esta situación, pero puedo contarte algunas de sus experiencias en una similar.

Charlie cerró los ojos y suspiró de nuevo.

—Nuestros padres planearon, acordaron y anunciaron nuestro compromiso sin contar con nuestra opinión. Así que nosotros empezamos de una forma muy parecida a lo que te espera a ti.

Pero no era lo mismo.

—Vosotros no os elegisteis, pero no os odiabais. No es poca diferencia.

—Ya sé que tú y la señorita Lancaster no tenéis una relación cordial, pero si lo piensas bien te darás cuenta de que no la odias.

Charlie podía hacer una lista de todos los motivos que tenía para despreciarla. Ese último desastre solo era uno más. Nadie podía negárselo. Y, sin embargo, la palabra «odio» parecía demasiado rotunda.

Respiró hondo por enésima vez, aunque no logró aliviar la tensión.

—No pretendo negar lo complicada que es la situación en la que te encuentras —continuó su madre—. Y aunque quizá no quieras admitirlo, estoy convencida de que tendrás un poco de miedo. Pero espero que te consuele oír decir a alguien que ha pasado por las mismas preocupaciones que hay esperanza, querido Charlie. No te rindas. Hay esperanza.

Quería creerla.

—¿Y qué pasa si al final nos despreciamos aún más? ¿Y si todo termina siendo peor de lo que me temo?

—Pero, cariño, ¿y si no es así?

El joven se irguió un poco y la miró.

—¿Me seguirás queriendo pase lo que pase?

Su madre lo abrazó y le recostó la cabeza en su hombro.

—Siempre te he querido, cariño. Y siempre te querré. Pase lo que pase.

El amor de su madre había sido su sostén desde siempre. Cuando intentaba encontrar su lugar en el mundo y en su familia, ella lo había querido. Cuando él se había metido en un lío tras otro sin proponérselo, ella lo había querido. Cuando el recuerdo de su padre se había desdibujado con el paso de los años, cuando se había preguntado si su padre lo habría querido tanto como a sus hermanos, el amor de su madre había sido un gran consuelo para él.

Cuando más la había necesitado, ella nunca le había fallado. Y sabía que tampoco lo haría en esa ocasión.

—Me cuesta mucho no sentirme derrotado, madre.

—No debes darte por vencido antes de tiempo. Prométeme que lo intentarás.

Charlie no se tomó la petición de su madre a la ligera. Sabía que había decepcionado a su familia en muchos sentidos, pero nunca había faltado a su palabra cuando le prometía algo a su madre. Y no pensaba hacerlo en ese momento.

—Lo haré lo mejor que pueda —le prometió—. Espero que eso sea suficiente.

Capítulo 7

Charlie había asistido a las bodas de sus hermanos. Todas habían sido acontecimientos felices. Pero el ambiente en Grosvenor Chapel la mañana que él iba a casarse era más parecido al de un funeral.

«Le prometí a mamá que lo intentaría». Llevaba varios días recordándose la promesa que había hecho a su madre y no pensaba decepcionarla.

Se esforzó por parecer alegre y relajado mientras aguardaba en la capilla a que llegara Artemisa. Casi todos los hermanos y cuñados de la señorita Lancaster estaban allí, así como su grupo de amigas íntimas, las «cazadoras», que lo fulminaban con la mirada.

Su familia también lo acompañaba. Philip y Sorrel permanecían junto a Layton, Corbin, Jason y su mujer, Mariposa. También habían acudido a la ceremonia Crispín, lord Cavratt, considerado uno más de los Jonquil, y su esposa. Su madre aguardaba sentada entre ellos. Harold estaba en el altar. El vicario de Grosvenor Chapel era un buen amigo suyo y Charlie le había pedido que oficiara la ceremonia. Toss y Newton también habían asistido junto al hermano de Sorrel, Fennel, que se había unido hacía poco a su grupo de amigos íntimos. No se podía decir que fuera una boda elegante con una interminable lista de invitados. Pero los novios estaban arropados por personas que los apoyaban. Y teniendo en cuenta las circunstancias, no podían pedir más.

Artemisa llegó al fin acompañada del duque de Kielder. Su padre había fallecido hacía algunos años y era su cuñado quien ejercía de tutor. En ese momento, Charlie se hubiera cambiado, encantado, por el padre de la joven.

Ella y el duque se detuvieron justo a su lado. Ese era el momento en que, según la tradición, el padre entregaba a su hija al nuevo marido.

«Le prometí a mi madre que lo intentaría». Aunque tenía el corazón encogido, estaba decidido a hacerlo lo mejor posible.

Miró a su excelencia esperando ver en sus ojos la temible ira por la que era tan conocido. Vio rigor y severidad en el gesto, pero también empatía y un rastro de tristeza. ¿Le dolía aquella unión forzosa? ¿O perder a su cuñada?

El duque asintió y a continuación se retiró, dejando que los miembros de la involuntaria pareja se enfrentaran solos a su destino.

«Inténtalo».

Una cosa tenía que admitir sobre su futura esposa: era preciosa. Evidentemente, lo había advertido desde el mismo momento en que la conoció. Imposible no darse cuenta. Aunque no podía pasar por alto la hostilidad surgida entre ellos inmediatamente, en ese momento no podía dejarse llevar por el resentimiento.

—Estás muy guapa —afirmó.

Ella lo miró muy sorprendida.

—Gracias. —No parecía mucho más tranquila que él, pero tampoco más infeliz—. Tú también estás muy guapo.

—Wilson, el ayuda de cámara de Philip, ha insistido en que no me presentara con las prendas manchadas de frambuesa que nos trajeron hasta aquí.

Ella asintió.

—Muy inteligente por su parte. Y el chaleco que ha elegido es bonito y muy apropiado para la ocasión.

—Uno siempre puede confiar en Wilson.

Probablemente aquella fuera la conversación más cordial que habían mantenido.

—Si estáis listos... —dijo Harold.

—Paciencia, vicario —repuso Charlie—. Estamos hablando de moda.

—Perdona —replicó su hermano, el vicario, con una exagerada expresión de disculpa.

Artemisa llegó incluso a sonreír, cosa que Charlie no esperaba en una situación como aquella.

—Por algún motivo, la conversación parece de lo más adecuada en este momento.

—Lo más descabellado resulta oportuno en este momento.

Artemisa se rió un poco y le arrancó otra pequeña risa a Charlie. Vio a su madre por el rabillo del ojo. Lo estaba observando con cara de aprobación.

«Inténtalo». Su consejo cada vez parecía tener más sentido.

Philip se había referido a su excelencia con la expresión «hermano Adam» durante todo el banquete de la boda. Las probabilidades de que el duque terrible acabara asesinando al conde aumentaban cada minuto que pasaba.

Artemisa se había retirado a una habitación de invitados con sus hermanas para cambiarse para el viaje. Saldrían de Londres esa misma tarde con destino a Cumberland. Muchas parejas no partían el mismo día de la ceremonia, pero ellos habían preferido alejarse de la ciudad y de las habladurías para acallar los rumores.

—Pensaba que no estaríamos emparentados hasta que nuestros hijos, inevitablemente, se casaran entre ellos —le dijo Philip al duque con ese tono que los Jonquil denominaban «voz de bufón»—. Pero nuestros hermanos lo han conseguido varios años antes, herma...

—Si vuelve a llamarme así una vez más, tendremos que volver a la capilla para celebrar un funeral.

Philip se llevó la mano al corazón con fingido dramatismo.

—¡Qué escándalo!

El duque apretó los labios. Se volvió hacia Charlie.

—Concédeme un minuto.

No era una petición.

Charlie lo siguió por el salón hasta una pequeña sala de estar contigua para hablar a solas.

—Primero, pronto descubrirás que todos mis cuñados me llaman Adam. —Tenía una expresión seria en la que no se apreciaba ni un ápice de cordialidad familiar—. Tú, sin embargo, todavía no te has ganado ese derecho.

—Lo entiendo —aceptó Charlie.

—Segundo, —prosiguió—, la vida ha sido muy injusta con tu reciente esposa. No contribuyas aún más a ello.

—¿Me está pidiendo que no la trate mal?

El duque lo miró con un gesto propio de las luchas de espada o combates de boxeo.

—Te estoy advirtiendo que no lo hagas.

Vaya, aquel tipo resultaba aterrador. Se limitó a asentir en silencio.

—Artemisa te volverá loco de frustración. Te apartará de ella, te pondrá obstáculos y se esconderá tras ese aire suyo de superioridad. —Todo muy alentador, pensó el recién casado—. Pero todas sus demostraciones de arrogancia son un escudo, no una ventana. —Guardó silencio un momento. No había nada en su expresión que dejara entrever lo que estaba pensando. Cuando volvió a hablar, estaba más tranquilo—. Ha vivido conmigo desde que era pequeña y jamás ha llegado a confiar en mí del todo. No derriba sus muros ante nadie. Es muy independiente, a veces demasiado. Y no parece que sea algo que vaya a cambiar.

En otras palabras, Charlie iba a resultar tan accesorio e innecesario como lo había sido en su familia. Qué apropiado. Descorazonador y desalentador, pero apropiado.

—A pesar de todo ello —prosiguió el duque—, no la trates mal, aunque te provoque. Se merece una vida mejor que la que ha tenido hasta ahora. No la lastimes más. No añadas más razones a ese dolor.

—No pretendo hacer tal cosa, excelencia.

—Tengo más fe en ti de la que has demostrado merecer. Pero espero que estés a la altura, en parte porque vivo a menos de un día de viaje de donde estaréis. Puedo presentarme en tu puerta en cualquier momento, sin avisar. —La mirada del duque se había vuelto a endurecer y su tono era gélido—. Y no tengo ningún problema para infligir los castigos que considere pertinentes sin preocuparme lo más mínimo por las consecuencias.

Charlie volvió a asentir.

—Ahora ve a esperar a tu esposa —ordenó señalando la puerta—. No hagas que se pregunte si te has dado media vuelta y te has marchado.

Jonquil fue al vestíbulo a esperar a que Artemisa bajara por la escalera. Mientras hacía guardia, toda su familia pasó por allí.

Layton fue el primero.

—No dejes que te sorprenda fingiendo escucharla mientras estás pensando en otra cosa. Es más, no finjas que estás escuchando. Te descubrirá siempre.

Parecía que lo decía por experiencia.

Corbin se acercó a continuación.

—Sé... sé bueno con ella.

Charlie asintió. Ese era un buen consejo, algo asombroso teniendo en cuenta que procedía de uno de sus hermanos. Y era una frase completa, cosa rara en Corbin.

Jason se acercó seguido de su esposa.

—Olvídate de la lógica a partir de ahora. La lógica no tiene cabida en el matrimonio.

Mariposa dio un golpecito a su marido.

—No tienes remedio. —Miró a Charlie—. No le hagas ni caso.

—Nunca lo hago.

Con esa respuesta se ganó una sonrisa.

Harold era el siguiente de la fila.

—Como te pongas a citar las santas escrituras, me pondré a decir palabrotas —le advirtió Charlie. Si le hubiera dicho algo así a su religioso hermano un año antes, lo más probable es que le hubiera dado una buena charla sobre la corrección. Pero Harold se había relajado mucho desde que se había casado.

—Solo te iba a recordar que el asesinato no está bien visto. Seguro que recuerdas que es pecado.

—No planeo asesinarla —replicó.

—Todavía —repuso Harold, mientras dejaba paso al siguiente, Toss.

—¿Tú también tienes algún consejo que darme? —preguntó Charlie.

—¿Y qué sugerencia podría hacerte yo? —Su amigo se rió; como siempre, incapaz de estarse completamente quieto. Nadie tenía tanta energía contenida—. Yo no estoy casado. Jamás he cortejado a nadie.

—Nunca te quedas en el mismo lugar la cantidad de tiempo suficiente como para poder hacerlo —apuntó el joven Jonquil.

—Acertadas palabras. —Le dio una palmadita en el hombro—. Te deseo buena suerte, amigo. Intenta no morir en el intento.

—Muy bonito.

Sorrel y Philip se acercaron a continuación; Philip llevaba un niño en cada brazo.

—Imagino que vas a dedicarme unas palabras de cuestionable sabiduría —comentó el hermano pequeño con sequedad.

—Por supuesto —reconoció el conde—. Pero Sorrel me ha advertido que cierre el pico. Cerrar el pico... —Resopló y negó con la cabeza—. ¿No podría haberme dicho que no sea lenguaraz o cabeza de chorlito, no sé, algo un poco más refinado?

—Cabeza de chorlito no tiene nada de refinado —le advirtió Sorrel, puntillosa.

Philip adoptó una cómica expresión afectada.

—Querida, un cabeza de chorlito puede ser muy refinado.

Sorrel lo miró con cierto recelo.

—Estamos hablando de tu cabeza, ¿no? Espero que no tengas ningún chorlito dentro.

—Estamos hablando de refinamiento y elegancia. Si no gozara de ambas virtudes, Wilson descargaría toda su ira sobre mí. Ese hombre me asesinaría sin pensarlo.

Su cuñada se volvió hacia Charlie. Aunque se había armado de valor, no había conseguido esconder del todo los dolores que padecía. Su cuerpo maltrecho no se había recuperado del todo del parto de sus hijos. Tras una jornada tan intensa como aquella y a pesar de lo temprano de la hora, lo más probable era que necesitara acostarse.

—Ven a visitarnos siempre que puedas —le dijo—. No lo digo por Philip, él y su cabeza de chorlito no merecen visitas, pero sí los niños. Te echarán mucho de menos.

A Sorrel le gustaba bromear con su esposo. Bastaba con ver la sonrisa que él esbozaba cada vez que ella le soltaba alguna coz para comprender lo mucho que él disfrutaba de sus batallas dialécticas.

—Me siento tentado de llevarme los niños. —El joven Jonquil agarró la minúscula manita de Julia y acarició la barbilla de Kendrick—. Pero parafraseando a mi hermano, «Wilson me asesinaría». Y los gemelos necesitan a su madre. Y a su abuela. Y a Layton, Marion y sus hijos. Y tal vez incluso añorasen a su padre.

Su hermano mayor fingió ofenderse.

—Después de ese comentario me niego a quedarme aquí para despedirme de ti cuando salgas de viaje. Voy a reunir a mis hijos y a mi esposa y nos marcharemos.

Charlie sabía perfectamente que Philip se llevaría a su familia para que Sorrel pudiera descansar. La quería demasiado como para verla sufrir, pero no quería avergonzarla dando a entender que ella estaba demasiado débil para seguir de pie.

Al poco, su madre apareció junto al recién casado en el vestíbulo ya vacío. Lo rodeó con el brazo.

—Hoy me he sentido orgullosa de ti, Charlie. Has conseguido que tu novia sonriera en un momento en el que debía de sentirse aterrorizada. Tu padre también tenía facilidad para esas cosas. —En su voz se apreciaba una evidente emoción—. Sé paciente con ella. Trátala con delicadeza.

—El duque me ha dado las mismas órdenes. —Charlie le devolvió el abrazo a su madre—. Me ha hablado con mucha amabilidad, algo que sospecho que no hace a menudo.

—Tiene más corazón de lo que da a entender —repuso la mujer.

—¿Y cómo lo sabes?

Ella lo miró.

—Querido, Charlie... ¿Todavía no te has dado cuenta de que yo lo sé todo?

A él se le escapó una risita por lo bajo.

—Ojalá pudiera regresar contigo a Lampton Park en lugar de tener que arrastrar a mi triste esposa a Brier Hill.

La madre le dio unas palmaditas en la mejilla.

—Ten fe, cariño. Seguro que encontaréis el camino.

Artemisa apreció entonces en lo alto de la escalera ataviada con un vestido de viaje de intenso color verde. Resaltaba el color esmeralda de sus ojos.

La condesa viuda de Lampton dejó de abrazar a su hijo y le apretó la mano.

—Es sin duda la mujer más hermosa que he visto en mi vida. Es casi impactante.

—La primera vez que la vi en la fiesta que celebraste hace dos años ni siquiera me atreví a dirigirle la palabra —admitió Charlie—. Nunca había conocido a ninguna chica tan hermosa, equilibrada y segura. Estaba abrumado.

—¿Y qué fue lo que cambió? —preguntó su madre.

—Que ella sí que me dirigió la palabra a mí y rompió el hechizo.

—¿Descubriste que era humana?

—Descubrí que era la peste.

Ella reprimió una sonrisa.

—Charlie...

El tono de reprimenda de su madre no pareció demasiado severo.

Él dejó escapar una risita.

—Me estoy esforzando, te lo prometo. Lo que ocurre es que no siempre lo consigo.

—Mientras lo sigas intentando...

Artemisa se reunió con él solo unos segundos después.

—Supongo que será mejor que nos marchemos ya.

Charlie asintió y la acompañó hasta la puerta. El carruaje los estaría esperando. Ella se despidió con aparente despreocupación de su familia y salió de la casa. Él sabía que no estaba tan tranquila como fingía. Ya había demostrado en otras ocasiones que era muy buena actriz. Ni siquiera conocía a la verdadera Artemisa.

Su madre lo abrazó con fuerza. Él recurrió al torniquete emocional que había practicado durante su estancia en Eton, cuando separarse de su madre y de su hogar lo sumían en un mar de lágrimas. Las bromas y comentarios le resultaban insoportables, por lo que había encontrado una forma de contenerse para mantener las burlas a raya.

—Ven a vernos a Lampton Park —le pidió sin soltarlo—. Ya sabes que siempre eres más que bienvenido.

—Te quiero, madre.

Charlie estaba orgulloso de su compostura.

—Y yo a ti, hijo.

Cuando notó que sus emociones amenazaban con aflorar, se retiró y se despidió con una inclinación de cabeza. Recuperó el sombrero que sostenía el mayordomo apostado en la puerta y se lo caló mientras salía de la casa con seguridad. Se subió al carruaje que esperaba en la calzada y se acomodó en el asiento frente a... su esposa.

Vaya, ¿cómo había llegado a esa situación? Su vida estaba patas arriba y no veía la forma de enderezarla. Había perdido su carrera, su plan de futuro y la posibilidad de encontrar el amor y una vida matrimonial feliz. Se sentía como si hubiera perdido a su madre y su hogar al mismo tiempo.

—Me da mucha pena tener que marcharme tan pronto de Londres —comentó Artemisa, contemplando los edificios que se iban dejando atrás—. No he tenido ocasión de ver a muchas personas.

Lamentaba las oportunidades perdidas de mezclarse con la alta sociedad. A los dos les había cambiado la vida de la noche a la mañana y ella no tenía pena más profunda que la pérdida de su vida social.

Cuántas veces había oído Charlie a sus hermanos referirse a los consejos que les había dado su padre para resolver las dificultades con las que iban encontrándose en la vida. Su padre, al que él apenas recordaba, los había salvado.

¿Quién iba a salvarlo a él?

Capítulo 8

El viaje desde Londres se había alargado varios días. Y aunque Artemisa no conocía con exactitud la situación económica de Charlie, sí que sabía que no era particularmente holgada. Los cambios de caballos los debían de haber costeado Adam o lord Lampton.

Lo más probable era que tuvieran que vivir de su dote. Todas las jovencitas con buenas dotes vivían preocupadas de que algún caballero las cortejara exclusivamente por el dinero que podrían aportar al matrimonio. Ella misma había conocido un buen número de pretendientes que no habían mostrado ningún interés en ella como persona, sino en la fortuna que podían añadir a sus arcas. Le había ocurrido cada temporada. Cada día que recibía visitas en casa. Poco podía decir en favor del matrimonio al que se había visto abocada, pero al menos Charlie no se había casado con ella por dinero. A decir verdad, él nunca hubiera querido casarse con ella.

No hablaron mucho durante el trayecto. Viajaron en silencio, comieron en silencio, descansaron en habitaciones separadas en todas las posadas y a la mañana siguiente se reencontraban en el carruaje para compartir otras tantas horas interminables en silencio.

¿Cómo soportaría vivir así? A duras penas había conseguido superar una infancia con esas mismas condiciones.

La tarde del último tramo del viaje, él rompió la quietud reinante en el coche de caballos.

—Ya estamos cerca de Brier Hill. No he vuelto desde que era pequeño, pero los alrededores son inconfundibles.

Por lo menos era un intento de entablar una conversación cordial, se consoló ella.

—¿Por qué dejaste de venir?

—Porque mi padre murió.

Y eso puso punto final a la conversación. Charlie volvió a clavar los ojos en la carretera y adoptó una expresión y una postura que la dejaron completamente al margen.

La actitud que adoptaba su padre. En ocasiones él la había hecho sospechar que hubiese preferido una vida sin ella.

Artemisa fijó la vista en la ventana, pero no porque estuviera ansiosa por ver la casa donde se suponía que debía crear un hogar, sino para darse un respiro y recomponerse. Temía que se desbordaran sus emociones. Había perdido el futuro, la esperanza y la libertad; se negaba a perder también la dignidad.

Les había asegurado a las «cazadoras» que haría caso omiso a su indeseado marido con absoluta tranquilidad y sin pensárselo dos veces. Solo llevaba unos cuantos días en aquel desastroso matrimonio y ya se estaba desmoronando porque él la estaba dando de lado a ella. Estaba resultando ser una diosa patética.

Cerró los ojos y empezó una lenta cuenta atrás, un truco que Adam le había enseñado a su hermana Dafne y esta a ella. De esa forma paraba el remolino de pensamientos y se concentraba en otra cosa. Le relajaba la mente y ralentizaba los latidos de su corazón.

«Siempre es mejor quedarse en la luz».

Cuando volvió a abrir los ojos la coraza volvía a estar en su sitio. En todos los bustos que había visto, de la diosa Artemisa lucía la misma expresión de inquebrantable determinación. Desde los dieciséis años, la propia Artemisa había pasado innumerables horas delante del espejo ensayando para recrear perfectamente esa actitud. Y en ese momento volvió a adoptar aquel aire de seguridad.

Mientras el carruaje aminoraba el paso por el camino, contempló Brier Hill. Era una hacienda pequeña, pero bien conservada. La fachada de piedra estaba deteriorada por el paso de los años y la erosión le había conferido calidez al conjunto, que distaba mucho de parecer una casa en ruinas. Le gustaron las altísimas plantas de laurel de las esquinas. Había muchos árboles, tanto centenarios como jóvenes. Se notaba que alguien mantenía bien conservados los terrenos.

—¿Qué te parece? —preguntó Charlie.

—Es preciosa.

—¿No la detestas?

Ella negó con la cabeza.

—Nadie con un mínimo de buen gusto podría detestar este lugar.

Parecía verdaderamente aliviado. Tal vez quisiera que a ella le gustara la casa y que fuera feliz allí. Y ese sería un giro alentador.

Un hombre y una mujer de avanzada edad salieron por la puerta principal luciendo la librea elegante pero sencilla, propia del servicio. Sin duda se trataba del mayordomo y el ama de llaves. No aparecieron más sirvientes. La casa era pequeña, quizá no hubiera más trabajadores. Pero Charlie tendría un ayuda de cámara, supuso. Y Rose debía de haber llegado un poco antes que ellos. ¿Habría más personal en los establos? ¿Una cocinera? ¿Jardinero? ¿Sería ella la encargada de contratar a alguien más? ¿Cómo iba a hacerlo sin saber de cuánto dinero disponía?

«Dignidad», se recordó. A lo largo de los años había resultado ser su arma más eficaz. La dignidad y el teatro. Era una combinación extraña pero efectiva. Nadie podría hacerle daño si jamás llegaba a conocerla de verdad.

Bajó del carruaje ayudada por Charlie, que estaba haciendo las veces de lacayo.

—Artemisa, estos son el señor y la señora Giles, mayordomo y ama de llaves.

Los saludó inclinando la cabeza. Ellos hicieron una pequeña reverencia.

—Esta es la señora Jonquil —continuó Charlie.

Vaya, qué raro sonaba. Pero que muy raro. aunque sabía que no sería la señorita Lancaster para siempre, ni en la peor de sus pesadillas había imaginado que se acabaría convirtiendo en la señora Jonquil. Bastó con oírle pronunciar ese apellido para sentirse de nuevo al borde de las lágrimas.

«Yo soy Artemisa», se recordó. «Diosa de la caza, asesina de hombres y una mujer dueña de su destino». Se había repetido aquel lema una y otra vez durante las dos últimas semanas.

Se recompuso con decisión y se dirigió junto a Charlie a la entrada. El espacio era agradable, sencillo y limpio. Si el resto de la casa era igual, se sentía capaz de dejar huella allí. Podría dejar algo de sí misma en aquella vivienda, y eso significaba mucho.

—Sería un honor enseñarle la casa, señora Jonquil —dijo el ama de llaves inclinando la cabeza con deferencia.

—Sí, gracias. —Se volvió hacia Charlie, orgullosa de lo convincente que estaba resultando en su nuevo papel como señora de Brier Hill—. ¿Nos acompañas?

—Hacía muchos años que no venía por aquí, pero recuerdo la vivienda lo suficientemente bien como para no necesitar que me la vuelvan a enseñar. —Se dirigió entonces al ama de llaves—. Supongo que el jardín amurallado de la parte de atrás sigue igual.

La mujer asintió.

—Se ha conservado siguiendo las indicaciones que dejó su padre.

A su expresión asomó una sombra de tristeza y un poco de nostalgia.

—Creo que iré a verlo. Hace años que no veo ese jardín. —Se irguió un poco al volverse hacia Artemisa—. A menos que prefieras que te acompañe a ver la mansión.

Lo cierto es que a ella le hubiera gustado que lo hiciera. Habría apreciado un poco de apoyo mientras se familiarizaba con su nueva situación en un entorno desconocido. Pero tenía que mostrarse tan fuerte e independiente como su nombre daba a entender. «Viviré mi vida. Y dejaré que él viva la suya».

—No tengo inconveniente —aseguró—. Estoy segura de que la señora Giles y yo nos las apañaremos perfectamente solas.

Él frunció un poco el ceño, pero fue cosa de un segundo. Se metió las manos en los bolsillos del abrigo y, sin mediar palabra, dio media vuelta y, no había mejor forma de describirlo, se fue arrastrando los pies. ¿Quería ver el jardín o simplemente no quería estar con ella?

—¿El jardín era del difunto conde? —preguntó Artemisa.

Por lo que ella sabía era más común que las mujeres fueran las responsables de los jardines, por lo menos así había sido en el castillo de Falstone.

—Él lo diseñó y ayudó a construirlo —precisó la mujer—. Y él mismo eligió todas las clases de plantas y flores que crecen en él. Ese lugar era muy importante para él.

Su propio padre se había adueñado de un rincón de su casa, un espacio que también había sido muy importante para él. Raras veces salía de su sala de lectura. Y siempre había sido muy quisquilloso al respecto, pues no permitía que nadie lo molestara mientras estaba allí. Artemisa había oído algunas cosas sobre el anterior conde de Lampton. Y no parecía la clase de hombre que descuidara a la familia. Tal vez hubiera conseguido cierto equilibrio entre su pasión por ese jardín y el tiempo que dedicaba a los suyos.

Recorrió la casa acompañada de la señora Giles. No era grande, pero estaba muy bien distribuida y organizada. Disponía de mucho sitio para recibir invitados, cosa que la tranquilizó bastante. Podría cambiar de lugar algunas cosas para poder disfrutar todavía más del espacio.

En particular le gustaron las detalladas molduras diseminadas por todas las habitaciones y las de los marcos de todas las puertas. Las florecitas y las hojas esculpidas se repetían también en la barandilla de la escalinata que conducía al primer piso. Esos pequeños detalles conferían carácter a la casa sin restarle espacio. Decorar una vivienda no era muy distinto al diseño de cualquier otra cosa. Todo se reducía a equilibrio y atención a las características que debían ser resaltadas y celebradas.

En el rellano del primer piso se abrían un buen número de puertas. El ama de llaves fue descubriendo lo que se escondían: una biblioteca, tres habitaciones de invitados y una agradable antecámara con una puerta en cada lado.

—Esta es la habitación del señor Jonquil —afirmó la mujer señalando la puerta de la izquierda—. Y la suya, señora Jonquil, es esta otra. —Le indicó la de la derecha—. Su doncella ya está dentro. Si necesita alguna cosa, por favor, no dude en mandarla a buscarme o llamar al timbre.

—Gracias, señora Giles.

El ama de llaves se marchó y Artemisa entró en el que se había convertido en su nuevo dormitorio.

Y sí, Rose ya estaba colocando los cepillos y peines en una pequeña mesa. Ver una cara conocida, alguien con cuya lealtad y amabilidad podía contar, le produjo un gran alivio.

—¿Qué te parecen tus nuevos dominios? —le preguntó a Rose.

—La casa es pequeña, pero está muy bien conservada y tiene unas vistas espectaculares. —Señaló los enormes ventanales.

Artemisa se acercó a ellos y contempló las montañas que se alzaban a lo lejos y los campos a sus pies. La idea de despertarse cada mañana ante semejantes vistas no le pareció mala idea.

Un movimiento le llamó la atención y fijó la vista al final de los terrenos de la hacienda, en un muro de piedra muy distinto al resto. Una altísima valla de hierro no mucho más ancha que una puerta estaba abierta. Y Charlie salía de ella en ese preciso momento.

Así que aquel era el jardín de su padre. No parecía especialmente contento, sino más bien ensimismado. Pero no pensaba preocuparse por su estado anímico. Lo mejor que podía hacer era instalarse.

—¿Cómo es tu habitación? —le preguntó a Rose—. No creo que en una casa tan pequeña dispongas del mismo espacio que tenías en el castillo de Falstone.

—Sí, es más pequeña, pero no es incómoda. —La doncella guardó algo en uno de los cajones de la cómoda—. He visto una habitación en la planta baja que está vacía.

Artemisa también se había fijado.

—La señora Giles dice que en su día fue una sala de billar, pero que ya no se utiliza para eso.

—Creo que podríamos utilizarla como sala de costura —sugirió Rose—. Hay espacio de sobra y no interferirá con otras actividades.

Era una buena sugerencia. Si alguien le hubiera dicho hacía solo unas semanas que dispondría de una estancia para diseñar, confeccionar y mejorar ropas y patrones, habría saltado de alegría. Pero en ese momento no le entusiasmó la idea.

Dedicarse a la moda en un futuro siempre había sido un sueño estúpido. No podía hacerlo realidad, pero disfrutaba imaginándolo. Sin embargo, no se sentía con ánimo para ello.

Contempló las vistas por última vez y miró a su inesperado e indeseado marido mientras regresaba lentamente a la casa.

«Viviré mi vida. Y dejaré que él viva la suya».

El problema era que ya no sabía qué hacer con su vida.

Capítulo 9

Charlie no sabía qué quería hacer Artemisa con su vida, pero dudaba que quisiera estar casada por obligación con un hombre al que odiaba. Le había dado tiempo y espacio para que se adaptara. Tanto que apenas se veían.

Le había prometido a su madre que intentaría que su matrimonio forzoso funcionara. Se había pasado la vida procurando hacer las cosas bien y ser como debía, y nunca lo había conseguido.

Pasó su quinto día en Brier Hill buscando desesperadamente la forma de pasar un rato con su esposa, sin que el intento terminara en discusión o provocara un mayor resentimiento entre ellos. El momento más agradable que habían compartido en las últimas semanas había sido en la iglesia, justo antes de que los casaran. Un instante de cordialidad que había roto un ápice del hielo entre ellos. Por lo visto, una conversación desenfadada y con sentido del humor era una buena forma de relacionarse con Artemisa. O eso esperaba.

Así que había decidido compartir un desayuno relajado en el pequeño salón circular que comunicaba sus respectivos dormitorios. Allí gozarían de un poco de intimidad para que ella pudiera sentirse segura y derribar esos muros infranqueables a los que se había referido el duque. Tal vez a ella le pareciera divertido disfrutar de una comida un tanto atípica. Tenía que funcionar; no se le ocurría otro modo de acercarse a ella.

A primera hora de la mañana, se encaminó a la parte trasera de la casa hasta el jardín de su padre. Los rosales trepadores cubrían una zona entera del muro, salpicado de hermosas flores silvestres. Varios árboles altísimos regalaban su sombra al soleado jardín. Un único camino de piedra que serpenteaba por el terreno se bifurcaba en senderos de grava que conducían a tranquilos rincones y bancos de piedra. Alrededor de los hermosos arbustos verdes crecían flores de docenas de variedades diferentes: lirios y bocas de dragón; nomeolvides y flores de lis; incluso variedades exóticas, como arañuelas y damas de noche.

La familia había pasado largas temporadas en Brier Hill antes de que su padre muriera. Los recuerdos lo asaltaban desde cualquier rincón de la casa, pero ninguno era tan intenso como los que habitaban aquel jardín. Él había paseado a diario con su padre por ese camino siempre que estaban allí. Y siempre hablaban, aunque no recordaba ninguna de aquellas conversaciones. Lo que no había olvidado era lo que su padre sabía sobre flores y el tiempo que dedicaba a elegir cuáles recoger para llevárselas a su madre. Le llevaba flores casi a diario, ya estuvieran en Brier Hill o en Lampton Park.

Era lo más parecido a un consejo matrimonial que tenía de su padre. Cada mañana que habían pasado en Brier Hill, Charlie había salido al jardín, había elegido un puñado de flores, y le había pedido a la señora Giles que las subiera cuando fuera a limpiar la habitación de Artemisa y cambiara el jarrón del día anterior. Su esposa jamás lo mencionaba, pero él esperaba que le gustaran las flores.

El señor y la señora Giles ya estaban en el salón circular cuando él apareció con el ramito que había recogido esa mañana. Habían subido una mesa y los dos leales sirvientes la estaban preparando con el menaje y las viandas del desayuno.

Charlie colocó las flores sobre la mesa.

—Es un ramo precioso —observó el ama de llaves—. Su padre también tenía facilidad para combinar bien las flores.

Esperaba que Artemisa estuviera de acuerdo, aunque no lo dijera. Ella nunca pasaba desapercibida con sus «actuaciones» en público, aunque él sabía que había algo más debajo de la fachada.

Sin embargo, en ese momento estaba tan encerrada en sí misma, que tenía la sensación de no conocerla en absoluto. Era como vivir con una estatua de la diosa griega en lugar de con la dama que se había convertido en su esposa.

La señora Giles acabó de disponer la mesa mientras su marido servía el desayuno.

—¿Van a necesitar alguna cosa más? —preguntó el mayordomo.

—¿Necesitar?

—Si desea algo más, señor.

Charlie suspiró algo tenso.

—Un poco de coñac, Giles.

Los tres sonrieron.

—Todo irá bien, señor Jonquil —lo tranquilizó el ama de llaves—. Ya lo verá.

—Y si no... tendré el decantador esperando —terció su marido.

Charlie se rió.

—Bien por ti.

La pareja se marchó por la puerta de su dormitorio.

Charlie se quedó sentado en el salón esperando a Artemisa. Si el pequeño intento de acercamiento no daba resultado, ya no se le ocurría otra solución. Había elegido un atuendo poco formal, dando por hecho que era lo más apropiado para compartir un *tête-a-tête* durante el desayuno. Si no había acertado, no tenía ninguna duda de que Artemisa se lo haría saber. Ella daba mucha importancia a las apariencias. Y seguramente la suya le resultaba poco atractiva. Él no tenía la mano de Philip para la moda. Y tampoco era tan rico como él.

No esperaba que aquella colación matutina se convirtiera en un debate sobre moda, pero por lo menos sería un tema de conversación. Estaba dispuesto a propiciar una charla distendida con Artemisa. No quería que fuera más infeliz de lo que ya era.

La puerta que conducía al dormitorio de la joven se abrió y ella apareció en el salón. Tan elegante como siempre, pero también vestida con prendas informales. Había tomado la decisión correcta, pensó él.

Sea como fuere, el sencillo peinado y el vestido que lucía la hacían parecer todavía más hermosa, cosa que era toda una gesta. Quizá fuera porque se la veía menos intimidante. Cuando Artemisa empleaba todas las armas de su arsenal —ingenio, seguridad y elegancia— podía llegar a parecer que no era humana. Al verla en ese momento, Charlie estuvo a punto de pensar que podría llegar a ser su amigo.

A punto.

—Tengo que admitir que llevo intrigada por esta idea desde que la sugeriste ayer por la noche, Charlie. Nunca he disfrutado del desayuno en algún lugar que no fuera el comedor o en una bandeja en mi cuarto. —Contempló la mesa admirando la variedad de opciones—. Esto está bastante bien, ¿no?

Charlie se sintió enormemente aliviado. Al final no había resultado un error garrafal.

—Me ha parecido un buen lugar donde empezar la mañana.

Conservó la calma y la dignidad mientras se acercaba a ella. Artemisa olía a algo que le recordaba ligeramente a las magnolias. Y con toques cítricos, pero no exactamente. El aroma, que no conseguía identificar, no era desagradable en absoluto.

Le retiró la silla y ella se sentó. Él también tomó asiento.

—Tengo que admitir que es muy agradable desayunar disfrutando de las vistas de estas montañas —comentó ella—. Es mucho mejor que las paredes que uno suele ver en cualquier comedor.

Se estaban ciñendo a los clásicos temas de quien no tiene nada que decirse. Sí, todo iba sobre ruedas.

—Los campos resultan particularmente hermosos en esta zona del país —corroboró Charlie—. Aunque yo era muy pequeño cuando veníamos aquí, es algo que recuerdo de Brier Hill.

—Algunos recuerdos de la infancia son muy intensos —repuso ella—. Mientras que otros parecen fragmentados o se olvidan del todo.

Desde luego. Los que el joven Jonquil conservaba de su padre solían ser imprecisos. Pero entre ellos asomaban algunas escenas que eran tan vívidas como si hubieran ocurrido solo unos días antes: su padre cuidando de las flores en el jardín de Brier Park y en el invernadero de Lampton Park, llevando ramos de flores a su madre, paseando, jugando con sus hermanos, abrazando a su madre.

Pero solo recordaba su aspecto de los retratos. No conseguía rememorar el timbre de su voz. No tenía ninguna seguridad de que lo hubiera querido. Suponía que sí. Esperaba que sí. Pero no conseguía recordarlo.

—Mis hermanas y yo celebramos un pícnic poco antes de que Perséfone se marchara de casa —dijo Artemisa—. Ella permanecía muy pensativa, pero yo no sabía por qué. Estaba convencida de que había algún problema con la comida, pero como yo había ayudado a prepararla tenía miedo de preguntar. Intenté convencerla para que comiera más y más, porque necesitaba convencerme de que no lo había arruinado todo. Ahora pienso que probablemente estuviera nerviosa por su boda. Pero yo era demasiado pequeña para entenderlo.

—Layton fue el primero de mis hermanos en casarse —comentó Charlie—. No recuerdo si estaba nervioso o no, aunque yo tenía once años y ya era lo bastante mayor como para ser más observador de lo que era.

Recordaba sobre todo que estaba asustado. La única vez que había visto tantas personas en su casa había sido para el funeral de su padre. Y aunque tenía edad suficiente como para saber que era un temor infundado, le atormentaba pensar que cualquier miembro de su familia pudiera morir.

Pero ese recuerdo era demasiado personal para compartirlo.

—Cuando se celebraron las demás bodas ya era lo bastante mayor como para comprender lo que estaba ocurriendo —añadió—. Mis hermanos y sus esposas siempre estaban nerviosos y emocionados, y, en general, asquerosamente enamorados.

—Mis hermanas también —coincidió Artemisa—. Hasta Adam y Perséfone lo están ahora.

Era la conversación más larga que habían mantenido desde su llegada a Brier Hill, en realidad desde que habían partido de Londres, y estaba plagada de peligros potenciales. A fin de cuentas, ellos dos no habían sentido ninguna emoción ni estaban «asquerosamente enamorados» o felices. Y lo más probable era que nunca lo estuvieran. No tenían confianza suficiente como para arriesgarse a seguir hablando de eso.

Así que Charlie intentó desviar la conversación.

—Le advertí a Newton que si resultaban demasiado insoportables, jamás iría a visitarlo a él y a su esposa. Y me parece que se lo tomó muy en serio.

Ella esbozó una leve sonrisa.

—Pues espero que resulten tan espantosamente insoportables como todas las parejas felizmente casadas que he conocido.

—En ese caso —repuso él fingiendo despreocupación— me parece que esa amistad ya llegado a su fin.

Artemisa se rió un poco.

Aquello estaba funcionando. Una charla amistosa sin otras personas alrededor que pudieran añadir más incomodidad a la situación. Tal vez aquello fuera parte de la fórmula que había estado buscando. Disfrutarían del desayuno en aquella estancia hablando de naderías. Con el tiempo, quizá la conversación fluyera lo suficiente como para que surgiera en otros momentos del día. Y la cena podría dejar de ser tan soporífera.

—Si renuncian a su desagradable actitud —comentó Artemisa—, quizá podríamos considerar la posibilidad de invitarlos a hacernos una visita.

Lo cierto es que era una buena sugerencia.

—A decir verdad —prosiguió ella con una mirada entusiasta—, podríamos invitar a varios amigos. Esta casa no es muy grande, pero disponemos del espacio suficiente como para celebrar una reunión modesta.

Conseguir que Newton y Ellie fueran a visitarlos era más que factible. Toss podría acudir también. Tal vez uno o dos de sus amigos de Cambridge pudieran visitarlos de vez en cuando. Y Artemisa querría ver a las «cazadoras». Pero las fiestas, aunque fueran pequeñas, serían más complicadas de organizar.

—Tendremos que limitarnos a invitar a un par de personas durante algunos días, y solo de vez en cuando —opinó.

—¿Porque prefieres ser un ermitaño? —espetó Artemisa con sequedad.

—Porque soy demasiado pobre.

Quizá fuera una forma demasiado directa de decirlo, pero él no tenía ninguna profesión. Tres semanas antes le habían arrebatado todos sus planes para ganarse la vida. La renta que recibía de la propiedad de Lampton no era muy cuantiosa. Y la cantidad asignada para el mantenimiento de aquel lugar no bastaba para cubrir los gastos de fiestas y reuniones.

Artemisa no se mostró especialmente comprensiva.

—Resulta que sé que acabas de recibir veinte mil libras.

—Ya sé que no tienes muy buena opinión de mí, Artemisa, pero cuando mi hermano y el duque negociaron nuestro acuerdo matrimonial, yo insistí en que tu dote no se convirtiera en nuestra fuente de ingresos. Está intacta y así seguirá.

—¿Eso quiere decir que vamos a vivir en relativa pobreza para que tú conserves tu orgullo intacto?

Charlie resopló.

—Si yo hubiera llegado a un acuerdo para que viviéramos de tu dote te parecería igual de mal.

—No hay nada de este «acuerdo» que no me parezca mal.

Charlie retiró la silla de la mesa.

—Pues deberías haberlo pensado antes de tirarme todo el ponche por encima.

Artemisa se puso en pie con actitud desafiante.

—Fue un accidente.

Él también se levantó.

—Fue una catástrofe.

—Eso nunca te lo voy a discutir.

Artemisa arrojó la servilleta a la mesa. Muy enfadada, se marchó a toda prisa y cerró la puerta con rabia.

Él se frotó las sienes con las palmas de las manos. ¿Sería así siempre? ¿Cualquier progreso se vería empañado por la ira y el resentimiento? Se quedó mirando el ramo de flores completamente inútil dentro del jarrón. El único ejemplo que tenía de su padre y no estaba sirviendo de nada.

Charlie abandonó también el desayuno, regresó a su dormitorio y cerró la puerta. Se sentía más decepcionado que enfadado. Todo era un desastre. Aquella habitación había pertenecido a su padre. Esa había sido su casa y la de su madre. Cuando la familia había ido de visita a aquella propiedad, su padre había estado con ellos. Pero ya no estaba allí.

No había nadie.

Intentaba cumplir la promesa que le había hecho a su madre, pero nada funcionaba. El duque le dijo que la vida había sido injusta con Artemisa, pero también había sido injusta con él. Su madre le dijo que fuera paciente con su nueva esposa, pero él también necesitaba que ella fuera paciente. Los dos estaban pasándolo mal, se sentían frustrados y en territorio desconocido. Los dos estaban tristes. Y atrapados.

Se paseaba por la habitación tratando de poner en orden los pensamientos. Todos sus amigos regresarían pronto a Cambridge sin él. Charlie sabía a qué conferencias asistirían, las clases que hubiera disfrutado muchísimo y que había soñado impartir algún día. Todo lo planeado se había venido abajo. Seguiría estudiando matemáticas por su cuenta, pero eso era más un consuelo que un propósito.

Salió de la habitación y de la casa y volvió al jardín paterno. Un recuerdo lo embargó mientras paseaba por el sendero. Fue durante su última visita a Brier Hill. La mayoría de sus hermanos estaban en la escuela y Harold no había querido jugar con él. Había encontrado a su padre en un rincón de los terrenos de la casa. Y con el corazón roto le había dicho que se sentía muy solo.

Su padre lo había abrazado con fuerza. Y aunque ya no recordaba el timbre de su voz, no había olvidado ni una sola palabra de lo que le había dicho: «Tú jamás estarás solo, Charlie. Yo siempre estaré ahí. Siempre que me necesites, allí donde estés, yo estaré para ti».

Se sentó en el banco de piedra que tantas veces había compartido con él. Una suave y fresca brisa agitó las hojas de los árboles y sintió una paz que no encontraba en ningún otro rincón de aquella casa. Ni él ni Artemisa querían vivir allí, donde tan poca esperanza tenían de labrarse un futuro.

—Me lo prometiste, padre. Me lo prometiste. Pero no estás aquí. Nunca estás aquí.

Capítulo 10

Artemisa se sentía cansada. Cada día era una lucha, ya fuera con el pesimismo o con Charlie. O con ambos. Ya llevaban más de dos semanas en Brier Hill y todo era un desastre.

Lo único bueno era que él no había puesto ninguna objeción a que con ayuda de Rose convirtiera la sala de billar vacía en un espacio para hablar, diseñar y confeccionar prendas. Y no es que fuera una estancia elegante y majestuosa, solo una gran sala de costura, pero se había convertido en un refugio.

—Yo te aconsejaría bajar un poco la cintura —opinó la doncella mirando por encima del hombro de Artemisa el boceto que estaba dibujando.

—Yo prefiero las cinturas un poco bajas, pero como todavía no están muy bien vistas, pienso que si la bajo demasiado el vestido resultará extraño.

—La caída del vestido será mejor si la sitúas un par de centímetros más abajo. —Rose tenía razón, claro. Siempre tenía razón.

Qué lata.

—Me quedará raro. Y no es la mejor forma de hacer acto de presencia en un evento de la alta sociedad, en especial teniendo en cuenta lo que ha pasado en mi vida últimamente. —Inclinó la cabeza a un lado y a otro, observando el diseño con ojo crítico—. ¿Y si bajamos la cintura pero le quitamos el embellecedor y nos aseguramos de que el diseño de la tela encaje perfectamente? Así conseguiríamos que la línea se viera mejor sin que el reajuste llame la atención.

—Una solución excelente.

Tomó el borrador para rectificar con cuidado la cintura del boceto. Apenas había terminado cuando la voz de Charlie rompió el silencio.

—Disculpad la interrupción.

Artemisa miró hacia la puerta.

—Tenemos visita —añadió él.

—Ah, ¿sí?

Dejó la goma de borrar en la mesa.

Charlie asintió.

—Y a juzgar por el conocido blasón que luce el carruaje, es una visita que te hará especialmente feliz.

«El blasón que luce el carruaje». Adam era uno de los pocos hombres lo suficientemente seguros como para presumir ante cualquier bandolero o criminal de que su carruaje pertenecía a un caballero de abolengo y buena cuna. Todo el mundo conocía su escudo de armas. Y lo temían.

—Adam no suele abandonar Londres cuando hay sesión parlamentaria —comentó Artemisa—. Lo ha hecho otras veces, aunque nunca sin un buen motivo.

—Si te das prisa, puedes alcanzarlo cuando llegue a la puerta y preguntarle qué buen motivo tiene esta vez.

Se bajó del altísimo taburete muy nerviosa por miedo a una posible decepción.

Charlie se acercó a ella y le tomó las manos con un gesto amistoso y alentador.

—Es su carruaje, Artemisa. Ve a recibir a tu familia.

«Mi familia». Tragó saliva emocionada. Su cuñado había viajado hasta allí y confiaba en que lo acompañaran Perséfone y los niños. Después de dos semanas sintiéndose fuera de lugar, se contuvo para no perder la compostura ante la perspectiva de aquella visita.

«Las diosas no lloran».

Miró a Charlie, preparada para oír sus burlas por la emoción que, sin lugar a dudas, delataba su expresión.

Pero él solo sonreía y parecía alegrarse sinceramente por ella.

—Esperaba que vinieran —admitió ella con un hilo de voz ligeramente tembloroso.

Charlie hizo un gesto con la cabeza hacia a la puerta.

—Pues ve. No tienes que mantener las formas.

Con los nervios desatados, se sujetó los bajos de la falda y salió corriendo de la sala de costura. Llegó a la entrada justo cuando Giles estaba recibiendo a los visitantes: Adam, Perséfone y los dos niños.

—¿No os parece que los vecinos quedarán asombrados cuando oigan decir que mis primeros invitados como señora de Brier Hill son el duque, la duquesa, un lord y una dama? —Se alisó la falda con fingida arrogancia—. Ni que decir tiene que yo lo repetiré hasta el aburrimiento, claro.

Su hermana la abrazó con cariño.

—Nuestra Artemisa de siempre.

—No exactamente. Ahora ya soy mayor y muy madura. Mira. —Impostó la voz, adoptando un tono nasal y con una postura altiva—. La señora Giles se ocupará de que les lleven las pertenencias a sus aposentos, excelencia. Además, en esta casa no disponemos de una estupenda habitación infantil, por lo que lord Falstone y *lady* Hestia podrán dormir en un cuarto contiguo al suyo. Nos encargaremos de todo inmediatamente.

—Impresionante —alabó Perséfone entre risas.

Adam aguardaba junto a ellas. Con los años, Artemisa había descubierto que ocultaba muy bien sus pensamientos. Y aunque siempre trataba de hacerle perder la compostura, no le importaba no conseguirlo nunca.

Era una suerte que sus primeros visitantes fueran familiares. Charlie no podría utilizar el argumento del gasto para pedirles que se marcharan.

—¿Nos sentamos un ratito a hablar?

¿Habría resultado demasiado suplicante? A pesar de que bromeaba cuando fingía haberse convertido en una dama sofisticada, le daba vergüenza parecer demasiado infantil. Pero, Dios, qué sola se había sentido...

—No seas gruñón, Adam. —Perséfone se adelantó a la probable objeción de su marido—. ¿Podemos permitirnos un momento antes de descansar?

—Por supuesto. —Artemisa lo tomó del brazo, algo que a ella siempre le permitía, a pesar de que él prefería guardar las distancias—. Debes saber que soy una excelente anfitriona.

—¿Porque ahora eres una mujer madura? —preguntó sin perder la seriedad.

—Exactamente.

Tiró de él hasta la sala de estar. Charlie aguardaba a cierta distancia de la puerta. Cuando estuvieron cerca hizo una inclinación de cabeza.

—Excelencia —saludó a Adam.

—Jonquil.

Charlie se volvió hacia Perséfone.

—Excelencia.

—Un placer, Charlie.

Después se inclinó ante Oliver.

—Lord Falstone. Es un placer tenerle en casa.

A veces Oliver podía ser tan formal e inflexiblemente educado como su padre. Saludó al anfitrión inclinando la cabeza.

—Milord —continuó Charlie—, ¿sería tan amable de presentarme a su hermana? Todavía no he tenido el placer de conocerla.

El niño miró a su padre. Adam asintió con sutileza. Perséfone dejó a Hestia en el suelo y puso la manita de la pequeña en la de Oliver. La niña ya caminaba bastante bien, pero todavía se tambaleaba un poco y se caía de vez en cuando. Los dos se parecían demasiado como para que alguien pudiese dudar de su parentesco.

—Hestia, este es el señor Jonquil —entonó Oliver—. Ah. —Levantó la vista buscando a su madre—. ¿Cómo debo llamarle ahora que se ha casado con la tía Artemisa?

—Buena pregunta, Oliver. Es mejor que se la hagas a él. Los tres podéis decidir cuál es la mejor forma de llamarlo.

Charlie le tendió la mano.

—Vamos al salón y encontraremos juntos la solución.

El pequeño aceptó el ofrecimiento sin dudar, cosa que era rara en él. Solía ser un poco tímido con los desconocidos y prefería estar con su familia. Jonquil cruzó la puerta muy despacio para que incluso Hestia pudiera seguirlo sin problemas.

Perséfone los vio marchar.

—Tiene mano para los niños, ¿no?

—Cosa que ha heredado de sus padres —opinó Adam.

—¿Sus padres? —Artemisa lo miró—. ¿Entonces, tú conociste a su padre?

El duque asintió y se soltó del brazo de su cuñada para ofrecerle el suyo a su esposa.

—En realidad los conocí cuando vivían en esta casa.

Aquello era nuevo para Artemisa, pero no le proporcionó más información. Adam y Perséfone siguieron a sus hijos con Artemisa a la zaga.

Charlie se había sentado junto a Oliver en un sillón orejero donde solo cabían los dos, con Hestia sentada sobre el regazo. Todo un triunfo, pues si el niño recelaba un poco de los desconocidos, su hermana solía tenerles pánico. Sin embargo, con él no mostraba la más mínima incomodidad.

—¿Cómo llama usted a los otros caballeros que se han casado con sus tías? —le preguntó al pequeño—. Podría llamarme igual.

Oliver negó con la cabeza.

—No puedo llamarte Harry. Tú no te llamas así.

Jonquil miró a los duques, sentados en el sofá de enfrente, y apenas fue capaz de reprimir la risa.

—¿Todo el mundo lo llama Harry? ¿O hay otras opciones?

—Papá a veces le llama...

—Será mejor que no lo digas, Oliver —interrumpió Artemisa, sentándose en una silla junto a ellos—. Tu papá no siempre llama a tu tío Harry de la forma más apropiada.

Adam hizo caso omiso al comentario. Él no había tenido un padre que le hubiera enseñado a relajarse un poco de vez en cuando.

—Le decimos tío Harry —continuó el niño.

—Tío Harry —repitió Jonquil—. Es decir, «tío» y después usa su nombre de pila, ¿es así, lord Falstone?

Oliver asintió.

—Y ellos me llaman Oliver, no lord Falstone.

Se estaba divirtiendo con el pequeño.

—Para dejar de lado dichas formalidades necesito el permiso de sus padres.

—Cuando estamos en familia, nos tratamos con menos formalidad —repuso Perséfone—. A excepción de Adam. A él será mejor que le llames cómo él te diga.

Jonquil asintió.

—Se me da muy bien seguir instrucciones.

Hestia lo miraba con atención y curiosidad. Como su padre, tenía un aire pensativo. Charlie la meció un poco sobre la rodilla; la miraba con tanta ternura que a Artemisa se le ablandó el corazón. La estaba mirando como Artemisa siempre quiso que la mirase su propio padre. La miraba como lo había hecho «papá».

Entonces, el recuerdo de «papá» mutó y en la imagen que se formó en la mente tenía los ojos azules.

—A ella puedas llamarla Hestia. Y a mí puedes llamarme Oliver.

—Será un honor. Y tú puedes llamarme tío Charlie. Aunque mi sobrina Caroline, quizá la recuerdes del día que pasamos botando barcos de papel en el río hace algún tiempo, siempre me llama tío Chorlito.

Oliver soltó una risita. Artemisa no creía haberlo visto reír nunca de esa forma. El pequeño era un niño feliz, pero también muy reservado. Lo de la risita era nuevo para ella.

Charlie inspiró profundamente, como si de pronto hubiese tenido la mejor idea del mundo.

—Oliver —dijo muy serio—, ¿alguna vez has jugado al escondite?

—Caro que sí —replicó el pequeño con aire condescendiente.

—Estupendo —repuso Charlie sin abandonar el tono solemne—. Porque resulta que esta casa, Oliver, es el mejor sitio para jugar al escondite. Cuando mi familia se alojaba aquí, jugábamos todos juntos. —Bajó la voz como si le estuviera confesando un secreto—. A menudo costaba mucho encontrarnos.

El pequeño empezó a saltar ligeramente en su asiento. Cielos, ¡estaba consiguiendo convertir a un niño casi siempre taciturno en un chiquillo emocionado!

—¿Os gustaría jugar conmigo al escondite? Tendrá que ser en esta habitación, porque para Hestia sería demasiado difícil buscarnos por toda la casa.

Oliver asintió.

—Se me da muy bien esconderme.

—Eso imaginaba. —Jonquil lo ayudó a bajar al suelo—. Yo me quedaré aquí sentado y cerraré los ojos durante un rato. Entretanto tú buscas un sitio donde esconderte dentro de esta habitación. Y cuando acabe de contar, Hestia y yo nos esforzaremos al máximo para encontrarte.

El niño ya estaba mirando a su alrededor, a la búsqueda del mejor sitio para ocultarse.

Charlie se volvió hacia la niña.

—¿Quieres ser mi pareja, preciosa?

Le apartó un mechón de finísimo pelo negro de la cara y se lo puso por detrás de la extraña oreja, desfigurada de nacimiento. Miró rápidamente a sus padres.

Artemisa contuvo la respiración. Adam era muy sensible respecto a cualquier comentario sobre la pequeña malformación de su hija. Charlie podría acabar descuartizado.

—Tiene los ojos verdes de los Lancaster —dijo Jonquil.

Perséfone asintió.

—Y los rizos de los Lancaster, cosas que no heredé yo a pesar de que la mayoría de mis hermanas sí.

Charlie volvió a concentrarse en la pequeña.

—Espero que quieras ser mi amiga, Hestia. Estoy convencido de que eres un encanto.

—Deberías tener los ojos cerrados —protestó Oliver, desde un lado del sofá donde estaban sentados sus padres.

—Mis sinceras disculpas.

Jonquil estrechó a Hestia en los brazos y cerró los ojos.

Oliver empezó a corretear por todas partes en busca del mejor escondite. Artemisa no podía dejar de mirar a su desconcertante marido. Aquel Charlie, con aquella ternura y delicadeza, podría ganarse su corazón sin ningún esfuerzo. ¿Por qué solo parecía toparse con el que la sacaba de quicio?

Capítulo 11

A Charlie le encantaba el papel de tío. Cuando estaba en Cambridge no había podido pasar todo el tiempo que hubiera querido con los hijos de sus hermanos. Pero Oliver y Hestia no vivían tan lejos de Brier Hill. Y el resto de la familia se reunía en el castillo de Falstone de vez en cuando. Volvería a tener cerca a sus sobrinos y sobrinas.

El segundo día de la visita de sus excelencias, hizo un tiempo maravilloso. Jonquil no perdió ni un momento y, no solo consiguió el permiso para que el pequeño lord y la damita lo acompañaran al jardín trasero para jugar, sino que logró que la duquesa también participara de las actividades.

Empezaron jugando a bolos sobre hierba, pero resultó confuso para Oliver y Hestia todavía no tenía la habilidad suficiente. El espacio era demasiado amplio como para jugar al escondite, juego que se había convertido en el preferido del pequeño lord Falstone tras la sesión improvisada nada más llegar a Brier Hill. Y el bádminton era complicado para niños tan pequeños.

Recordó un juego que compartía con sus hermanos cuando era pequeño. Tal vez Oliver ya fuera lo bastante mayor para disfrutarlo. Y con ayuda de su madre, Hestia también podría participar. Pero iban a necesitar por lo menos una persona más.

Charlie vio a Artemisa en la puerta de la terraza.

—Tengo una idea —les dijo a la duquesa y a los niños—. Enseguida vuelvo.

Corrió hacia ella muy emocionado. Le encantaba ver felices a los niños. Y esos pequeños divertimentos siempre lo conseguían. Cualquier tipo normal podía sentirse como un héroe por el hecho de provocar esa alegría en los pequeños.

—Vamos a jugar —le dijo sin pensárselo—. Y queremos que te unas a nosotros.

—¿De verdad? —Ella miró a su familia por encima del hombro de Charlie—. ¿A qué vais a jugar?

—A la gallinita ciega

Ella negó con la cabeza.

—No lo conozco.

—Enseguida lo reconocerás. Mis hermanos y yo no inventamos el juego.

Oyeron a lo lejos la vocecita de Oliver:

—¿Va a venir a jugar con nosotros, tío Chorlito?

Charlie se volvió lo suficiente para responder:

—Todavía no lo ha decidido.

—Tienes que parecer adorable —le aconsejó el niño.

Jonquil se volvió de nuevo hacia Artemisa, riendo y un poco avergonzado. Ella sonreía de un modo que no había visto en años.

—Adam siempre le dice, cuando están intentando convencer a Perséfone de cualquier cosa: «Sé adorable, Oliver. No puede resistirse cuando te pones adorable». Y parece que él cree que es una estrategia aplicable a todo tipo de situaciones.

Charlie adoptó una expresión infantil e inocente y unió las manos en señal de ruego.

—Ha dicho adorable, no patético.

Artemisa estaba siendo demasiado dramática como para parecer sincera.

—Intentaba parecer adorablemente encantador. Tengo que estar a la altura de mi nombre.

—Me parece que Oliver lo ha aceptado con entusiasmo —observó ella.

Jonquil se tiró de las solapas con actitud de fingida arrogancia.

—Me queda muy bien, ¿no crees?

Ella se encogió de hombros y lo miró exagerando un gesto dubitativo.

Él se rió.

—Ven a jugar con nosotros, Artie. Será menos divertido sin ti.

Para su sorpresa, ella alargó la mano y entrelazó los dedos con los suyos.

—Cuéntame cómo se juega —le pidió.

Él se dio media vuelta sin soltarle la mano.

—Ha dicho que sí —les dijo a los otros.

Oliver aplaudió y se puso a dar saltitos.

—A veces es un niño demasiado serio —comentó su tía—. Es maravilloso verlo actuar como el chiquillo de cinco años que es.

—Lo adoro. Y Hestia es un ángel. Me dan ganas de pedirles a sus padres que nos los den.

Ella negó con la cabeza.

—Jamás aceptarían.

—Entonces tendremos que ir a visitarlos.

—Hay otras siete sobrinas y sobrinos en mi familia. Con el tiempo llegarás a conocerlos a todos.

—En la familia Jonquil tenemos diez, aunque he oído rumores de que por lo menos podría haber uno más en camino. —No sabía si todo el mundo estaba al corriente de la noticia de Jason y Mariposa, y no quería revelar el secreto—. Tú también llegarás a conocerlos con el tiempo.

—Me encantaría.

La miró y vio una innegable sinceridad en sus ojos.

—Ah, ¿sí?

Artemisa asintió.

—Siempre me han gustado los niños.

Charlie sintió un cálido alivio que lo reconfortó.

—Pues ya tenemos algo en común.

—¿A qué vamos a jugar, tío Chorlito? —preguntó Oliver cuando se acercaron.

—A un juego al que yo solía jugar con mis hermanos.

—¿Tienes hermanos? —preguntó el pequeño.

—Tengo seis.

Oliver abrió los ojos como platos.

—¿Y cuántas hermanas tienes?

—No tuve ninguna, pero todos mis hermanos están casados, por lo que ahora tengo varias.

—Ahora tienes cuatro hermanas en la familia Lancaster —repuso la duquesa.

—Para mí es un honor pensar en ustedes de esa forma, excelencia.

—Perséfone —replicó ella—. Por favor.

Charlie no sabía decir por qué le había conmovido tanto la sugerencia de la duquesa. Pero se sentía agradecido. Por tener una familia. Por el inmediato y cariñoso recibimiento que le habían brindado aquellos niños, y ahora también su madre.

—¿Qué juego es? —insistió el pequeño.

Charlie miró a Artemisa.

—No hay duda de que este niño es un futuro duque.

—Ya lo creo.

Todavía seguía de la mano de Artemisa. Jamás hubiera pensado un mes antes que disfrutaría tanto con ese gesto, pero estaba resultando una agradable sorpresa.

—En este juego uno de los participantes debe tener los ojos tapados con un pañuelo, una corbata o lo que se tenga a mano. Y los demás gritan: «Atrápanos si puedes», mientras intentan escapar del jugador de los ojos tapados. Si este consigue atrapar a alguien, tendrá que adivinar quién es. Si lo consigue, entonces será esa persona la próxima en taparse los ojos.

—Yo también conozco el juego. Qué buena elección. —Artemisa parecía emocionada—. Aunque me preocupa que quien se tape los ojos acabe pisando a la pobre Hestia. Todavía no tiene habilidad para ponerse a salvo.

Perséfone ofreció una solución:

—Ella y yo formaremos equipo. La llevaré en brazos. Seguro que le gusta participar, aunque no acabe de entender muy bien qué es lo que hacemos.

Charlie tuvo que soltar la mano de Artemisa, no sin cierto disgusto. Tal vez ella le permitiera tomársela de nuevo. Probablemente había sido el instante más esperanzador que habían compartido desde que se habían casado. Y él necesitaba algo a lo que aferrarse.

Tiró del pañuelo que llevaba anudado al cuello, seguro que eso servía para tapar los ojos.

—Si alguna vez conseguimos reunir a todos los niños de las familias Lancaster y Jonquil, tenemos que jugar a una multitudinaria gallinita ciega. Seguro que se produce un caos maravilloso.

Artemisa lo observó asombrada.

—¿Estás diciendo que te gusta el caos?

—¿Qué es la vida sin un poco de caos?

—Estoy convencida de que ese es el lema de la familia Jonquil.

Él se rio.

—Debería serlo. Pero nuestro lema es «Fortitudo per Fidem». En latín significa «Somos muchos, así que prepárate para acabar con un buen dolor de cabeza».

La joven sonrió, sin duda apreciando la broma. Sí, estaba resultando ser un día muy motivador.

Él se agachó frente a Oliver.

—¿Te gustaría ser la primera gallinita?

El niño aceptó encantado. Charlie le ató el pañuelo alrededor de la cabeza tapándole los ojos. Después le dio unas vueltas sobre sí mismo y se apartó.

—¡Atrápanos si puedes! —gritó.

Empezaron a jugar entre risas. El pequeño capturó a su madre, que dejó a Hestia en brazos de Artemisa y ocupó su lugar como gallinita. Pronto volvió a ser el turno de Oliver, después le tocó a Charlie. Las risas de los niños, incluso las de Hestia, que había permanecido en silencio desde su llegada a Brier Hill y se rió un par de veces, resonaban con alegría por el jardín trasero de la casa.

El pequeño lord Falstone agarró a Charlie por la levita en su siguiente turno.

—¡Te atrapé!

Jonquil se quedó muy quieto y sonreía mientras el niño trataba de identificar a su presa.

—Mi madre no se pone esta clase de ropa.

—Aunque llevaba un pañuelo para el cuello hace algunas rondas —intervino Artemisa.

—Y se lo había anudado de un modo desastroso —añadió Charlie imitando la voz de Philip.

Perséfone y Artemisa sonrieron.

—Hablas igual que él —observó la pequeña de las Lancaster.

—Tengo un don.

—¡Es el tío Chorlito! —exclamó Oliver.

—Me han descubierto —suspiró Charlie.

Ayudó a Oliver a quitarse el pañuelo de los ojos y se lo puso él.

—Os advierto que se me da muy bien este juego. Lo más seguro es que os acabe atrapando a todos a la vez. Voy a sorprenderos.

Oliver se rió de un modo adorable.

—¡Atrápanos si puedes!

Identificó la voz familiar de Artemisa y pronto todos los demás repetían la misma frase, entrecortada por las risas. Extendió los brazos tratando de alcanzar a alguien. Oliver tenía cierta ventaja, al ser mucho más bajito que los demás participantes.

Escuchó un murmullo a su espalda, se dio la vuelta y atrapó a alguien. Podían ser Artemisa o Perséfone.

Jonquil volvió a poner la voz del duque y dijo:

—Estoy casi convencido de que se trata de Oliver.

—Hablas igual que mi papá —exclamó Oliver desde algún lugar detrás de él.

Charlie posó la otra mano en el otro brazo de su prisionera. No tenía ninguna criatura en brazos y Perséfone llevaba a Hestia en brazos. Lo más probable era que se tratase de Artemisa. Alargó la mano hacia donde debería tener la cabeza y rozó un largo mechón de sedoso pelo rizado. Nadie tenía bucles así. Se acercó un poco más y percibió un inconfundible aroma a pino y cítricos.

—Artie.

Por algún motivo lo dijo susurrando. ¿Y por qué tenía el corazón tan acelerado?

Se quitó el pañuelo de los ojos con la mano libre. Ya sabía que la había identificado correctamente y, sin embargo, se sorprendió al verla. Dejó que el pañuelo resbalara por el cuello y la rodeó con el brazo. Ella no se apartaba. Acarició otro de sus hipnóticos tirabuzones.

Ella lo observaba atentamente con sus asombrosos ojos verdes.

—Me has atrapado —dijo apenas sin aliento.

A Charlie se le quedó la mente en blanco. No se le ocurría nada que decir y tampoco se sentía capaz de separarse de ella. En ese preciso momento lo único que quería era abrazarla. A ella. A Artemisa Lancaster, la misma que en una ocasión lo había definido como una persona tan poco entrañable y tan prescindible que ni siquiera su propia familia advertía su presencia, la misma que se había mostrado frívola y mezquina en innumerables ocasiones, y con quien se había visto obligado a casarse.

¿Qué estaba ocurriendo?

—¡Papá! —gritó Oliver.

Artemisa volvió la cabeza con una mirada esperanzada que desapareció casi de inmediato. Luego dejó ver un gesto de frustración que por poco pasa desapercibido para Charlie. ¿Estaba decepcionada por ver a su cuñado? ¿A quién esperaría ver?

Se alejó de él y miró a su hermana.

—Ahora que Adam ha llegado, Oliver ya no querrá estar con nosotros. Son inseparables.

De hecho, el niño había echado a correr hacia la pequeña terraza por la que había aparecido el duque. Hestia, apoyada en el hombro de su madre, parecía a punto de quedarse dormida.

—Me parece que de todas formas ya no hubiéramos seguido jugando mucho rato más —dijo Perséfone. Miró a Charlie—. Gracias por ser tan paciente con los niños. Has conseguido que nuestra visita haya sido maravillosa para ellos.

—Te aseguro que no me ha supuesto ningún sacrificio. Espero que vengan a visitarnos a menudo.

—Y yo espero que vosotros también vengáis a visitarnos. Falstone no está muy lejos.

—La verdad es que me quedan muchos parientes por conocer.

Charlie sintió cierto alivio por poder pensar en otra cosa, todavía un poco conmocionado por sentir atracción por una dama que no le correspondía, una dama que ni siquiera le gustaba y a la que él tampoco le gustaba.

—Quizá podamos convencer a todo el mundo para que vengan al castillo por Navidad este año —propuso Perséfone—. Lo hicieron el año que nació Hestia y fue maravilloso.

Jonquil asintió.

Artemisa echó a andar junto a su hermana por el mismo camino que había tomado Oliver y dejaron a Charlie solo. Solo y confundido. Se quedó clavado en el sitio, observando a su desconcertante esposa. Mucho se temía que había preguntas que no tenían respuesta.

El duque bajó los escalones de la terraza con Oliver en brazos y se dirigió hacia él; a continuación le hizo una señal.

—Ven a dar un paseo conmigo.

Más que una invitación, era una orden.

Obedeció. Oliver no se había dormido, pero daba la impresión de que pronto seguiría el ejemplo de su hermana. El duque se sacó del bolsillo un caballito de madera que estaba un poco maltrecho y se lo dio a su hijo. Oliver lo estrechó entre los brazos y se acomodó sobre su padre.

—¿Crees que hoy volveremos a comer pudín de pan? —preguntó el pequeño con voz soñolienta.

—Teniendo en cuenta que estamos en casa de Artemisa, no podría imaginar lo contrario.

—Le encanta el pudín de pan —dijo el niño con voz somnolienta, cuando ya se le empezaban a cerrar los ojos.

El caballero al que toda la alta sociedad conocía como el duque terrible acarició el pelo de su hijo, lo abrazaba con tanta dulzura que parecía un hombre entrañable. Hubo algo en la forma de comportarse con su pequeño que llevó a Charlie a pensar en su padre.

Siguió al duque hasta el jardín paterno.

—Me encanta este rincón de tu casa, Jonquil —reconoció.

—A mí también. Me recuerda a mi padre.

Adam asintió mirándolo.

—Soy miembro de la Real Sociedad de Londres.

A Charlie le sorprendió el cambio de rumbo de la conversación, pero mostró interés igualmente.

—Ah, ¿sí?

Él había soñado con ser miembro de esa organización algún día. Estaba formada por intelectuales y científicos de todas las disciplinas. Todavía no lo había intentado. Y teniendo en cuenta sus perspectivas profesionales, era muy probable que no lo consiguiera nunca.

—Hace años me sugirieron que me uniese —precisó el duque—. No asisto a tantas conferencias como otros miembros, pero la mayor parte de aquellas a las que he asistido me han resultado interesantes y enriquecedoras.

Charlie lo envidió.

—He oído decir que se han impartido recientemente algunas sobre matemáticas a las que me habría gustado asistir. Mis amigos piensan que es muy raro viniendo de mí.

—Es una rareza con mucho sentido.

No supo cómo interpretar esa observación.

—Ah, ¿sí?

El duque guardó silencio unos segundos. Lo había hecho a menudo durante su visita a Brier Hill. Charlie no estaba seguro de si sería una actitud habitual en él.

—Antes de partir de Londres, hice algunas gestiones. —Acomodó a su hijo entre los brazos y el hombro. Paseaban lentamente por el jardín salpicado de flores—. Y gracias a mi recomendación, la Sociedad te ha invitado a impartir una conferencia sobre matemáticas; puedes elegir el asunto que más te interese.

Jonquil se quedó tan desconcertado que no pudo contestar.

—Todavía no hay fecha. Les dije que ya les informaría —continuó. Solo el famoso duque de Kielder podía hacer tales peticiones a una prestigiosa organización en la que admitía estar ligeramente involucrado—. Elige un tema. Prepara la conferencia. Y después me avisas cuando estés listo para fijar el día.

—¿Habla en serio? —preguntó Charlie.

—Yo siempre hablo en serio.

Las conferencias pagadas eran una de las escasas opciones al alcance de un académico casado y que, por tanto, no podía llegar a ser catedrático. Una invitación de la Real Sociedad le abriría puertas. Después de esa oportunidad, si es que conseguía no ponerse en ridículo, llegarían otras.

Llevaba varios años publicando artículos para tratar de hacerse un hueco. Y su cuñado, tras una única reunión y una serie de peticiones probablemente más que arrogantes, le había puesto en el camino que él estaba buscando.

—Debe de tener usted muchísima fe en mi inteligencia y fiabilidad.

—Como ya te dije durante la recepción de vuestra boda, tengo una fe en ti que todavía no te has ganado.

—Si me permite la impertinencia, excelencia, confiar en alguien sin motivo no parece muy propio de usted.

El duque se volvió hacia la verja del jardín.

—He dicho que no te has ganado mi confianza. No que no tuviera motivo para dártela.

Y tras aquella misteriosa sentencia, se marchó.

«¿Habría algún miembro de la familia Lancaster un poco sensato?»

Capítulo 12

—¿De verdad tienes que irte?

Artemisa estaba en la habitación de invitados que Perséfone y Adam habían ocupado durante los últimos días, mientras observaba cómo su hermana recogía sus cosas—. Todo ha sido mucho mejor contigo en casa.

—Eso es porque hemos sido una distracción. —Le lanzó una mirada empática y ligeramente recriminatoria—. No puedes evitar la realidad durante mucho tiempo, siempre acaba por atraparte.

—Te aseguro que la realidad ya estaba perfectamente instalada en esta casa antes de que tú llegaras.

Artemisa se sentó en la cama atenazada por la frustración.

Su hermana dejó su bolsito y se sentó junto a ella.

—Apenas podemos conversar sin ponernos a pelear —confesó Artemisa—. Charlie ha dejado perfectamente claro que está resentido conmigo. Y estoy convencida de que yo tampoco he ocultado precisamente la frustración que me produce todo esto. Los dos estamos atrapados en esta casa, casados a pesar de nuestras objeciones y con un deprimente futuro por delante.

—¿Y tú quieres tener un futuro deprimente?

—Claro que no.

—¿Y qué estás haciendo para cambiarlo?

Como era habitual en Perséfone, acababa de darle a su hermana una reprimenda y un consejo al mismo tiempo que le demostraba su cariño.

—¿Y qué se puede hacer? —preguntó la más joven en voz baja.

—Me parece que piensas que todos nuestros hermanos han encontrado sin ningún esfuerzo un feliz porvenir, pero no es así en absoluto. —Le tomó la mano—. Yo siempre soñé con una vida en una acogedora casita junto a un marido cariñoso que se casara conmigo porque me amase con todo su corazón. Pero lo que ocurrió fue que me casé con el hombre más aterrador que había conocido en mi vida, que vivía en un gigantesco y gélido castillo, y que se casó conmigo para vengarse de su primo.

Era el relato más crudo que le había oído a su hermana sobre los primeros meses de su matrimonio.

—Tuve que decidir si mi felicidad, nuestra felicidad, era algo por lo que valía la pena luchar —añadió—. Harry se enamoró de Atenea casi en cuanto la vio, pero ella estaba buscando el amor en otra parte y, dada la situación, todo apuntaba a que él tenía muy pocas opciones de ganarse el afecto de nuestra hermana. Y él tuvo que decidir si valía la pena luchar por esa minúscula posibilidad.

Artemisa era tan pequeña durante el cortejo de Atenea y Harry que apenas recordaba nada de su historia.

—Dafne sintió adoración por James desde el principio, pero los planes de la familia de él y la complicada situación en que la puso levantó una dolorosa barrera entre ellos. Así que ella tuvo que decidir si valía la pena luchar por compartir el futuro con él.

—Ya veo por dónde vas.

—Bien, porque no he terminado. —Perséfone le lanzó una mirada que ella conocía desde pequeña, propia de una figura materna y de una hermana mayor a partes iguales—. Arabella resultó ser la pareja perfecta para Linus, pero él tenía un rival que competía por su afecto con el que, además, ella parecía llevarse muy bien. Lo más fácil para él hubiera sido pensar que no tenía ninguna posibilidad y retirarse, pero tuvo que decidir si valía la pena...

—Luchar por una vida a su lado —concluyó por ella Artemisa.

—No voy a quitarle importancia a las dificultades por las que estás pasando, querida. Pero si no lo intentas no cambiará absolutamente nada. Esto no mejorará por azar.

—Si él no piensa que vale la pena luchar por mí, esto no mejorará por mucho que yo me esfuerce.

—¿Tengo que recordarte todos los motivos por los que esa afirmación es falsa? —La rodeó por los hombros—. Incluso aunque tú fueras la única que se esforzara por vuestra felicidad común, te beneficiarás de ello. Y, además, no creo que seas la única que quiere que esto funcione.

—Tú no lo ves —replicó—. Me trata con desdén o con indiferencia.

Perséfone resopló.

—Lo he estado observando mientras jugábamos a la gallinita ciega. Y cuando te ha atrapado no he percibido ninguna indiferencia. Confusión sí que he visto. Pero nada que se pareciera a la indiferencia, en absoluto.

Artemisa se ruborizó. Aquello había sido muy inesperado.

—Me parece que le ha gustado tocarme el pelo.

Su hermana sonrió.

—El brazo, el pelo... Ponerte la mano en la espalda. Estar cerca de ti.

—Ha sido muy agradable —admitió—. Pero eso no arregla nada.

Perséfone le estrechó los hombros.

—Yo no he dicho lo contrario. Eres dura de roer, pero lo que he visto me ha dado esperanza. Y cuando he presenciado su comportamiento con los niños... me he convencido de que Adam tenía razón sobre él.

—¿A qué te refieres?

La duquesa se puso en pie.

—Por motivos que no me ha confesado ni a mí, Adam tiene muchísima fe en la bondad de Charlie Jonquil. Y si una cosa he aprendido en los casi trece años que llevo casada con él es que suele acertar con la gente.

—Que se te den bien los niños no quiere decir que tengas que ser un buen marido —repuso Artemisa.

—No, pero dice mucho del corazón de un hombre.

Eso era indiscutible. La bondad con la que la había tratado «papá» de niña seguía alimentando su esperanza. Por su comportamiento supo que era un caballero bueno y cariñoso. Y que, si volvía a encontrarlo, sería igual de tierno y cariñoso que la primera vez.

Un rato después, Charlie aguardaba en la entrada principal cuando Adam y Perséfone salían de la casa. Mientras él se despedía de los niños, Artemisa pensó en lo que le había dicho su hermana. Oliver pareció complacido con la promesa de su nuevo tío, que le aseguró que iría a verlo al castillo. Y Hestia le tocó la mejilla con un gesto enternecedor cuando él se despidió con un beso.

«Dice mucho del corazón de un hombre».

Adam le estrechó la mano a Charlie. A continuación rodeó a Artemisa con un solo brazo. Siempre había sido más distante y menos cariñoso que otras personas. Y con el paso de los años ella había aprendido a no tomárselo como algo personal. Había necesitado más afecto, más muestras de aprobación y amor, pero no tenía en cuenta su frialdad.

Perséfone era todo lo contrario. Abrazó a Artemisa y la estrechó con fuerza.

—Por favor, no te vayas. —Lamentó no poder reprimir su arrebato emocional—. Por favor, quédate.

—Tú puedes con esto. Ten fe. Lucha por ello —respondió sin dejar de abrazarla.

—Te necesito aquí.

Le había hecho la misma súplica a «papá» en más de una ocasión.

Perséfone se separó de ella. Le limpió una lágrima de la mejilla con el pulgar de la mano enguantada. La miraba con una expresión tranquilizadora, pero no sirvió para aliviar las preocupaciones de su hermana pequeña.

Permaneció en la escalinata de la entrada mientras los veía marchar. Cielos, volvía a ser una niña pequeña. Viendo como sus hermanos se hacían a la mar. Viendo como Perséfone se marchaba a vivir su nueva vida al castillo de Falstone. Viendo a «papá» marcharse de Heathbrook sin llevársela con él.

Posiblemente Perséfone pensara que Artemisa estaba preparada para afrontar ese desafío, pero no era así.

En absoluto.

✳✳✳

Los dos días que siguieron a la partida de su familia fueron tan tristes como había temido. Rose y ella habían pasado muchas horas trabajando para crear el vestido que habían diseñado sobre el papel. Pero el resultado no había resultado tan satisfactorio como siempre.

—Ya me encargo yo de esto —se ofreció la doncella la segunda tarde—. Tú estás demasiado distraída.

—Puedo coser aunque esté distraída.

Rose negó con la cabeza.

—Es mejor que pases la tarde ojeando los libros de patrones. Eso te relajará un poco y quizá te dé algunas ideas nuevas.

Se lo hubiera discutido, pero era la actividad más tentadora que se le presentaba en los últimos dos días. Se dirigió a la biblioteca.

Sin embargo, la estancia no estaba vacía. Charlie, en mangas de camisa y con unos pantalones con los bajos deshilachados acariciando sus pies desnudos, se paseaba por delante de la enorme mesa sobre la que tenía abiertos varios libros. Leía con el ceño fruncido, muy concentrado. Su padre también había tenido ese aspecto desaliñado y absorto cuando se concentraba en sus estudios académicos. Y deambulaba de la misma forma, siempre con numerosos libros y papeles repartidos por la mesa.

Ella siempre se quedaba en la puerta, observándolo, preguntándose si advertiría su presencia, si le diría algo. Cualquier cosa. De muy pequeña, lloraba. Cuando creció un poco, comprendió que no valía la pena que malgastara sus lágrimas por él, y no porque no le rompiera el corazón esa falta de atención, sino porque no serviría de nada.

—¿Te ocurre algo?

La voz de Charlie la arrancó de sus recuerdos, aunque no del todo. No conseguía regresar por completo al presente. Seguía con la cabeza embotada y el corazón dolido.

—Mi padre solía pasearse también por la biblioteca cuando estaba enfrascado en la resolución de algún problema especialmente complicado.

—Me han dicho que él también era académico.

Artemisa asintió. Aquel espacio, mucho más espacioso y luminoso, se transformó en su mente en la oscura y atestada biblioteca a la que su padre solía retirarse. No era el mismo lugar y Charlie no era su padre y, sin embargo, no conseguía mover los pies para entrar en la habitación. Se quedó plantada en la puerta como tantas veces lo había hecho en casa familiar.

—Yo solía observarlo desde el umbral de la puerta —rememoró en voz baja—. A veces hablaba con él.

—¿Acerca de sus estudios?

Negó con la cabeza. Lo recordó paseando de un lado al otro mientras ella sentía el dolor de la indiferencia.

—Le pedía que me mirase, que hablara conmigo. Pero nunca lo hacía.

—Hay muchos hombres que se dejan absorber por sus estudios —lo disculpó él.

Artemisa suspiró.

—Me refiero a que no lo hizo nunca. Ni una sola vez en toda mi vida.

—¡Cielo santo! —exclamó Charlie asombrado.

Ella arrastró los pies para entrar en la biblioteca, no porque se sintiera preparada para hacerlo, sino porque quería creer que era más fuerte que el peso de sus recuerdos.

—Nunca me miraba ni hablaba conmigo. No les hablaba de mí a mis hermanos ni a los vecinos o al vicario. Lo más cerca que estuvo de hacerlo fue cuando Perséfone se marchó al castillo de Falstone y yo le escribía. Mi padre le decía a Atenea lo que debíamos contarle a Perséfone, pero jamás daba señales de saber que era yo quien escribía las cartas. Nunca decía mi nombre. Ni siquiera me incluyó en su testamento. Me ignoró incluso en la hora de su muerte.

—Por Dios, Artemisa.

Respiró hondo, pero no consiguió aliviar la tensión.

—Perséfone dijo que era porque se le había ido la cabeza. Pero era un hombre brillante. Sus artículos sobre mitología fueron aclamados por toda la comunidad académica. Yo lo había visto mantener conversaciones de un altísimo nivel cultural. Su cabeza funcionaba, por lo menos en cierto sentido, pero se negaba a asumir que yo existía.

Casi nunca hablaba sobre eso, ni siquiera con Perséfone. Ni con su querido «papá», al que le había perdido la pista hacía ya tanto tiempo. Vaya, cuánto lo necesitaba. Había necesitado que regresara a su lado durante años.

—¿Y Perséfone tenía alguna idea del motivo por el que tu padre estaba tan... confuso?

Una forma muy delicada de definirlo. Artemisa valoró el tacto de Charlie.

Se apoyó en la pared, junto a la puerta.

—Mi madre murió cuando me dio a luz. Reconocer que yo era real, estaba viva y formaba parte de la familia implicaba recordar que ella había muerto. Perséfone cree que no podía soportarlo.

Charlie se acercó a ella.

—Imagino que la justificación no ayuda a que te sientas mejor.

Artemisa tragó saliva tratando de deshacer el nudo que se le había formado en la garganta.

—Mi madre dio su vida por mí. Y llevo veinte años preguntándome si el cambio valió la pena.

Él la tomó de la mano.

—No creo que esas cosas puedan medirse de esa forma.

Ella bajó la vista.

—Pero de nosotras dos tal vez era ella la que merecía vivir. Tal vez su vida fuera más valiosa que la mía.

Charlie se apoyó en la pared junto a ella, lo bastante cerca como para poner un poco de calidez en aquel gélido día lluvioso. Le acarició la mano.

—Y la forma como te trató tu padre no ayudó, ¿verdad?

—Falleció hace ya cinco años, pero sigo sin tener una respuesta clara a esa pregunta. —Apoyó la cabeza sobre el hombro de Charlie, reconfortada por su cercanía y por la delicadeza con la que le estrechaba la mano—. Quizá tuviera razón, Charlie. Tal vez hubiera sido mejor que muriera yo en lugar de ella. —Le resbaló una lágrima por la mejilla—. Él hubiera seguido teniendo a su querida esposa. Mi familia no hubiera caído en las redes de la pobreza. Y seguro que tú hubieras sido más feliz.

—Pero me habría aburrido mucho más.

La inesperada broma le dibujó una fugaz sonrisa en los labios.

—A veces tengo la sensación de que añoras aburrirte.

—A veces tal vez.

—Cosa que explica tu amor por las matemáticas.

Charlie se rio. Si algo tenía que reconocerle a su marido no deseado era que se le daba bien aliviar los momentos difíciles.

—Lo que estoy estudiando ahora no tiene nada de aburrido.

—¿Y de qué se trata?

Él se separó de la pared y, sin soltarle la mano, tiró de ella hacia la mesa.

—He estado estudiando el teorema de François Budan sobre la auténtica raíz de los polinomios. Fue él quien perfeccionó el triángulo de Pascal e incorporó la regla de los signos de Descartes.

La miró.

—Perdona. No he oído nada de lo que has dicho. Estaba demasiado aburrida como para seguir escuchando —repuso ella, asegurándose que su tono daba a entender que bromeaba.

Jonquil tenía una sonrisa bonita. Eso había hecho que las semanas que llevaban en Brier Hill fueran más agradables, aunque no se había reído tan a menudo como sospechaba que lo haría normalmente.

—Si no fuera por las absurdas normas de Cambridge —dijo él—, podrías oír cada día debates con otras personas igual de interesadas en cosas igual de aburridas.

Artemisa puso cara de decepción.

—Me siento estafada.

Charlie rió con una especie de resoplido que provocó la carcajada de Artemisa. Hacía solo un momento estaba llorando y de pronto no podía contener la risa. Un cambio inesperadamente bienvenido.

—¿Para qué habías venido? —le preguntó—. Imagino que no esperabas que nos pusiéramos a hablar sobre matemáticas.

—Quería ver un libro de patrones. —Se ruborizó—. Imagino que pensarás que es una ocupación superficial y estúpida.

Sabía que no debía avergonzarse de sus intereses, pero él le acababa de hablar de los suyos en unos términos que ella nunca llegaría a entender.

—Es evidente —dijo señalando su desaliñada indumentaria— que no sé nada sobre moda. Me parece impresionante que seas una experta, Artie. De veras.

Nunca le había gustado que la llamara Artie. Sin embargo, estaba empezando a encariñarse con el mote. Y solo había sentido lo mismo cuando la habían llamado princesa.

—¡Te molesta que me quede aquí mientras tú reflexionas sobre los misterios del universo matemático?

—En absoluto.

Tomó uno de los libros sobre corte y confección y se sentó cómodamente en el sofá. Charlie volvió a enfrascarse en los suyos y retomó los reflexivos paseos.

Él había sido mucho más amable con ella de lo que lo había sido su padre en toda la vida, a pesar de tener motivos para despreciarla. Artemisa nunca había intentado forjar un vínculo con él, porque era evidente que ella no le gustaba. Pero en ese momento su miedo era mucho más profundo.

Siempre había dudado de si merecía siquiera vivir. Sabía muy bien qué hubiera respondido su padre. ¿Y si la respuesta de Charlie fuera la misma?

Capítulo 13

Charlie seguía sin tener claro qué asunto abordar en la Real Sociedad de Londres. No estaba lo suficientemente formado en el teorema de Budan para hablar sobre eso. Sentía mucho interés por la ley de reciprocidad cuadrática, pero no tenía nada nuevo que añadir al respecto. Siempre había querido estudiar geometría euclidiana en profundidad en Cambridge, porque estaba convencido de que dichos principios no eran los únicos que se daban en el universo, por mucho que fuera la opinión mayoritaria. Ese sería un tema magnífico para la conferencia, pero no podía demostrar nada o hablar con demasiada autoridad sobre ello.

No quería echar a perder esa oportunidad. Era la forma de recuperar parte de aquello a lo que había renunciado. Sin embargo, no era eso lo que ocupaba su mente. No podía dejar de pensar en Artemisa.

«Nunca me miraba ni hablaba conmigo»

«Nunca decía mi nombre».

A Charlie le costaba mucho imaginar que un padre pudiera actuar como si su hija no existiera y que, además, lo hiciera durante toda su vida. No había sabido qué decirle mientras ella compartía con él esos dolorosos recuerdos. ¿Habría necesitado que la abrazara? Le había tomado la mano con la esperanza de que sirviera de algo. Al poco, ella se había calmado y se había quedado en la biblioteca un rato, leyendo y pensando en sus patrones de moda.

¿Había hecho lo correcto? No se amaban y ninguno de los dos había elegido aquella unión, pero eso no significaba que quisiera verla infeliz.

En ese momento, en la biblioteca solo iluminada por la luz de una vela, no era capaz de encontrarle el sentido a nada. Ni a las matemáticas. Y, desde luego, tampoco a la mujer con la que se había casado.

Tomó las cartas que Giles le había entregado horas antes pero que no había tenido tiempo de leer. Con ellas en una mano y el candelero en otra, se marchó a su dormitorio. Llevaba una ropa informal y no necesitaba un ayuda de cámara para desvestirse cuando se iba a dormir.

Vio luz en el salón circular, seguramente de una vela. Se acercó a la puerta y echó un vistazo dentro.

Artemisa estaba sentada en el sofá con las piernas encogidas a un lado, tal como había hecho en la biblioteca. Tenía un pañuelo doblado en las manos, que descansaban sobre su regazo, con la mirada perdida y una expresión absolutamente triste. Afligida, incluso.

A Charlie se le encogió el corazón. ¿Qué podría entristecerla tanto? ¿Habría sido él?

—¿Artemisa?

Ella no levantó la vista. Pero sabía que no estaba dormida.

¿Qué se suponía que debía hacer? No sabía por qué estaba tan triste. Y no tenía ni idea de cómo solucionarlo.

«¿Qué harías tú, padre?». Evidentemente, no obtuvo ninguna respuesta. Estaba solo enfrentándose a la vida, como siempre.

Dejó la vela y las cartas en la pequeña mesa situada junto al sofá antes de sentarse a su lado.

—¿Ocurre algo?

—Nada que puedas arreglar.

Su habitual tono desafiante parecía forzado. Artemisa lo había hecho sentir frustrado a menudo con su actitud altanera. Sin embargo, ver cómo se agrietaba esa máscara no era tan satisfactorio como esperaba.

—No es que yo tenga muchas virtudes, pero siempre me dicen que sé escuchar —dijo él.

—Me parece que hoy ya te he obligado a escuchar más cosas de las que te gustaría.

Encogió un hombro y alzó la barbilla con gesto arrogante.

Jamás en los últimos dos años, había imaginado ni por un momento que algún día pudiera sentir empatía hacia la señorita «Falsaster».

—Siento mucho que te hayan tratado así. Un padre debería... debería haber estado ahí cuando lo necesitabas.

Sin apartar los ojos del pañuelo, un pedacito de tela que debía de haber visto días mejores, le preguntó:

—¿Estuvo el tuyo?

Él no solía hablar de su padre, en realidad no lo hacía casi nunca. Pero sintió que ella lo necesitaba. Necesitaba saber que otras personas podían comprender sus complejos sentimientos.

—Mi padre murió cuando yo tenía siete años. Así que no, no estuvo cuando yo lo necesitaba. Aunque imagino que de haber seguido con vida sí que hubiera estado.

—A veces me pregunto qué es más doloroso: añorar la ternura que uno recibió alguna vez o lamentarse de la que jamás se ha recibido.

Podría estar hablando de los últimos trece años de su vida, pensó Charlie.

—Yo también me lo he preguntado alguna vez.

Artemisa respiró hondo, intentando no perder la compostura.

—¿Has disfrutado de las matemáticas?

—Yo siempre disfruto de las matemáticas.

Ella negó con la cabeza.

—Eres un tipo raro, Charlie Jonquil.

—Sí, pero soy un tipo raro con cartas. —Alargó la mano hasta la mesa y las alcanzó—. Y dos de ellas son para ti.

El entusiasmo asomó a sus ojos, y Charlie se alegró. No le agradaba verla tan triste.

Le dio las cartas.

—Daria —dijo ella al ver la primera—. Y Nia —afirmó al ver la segunda. Lo miró fugazmente—. Dos de las «cazadoras».

—Ah.

Artemisa se puso a leerlas y él abrió un papel con la conocida caligrafía de su madre.

Contenía una única hoja escrita por una sola cara. Le decepcionó que fuera tan breve.

La leyó en silencio.

Querido Charlie:

Soy muy consciente de que todavía te estás acomodando a tu nueva vida y a tu nuevo hogar, pero me temo que debo interrumpir ese proceso. Por muy extraño que pueda parecerte, y confieso que es poco habitual, el testamento de tu padre requiere que todos vosotros con vuestras respectivas familias vengáis a Lampton Park para asistir a la lectura de la última parte. Siempre fue muy claro respecto a esto.

Y aunque el motivo de esta reunión familiar no sea muy alegre, me siento muy feliz de poder veros a todos, en especial a ti, Charlie. Me muero de ganas de que me cuentes los progresos que has hecho en tu matrimonio y la vida que estás construyendo.

Ven tan pronto como puedas para quedarte hasta que lleguéis todos y podamos resolver este asunto.

Con todo mi amor:
Mamá.

Su madre esperaba que le contase sus progresos y la tranquilizara asegurándole que todo iba bien. Artemisa y él no estaban mucho mejor que la última vez que los había visto. Pasaban la mayor parte del tiempo haciéndose el vacío mutuamente. Cuando no estaban cada uno por su lado, solían discutir. Solo de vez en cuando, compartían momentos de paz, como ese día.

Y en el jardín trasero, cuando jugaron a la gallinita ciega. Jonquil había pensado en ese momento muchas veces. Se imaginaba volviendo a tocar sus suaves rizos, rodeándola con el brazo. No conseguía olvidarlo.

Pero ni ese recuerdo alentador cambiaba la realidad de la situación. Pronto su forzado matrimonio contrastaría con las cariñosas y perfectas familias de sus hermanos. Los escasos momentos en los que no deseban estrangularse el uno al otro no abundarían en Lampton Park.

No soportaba la idea de decepcionar a su madre. Sus hermanos se debatirían entre las ganas de tomarle el pelo sin piedad y ofrecerle consejos que él no pedía. Ninguna de las dos posibilidades le hacía la menor gracia.

—¿Ocurre algo? —preguntó Artemisa.

—Nos han citado en Lampton Park por algo relacionado con el testamento de mi padre.

Después de trece años, ¿cómo era posible que quedara una parte de su testamento que debiera leerse precisamente en ese momento?

—¿Habrá mucha gente?

Artemisa no dio ninguna pista de la respuesta que esperaba.

—Toda mi familia. Y los conozco: no se van a molestar en ocultar la curiosidad que sienten por nosotros.

—¿Y qué vamos a hacer? No creo que a ninguno de los dos nos apetezca el escrutinio —repuso ella tras vacilar un momento.

A él solo se le ocurrió una respuesta.

—Lo que nos sugirió tu cuñado que hiciéramos en Londres —espetó imitando de nuevo la voz del duque—: un poco de comedia.

—¿Vamos a mentir a tu familia?

Charlie deseó que no fuera del todo mentira.

—Propongo que firmemos una tregua mientras estemos allí. Fingiremos llevarnos bien y evitaremos situaciones incómodas.

«En otras palabras», pensó, «les mentiremos a todos».

Capítulo 14

Charlie llevaba toda la vida fingiendo ser una persona que no era. Era capaz de replicar los gestos y la forma de hablar de todos sus hermanos. A sus compañeros del colegio siempre les había divertido mucho ver sus imitaciones de los profesores y del director. Tampoco sus amigos se libraban de ese don suyo.

Así que representar el papel de marido entregado no le resultaría difícil; solo tenía que actuar como si fuera uno de sus hermanos.

El viaje de Brier Hill hasta Lampton Park requería unos cuantos días. Ya habían pasado dos noches en alojamientos del camino. Habían fingido ser una pareja perfectamente unida y, como resultado, nadie se fijaba demasiado en ellos. No llamaban la atención. Y ese era el objetivo.

La última noche que pasarían en la carretera, se detuvieron en White Horse, una pintoresca posada con un entorno muy acogedor. Habían llegado demasiado tarde para la cena, pero la propietaria del establecimiento estaba terriblemente preocupada por su bienestar y su posible apetito.

—Deben de estar muertos de hambre. —Miró a Artemisa—. Está usted muy delgada, querida. Se va a desmayar, se lo digo yo.

—No tengo tanta hambre —aseguró ella.

—Ayúdeme a convencerla —le dijo la mujer a Charlie.

Él adoptó el tono que empleaba su hermano Layton cuando procuraba que su esposa se cuidara como es debido. La rodeó por la cintura y la acercó hacia sí. Con una delicada sonrisa, le dijo:

—Probablemente te convenga comer algo antes de retirarte a descansar.

Artemisa era mejor actriz que las que actuaban en los teatros de Londres. Y lo había demostrado una y otra vez durante los últimos tres días.

Se recostó en él adoptando una expresión angelical.

—Estoy agotada. No me importa pasar un poco de hambre siempre que pueda acostarme.

¿De verdad estaba tan cansada? La miró con más atención.

—No te estarás poniendo enferma, ¿verdad?

Artemisa negó con la cabeza frunciendo suavemente los labios.

—No, querido, solo estoy exhausta.

Charlie le puso la mano en la frente. Philip lo hacía cuando Sorrel se sentía indispuesta; y lo que ocurría casi siempre era que ella la apartaba de un manotazo y le decía que dejara de hacer el tonto. Probablemente Artemisa hubiera hecho lo mismo, pero con menos suavidad, de no estar en plena representación pública.

—No tienes fiebre.

—Solo estoy cansada.

¿Pero de verdad lo estaba? Le alzó la barbilla y le acarició la cara con el pulgar. Stanley hacía lo mismo con Marjie.

—Me preocupo por ti.

Eso podría decirlo Philip.

Artemisa recostó la cabeza en su mano y cerró los ojos. Si no supiera lo que de verdad estaba ocurriendo, habría pensado que ella agradecía la caricia como cualquier esposa en un matrimonio bien avenido.

—Quizá lo mejor sea que te acuestes —dijo al fin—. Tu doncella te estará esperando.

Ella lo miró una última vez.

—Gracias, querido.

Le dedicó una última sonrisa de enamorada y se marchó tras la hija de la propietaria escaleras arriba, donde se encontraba el dormitorio que les habían alquilado para pasar la noche.

—¿Es mucha molestia si le pido que nos suba una bandeja? —preguntó Charlie—. No soporto pensar que pueda tener hambre, pero lo cierto es que parece muy cansada. No quisiera privarla de su descanso.

—Es usted un cielo. —La propietaria suspiró—. Y ella le ama. Lo he visto en sus ojos.

Se sentía un poco culpable por haber engañado a la pobre mujer. Pero si los dos se mostraban descontentos y tristes, resultaría incomodo para todo el mundo, incluso para ella.

—Soy muy afortunado.

Intentó aparentar la mitad de la sinceridad que su hermano Harold cuando afirmaba lo agradecido que se sentía por su querida Sarah.

—Les subiré una bandeja, señor. ¿Hay algo en particular que le guste a la dama? ¿Algo que pueda reconfortarle un poco?

Conocía la respuesta a esa pregunta. Quizá no fuera un marido tan espantoso después de todo.

—¿Tiene pudin de pan? Es su plato preferido.

—Claro que sí, señor. Le pondré una ración bien calentita con la cena.

Charlie no tuvo que imitar a nadie para responder a eso. Se sentía sinceramente agradecido por el trato que les estaba dispensado aquella mujer.

—Se preocupa usted por su felicidad —continuó la posadera, convencida de su afirmación.

Y lo cierto era que a Jonquil sí le preocupaba la felicidad de Artemisa. Quería que fuera feliz, que viera el futuro con esperanza. Quería que disfrutara un poco de la vida que se veían obligados a compartir.

—Yo soy feliz si ella es feliz.

Y era verdad. Estaban irremediablemente unidos, tanto que el ánimo de uno tenía que influir sin remedio en el otro.

—Suba usted también. —La mujer le hizo gestos para animarlo a seguir a su esposa con una expresión tan maternal que lo sorprendió—. Me parece que a usted también le conviene descansar un poco.

—Lo cierto es que sí.

Rose ya habría tenido tiempo de ayudar a Artemisa a cambiarse y ponerse el camisón.

Habían diseñado juntos el plan antes de salir de Brier Hill. Fingir que eran una pareja de enamorados significaba que les asignarían una habitación doble en las posadas del camino, cosa que resultaba muy incómoda para dos personas que apenas se toleraban. Así que en todas las posadas ella debía encontrar la forma de subir al dormitorio antes que él. Hasta esa noche, se había limitado a marcharse primero del comedor y Rose la había ayudado a cambiarse de ropa. Eso le daba el tiempo suficiente para meterse en la cama antes de que él llegara. Charlie dormía en el suelo o, si tenía suerte, en algún sofá o canapé.

Encontró a la doncella saliendo de un dormitorio del segundo piso.

—¿Ya se ha acostado? —preguntó.

Rose asintió.

—Y parece agotada, señor Jonquil.

—¿Cree que está enferma? La he visto un poco pálida.

—Lo más probable es que solo esté cansada de tantos días de viaje.

Esperaba que así fuera.

—Nos van a subir la cena en una bandeja. Así podrá comer algo sin perder horas de descanso.

Rose lo miró con aprobación. ¡Dos personas que parecían celebrar su actitud en cuestión de minutos! Inaudito.

Entró en el dormitorio y cerró la puerta a su espalda. Artemisa estaba cómodamente acostada bajo un cubrecama, medio incorporada sobre varios cojines. Leía un libro de moda.

Charlie se sentó con delicadeza en un lateral de la cama, mirándola.

—Nos van a subir una bandeja con algo de comida.

—Gracias.

—Y encontrarás un capricho para después de la cena.

Ella dejó el libro a un lado y lo miró con curiosidad.

—¿Qué capricho?

Él se encogió de hombros.

—Es una sorpresa.

Pudo ver un brillo de interés que le iluminó la mirada.

—¿Qué es?

—No te lo pienso decir, Artie. Si te lo dijera ya no sería sorpresa.

Ella se inclinó hacia delante.

—Dímelo, Charlie. Por favor.

Él negó con la cabeza.

—¿Me estás tomando el pelo?

Estaba sonriendo. A Artemisa le encantaban las bromas espontaneas. Algo tenían en común.

—Lo que quiero es que lo adivines —Sintió el corazón tan agitado como cuando habían jugado a la gallinita ciega.

—¿Es algo que me gusta mucho? —preguntó.

—Sí.

Artemisa unió las palmas de las manos y se las llevó a los labios mientras pensaba.

—¿Pudin de pan?

Charlie se encogió de hombros.

Ella esbozó una sonrisa de oreja a oreja.

—Espero que sea pudin de pan. Me encanta.

—¿Qué otras cosas podrían ser?

Acababa de tropezar con el truco perfecto para descubrir cosas de su mujer y pensaba sacarle todo el jugo posible.

—¿Caramelos de menta?

Charlie tomó nota mentalmente, con intención de continuar la lista.

—Las flores color lavanda que suelen poblar los jarrones de Brier Hill. Tienen los pétalos puntiagudos, de un tono muy suave en los extremos y más oscuro en el centro. Tocados por una corona verde. Jamás había visto flores como esas.

—Arañuelas —confirmó él.

—¿Se llaman así?

Asintió.

—¿También te sabes los nombres de...? —Esbozó una media sonrisa. El «diamante» de la alta sociedad se veía absolutamente adorable en ese momento—. De las peludas. No se me ocurre otra forma de describirlas. Son de color lila fuerte o rosa y tienen docenas y docenas de flores peludas en cada tallo.

—Esas se llaman damas de noche. Mi tío Stanley trajo semillas cuando fue a América para luchar en la guerra contra las antiguas colonias. Algunos años después, mis padres las plantaron en Brier Hill y no han dejado de florecer desde entonces.

—Conozco esas tan pequeñas de color azul —dijo Artemisa—. Son nomeolvides.

Jonquil asintió.

—Son las preferidas de mi madre.

—No sé cuál es mi flor preferida. —Artemisa llegó a apoyarse un poco sobre él, quizá sin darse cuenta—. Nunca me he parado a pensarlo.

Alguien llamó a la puerta. Charlie se levantó y se acercó. Al otro lado aguardaba la posadera con una generosa bandeja en las manos. Él se apartó para dejarla entrar. La mujer se dirigió a la mesa cercana a la puerta y dejó las viandas encima.

—Gracias —dijo Artemisa. La mujer le respondió con una mirada maternal rebosante de aprobación.

Una vez cerrada la puerta, Jonquil se volvió hacia Artemisa.

—Parece que tenemos pollo asado con patatas hervidas. Y veo un poco de pan de harina de espelta.

—¿Pero cuál es el capricho secreto?

Estaba de rodillas sobre la cama con un camisón largo y lo miraba con los ojos abiertos como platos. En ese momento resultaba tan cercana... Una joven con la que podía compartir bromas, que nada tenía que ver la inaccesible estatua de hielo que se empeñaba en parecer.

—Patatas hervidas —le contestó Charlie.

Ella agarró una almohada.

—No me obligues a tirártela.

—Yo en tu lugar no haría eso —le advirtió—. Podrías tirar las patatas de la bandeja, ¿y entonces qué?

Artemisa se rio y se dejó caer sobre los almohadones.

—Eres imposible, Charlie.

Agarró el pequeño cuenco con el pudin de pan y una cuchara y se lo llevó a la cama.

—Tu capricho especial.

—Oh, sí que es pudin de pan.

Tomó el cuenco que le tendía y lo sostuvo en las manos, disfrutando del aroma que desprendía con un suspiro.

—Ya sé que es tu favorito.

—Así es.

Charlie rodeó la cama y corrió las cortinas situándose detrás. Habían hecho lo mismo en las demás pensiones. De esa forma, podía cambiarse de ropa sin que ninguno de los dos se sintiera incómodo.

Mientras se quitaba la levita y el chaleco, oía chocar la cuchara en el cuenco.

Se quitó las botas, que no eran tan ceñidas como para no poder sacarlas solo.

—¿Cómo está tu capricho secreto?

—Delicioso —admitió.

Jonquil se rio.

—Pareces una niña campando a sus anchas en una tienda de caramelos.

—En Heathbrook había una tienda de caramelos. Yo solía pegar la nariz al escaparte mientras soñaba que algún día alguien me dejaría elegir algo, lo que fuera.

—¿Y conseguiste entrar alguna vez? —le preguntó.

—Cinco veces —respondió—. Un caramelo de menta. Un dulce de azúcar. Una piruleta de anís. Un bombón con corazón de almendra. Y otro caramelo de menta.

—Lo recuerdas muy bien.

—Sí. —Suspiró con nostalgia—. Fueron cinco de los mejores días de toda mi vida.

Charlie solo llevaba los pantalones. Solía dormir en ropa interior —unos calzones largos que se le enroscaban al cuerpo y terminaban resultándole incómodos—, pero no aparecía de esa guisa hasta que apagaban las velas y Artemisa ya se había quedado dormida. Se puso la bata que Rose le había dejado en el canapé. La doncella había sido tan amable de ayudarlos con la logística de la situación, dado que él no tenía ayuda de cámara. Le hubiera gustado contar con medios suficientes para asumir ese sueldo.

Se ató el cinturón de la bata. Le cubría el pecho desnudo y los pantalones evitaban que fuera enseñando las piernas.

—¿Qué te gustaría cenar?

—Puedo ir a recogerlo yo misma.

—Ya sé que puedes, pero no tienes que hacerlo. Ya estás acostada cómodamente, será más fácil que yo te prepare un plato. —La miró. La mesa estaba en el mismo lado de la cama que la cortina abierta—. ¿Un poco de todo?

—Sí, por favor.

Charlie no había asistido a muchos bailes, eventos en los que la mayoría de caballeros aprendían a servirle un plato a una dama, pero se sintió satisfecho con el resultado. Se acercó a la cama y le dejó el plato y los cubiertos en la mesita de noche.

—¿Te traigo algo más?

Ella negó con la cabeza.

Esperaba que si quería repetir se lo dijera. Aunque Rose creyese que Artemisa solo estaba cansada, él no estaba del todo seguro.

—¿Hay algún motivo por el que no tienes ayuda de cámara? —le preguntó mientras él se servía.

El motivo real era la falta de dinero, pero reconocerlo era mucho más bochornoso que la explicación que solía dar.

—No me visto con ropa tan compleja como para necesitarlo.

—Muchas damas de la alta sociedad piensan que eres asombrosamente apuesto. Si te vistieras a la moda, causarías sensación.

Era un cumplido agradable, pero también resultaba un poco deprimente. ¿De qué le serviría causar sensación entre las damas en ese momento de su vida? Estaba recién casado, y a ella no le gustaba. Por muy moderna que fuera su ropa nunca podría cambiar eso.

Charlie se sentó en el canapé y se tendió sobre el regazo una manta antes de empezar a comer.

—¿Sabías que Rose es la sobrina de Wilson, el ayuda de cámara de tu hermano? —preguntó Artemisa.

Él ya no alcanzaba a verla. El canapé estaba a los pies de la cama y las cortinas estaban corridas.

—Philip me lo contó cuando lo organizaron todo —respondió.

—¿Y sentiste lastima por Rose sabiendo que tendría que soportar mi compañía durante el resto de su vida?

Lo cierto era que sí. Pero la amistosa actitud que se estaban demostrando mutuamente había conseguido que él disfrutara mucho de los dos últimos días. Y no quería echarlo todo a perder.

—Parece que os lleváis muy bien.

—Es la única persona que conozco, aparte de Wilson y tu hermano mayor, que comparte mi entusiasmo por la moda. Podemos hablar sobre eso durante horas mientras imaginamos la indumentaria perfecta para diferentes personas. Los primeros modelos que creamos fueron para la princesa Charlotte.

El país acababa de superar el periodo de luto que se había decretado por la joven princesa, que había fallecido dando a luz. Solo tenía un año menos que él y Artemisa. Un final muy trágico.

—Philip se puso muy triste cuando se enteró del fallecimiento. Él había estado a punto de perder a su mujer de la misma forma unos meses antes.

—Rose me ha dicho que su tío está encantado con los pequeños de los Jonquil.

—Todos lo estamos —admitió Charlie—. Kendrick, aunque supongo que debería llamarle lord Jonquil, es un travieso adorable. *Lady* Julia es como un ángel. Me recuerda a Hestia. Seguro que serían buenas amigas.

—Ahora son prácticamente familia —repuso Artemisa—. Cosa que estoy convencida que a Adam le resulta insoportable.

Jonquil se rio.

—Nunca olvidaré el día en que él y Philip se pelearon a orillas del Trent durante aquella fiesta. A veces da la impresión de que mi hermano solo es un presumido insoportable, y fue impresionante ver cómo le plantaba cara al duque terrible.

—Lo que es más increíble aún —comentó Artemisa—, es que yo he visto al duque terrible cantando una nana a un niño.

Antes de ver a su excelencia con sus hijos en Brier Hill, Charlie no hubiera podido imaginar una escena como esa. Pero en ese momento le resultaba muy sencillo.

—Sus hijos lo adoran, eso está claro.

—Una vez le pregunté si su padre había sido un hombre cariñoso y atento. Sé que su madre no lo fue y no conseguía entender de dónde le venía esa forma de comportarse. Me dijo que su padre le enseñó a ser duque, independiente y decidido, autoritario y una persona en quien confiar, pero que aprendió a ser padre y marido por otros medios.

Qué interesante.

—¿Qué medios?

—No me lo dijo, y enseguida me di cuenta de que no le iba a gustar que insistiera en preguntarle. Así que no lo hice.

Charlie había terminado de comer y se acercó al lado de la cama. Artemisa también había terminado. Tomó el plato y el cuenco vacío.

—Si alguna vez quisiera chantajearte, ahora ya sé cómo hacerlo —dijo alzando el recipiente vacío del pudin de pan.

—Me encanta desde niña. —Tiró hacia arriba de la colcha hasta taparse los hombros y se recostó en los almohadones—. Perséfone siempre guardaba pan unos días antes de mi cumpleaños para poder preparármelo cada año.

Debían de haber pasado auténticos apuros económicos si el pudin de pan les parecía una exquisitez.

Jonquil llevó los platos a la bandeja y recorrió la estancia apagando velas. Dejó la que estaba en la mesita de noche de Artemisa para que la apagara cuando quisiera.

A tientas regresó al canapé. No era lo bastante largo como para estirarse cómodamente, pero serviría para pasar la noche. No tenía ni idea de cómo se iban a organizar en Lampton Park. Por el bien de su cuello, que ya acumulaba bastante tensión, esperaba que tuvieran habitaciones separadas, o por lo menos una donde hubiera un sofá más grande.

—¡Oh, cielos! —exclamó Artemisa—. La bandeja.

—¿Qué le pasa?

—La posadera vendrá a buscarla en algún momento —dijo al otro lado de la cortina—. Seguro que todo el mundo se entera enseguida de que dormimos separados.

Tenía toda la razón. En las anteriores posadas, Rose se había colado en la estancia antes de que llegaran las sirvientas a ocuparse del fuego por las mañanas, cosa que les permitía disponer de un poco de tiempo para levantarse antes de que alguien los sorprendiera y descubriera la verdad sobre su matrimonio. Aunque estaba más preocupado por lo que podría pensar su familia, también quería ahorrarle el posible bochorno a Artemisa.

Agarró la manta, rodeó la cama hasta llegar el lado contrario del que ocupaba ella y descorrió la cortina.

—Me tumbaré sobre el cubrecama. La habitación estará a oscuras y nadie advertirá el truco.

Volvió a correr las cortinas y se tumbó. A continuación extendió la manta sobre ambos. De esa forma evitaría las habladurías que tanto temía Artemisa. Era la situación más cómoda, y a la vez la más incómoda, que había vivido desde el inicio del viaje.

—Esta noche podrás estirar las piernas —le dijo.

—Es un auténtico lujo.

Se acomodó en la almohada, cerró los ojos, y respiró profundamente. Podían con aquello. Funcionaría.

El colchón se movió un poco. Percibió una inesperada fragancia cítrica. Al poco notó el roce del pelo en la cara y el cuello, y un delicado beso en la mejilla.

—Gracias, Charlie —dijo Artemisa.

Y todo volvió a cambiar. Abrió un solo ojo y la miró. Ella volvió a acomodarse en su lado de la cama, mirando hacia el lado opuesto, y sopló para apagar la vela.

Lo mejor que podía pasar era que se quedaran a oscuras. De lo contrario, ella hubiera visto cómo el rubor le trepaba desde el cuello. Se sentía avergonzado y al mismo tiempo tan encantado que se había hinchado como un pavo.

Había hecho algo bien. Él, el Jonquil que siempre estaba en apuros, que siempre parecía que necesitara que lo rescatasen, corrigiesen y regañasen, había hecho algo tan bien que se había ganado un dulce gesto de gratitud.

Debieron de pasar algunos minutos, o quizá fueran algunas horas, cuando completamente despierto oyó girar el pomo de la puerta.

—Charlie —murmuró inquieta Artemisa.

Había supuesto que ella estaba dormida. Debía procurar que nadie descubriese su triquiñuela.

—No temas, Artie —le susurró.

Se acercó un poco a ella y la rodeó con el brazo por encima de la manta tendida sobre ambos. Cuando la propietaria entrara, seguro que lo vería y asemejarían la apacible estampa de una pareja profundamente dormida, sin una pizca de la incomodidad que los atenazaba.

La posadera entró y se llevó la bandeja en silencio rápidamente. Con una ágil maniobra, cerró la puerta incluso con las manos ocupadas, y volvió a dejarlos a solas.

Artemisa habló en voz baja y entrecortada.

—Debes de pensar que soy patética.

—En absoluto.

—Pero eso de preocuparse tanto por el qué dirán. —Charlie notó que tomaba aire un tanto temblorosa—. La reina de hielo de la alta sociedad debería estar por encima de esas nimiedades.

—Es posible. —La estrechó un poco más fuerte—. Pero Artemisa Jonquil es un ser humano y se le permite tener preocupaciones e incertidumbres.

—¿Y qué hay de Charlie Jonquil? ¿Él también tiene alguna de esas fragilidades humanas?

—En este momento, Charlie Jonquil se siente completamente sobrehumano.

Artemisa estalló en una carcajada.

—Mi héroe —entonó con voz cantarina.

Charlie se rio con ella. Estaban compartiendo un momento relajado, tierno y cómodo, un instante que resultaba más agradable incluso debido a lo extraño de la situación.

Era un progreso. Había esperanza. Después de todo, quizá no estuviera destinado a arruinarse la vida.

Capítulo 15

Artemisa no sabía qué pensar de Charlie Jonquil. Habían sido enemigos mortales durante dos años, haciéndose rabiar, odiándose, molestándose. Y eso se había agudizado durante las semanas posteriores al momento en que se vieron obligados a casarse. Pero durante su viaje a Nottinghamshire, él había sido dulce y paciente, complaciente y considerado. Habían acordado de antemano fingir que eran una pareja enamorada; quizá solo tuviera mucho talento para actuar, tal como ella había aprendido a hacer a lo largo de los años. Al menos había demostrado ser un gran imitador.

Pero él había sido amable incluso cuando estaban solos en la posada la noche anterior. Sin nadie a quien necesitaran engañar. Y él se había mostrado dulce y divertido, y la había hecho sentir bien en una situación que podía resultar terriblemente incómoda. Le gustaba el Charlie con el que había pasado el rato en aquella diminuta habitación. Como el que jugaba en Brier Hill. El que la había escuchado cuando ella hablaba de su padre. El que le había tocado el pelo con delicadeza. Artemisa había sido más ella misma en esos momentos de lo que había sido prácticamente con nadie, y él no había dado muestras de rechazo.

Quería aferrarse a ese hilo de esperanza, pero ya se le había roto en demasiadas ocasiones a lo largo de aquellos años como para confiarse.

Cuando llegaron a Lampton Park, todavía no le había encontrado el sentido a todo aquello. Se decía que los Jonquil eran una familia muy unida. La lealtad que se tenían era de sobra conocida. Y ella había destruido las esperanzas del hermano pequeño. No tenía ni idea de cómo la iban a recibir.

A medida que se acercaban a su hogar, Charlie estaba cada vez más callado. Parecía tan inquieto como ella.

—Estoy un poco nerviosa —confesó cuando el carruaje se detuvo frente la imponente mansión.

Charlie suspiró.

—Yo también.

Habían superado juntos la incomodidad en las pensiones del viaje, seguro que también conseguían apoyarse en la nueva situación. Dios sabía que no les saldría perfecto, ni tampoco lo sería la imagen que pretendían dar, pero al menos estaban de acuerdo en mantener las apariencias.

Un lacayo ataviado con la librea de la familia la ayudó a bajar del carruaje. Se quedó inmóvil un momento, respirando hondo, tratando de superar la inseguridad. La Artemisa de la mitología raramente se pondría nerviosa. Era una diosa guerrera, capitana de su propia nave y escribía su propio destino. Las «cazadoras» se decepcionarían si supieran que no era capaz de hacer honor a su nombre en ese momento.

Charlie bajó del vehículo después de ella. Artemisa se irguió. Estaban juntos en aquello.

—¿Preparada para interpretar tu papel? —le preguntó.

—Tenemos que intentarlo.

Él le ofreció el brazo casi mecánicamente. El gesto no transmitía auténtico cariño.

—Si no te esfuerzas por parecer un poco más alegre —le susurró— no se lo van a creer.

Artemisa le oyó resoplar. Esbozó una sonrisa. No era creíble del todo, pero serviría.

Ella tenía mucha más experiencia fingiendo comodidad en situaciones en las que se sabía poco querida o no era bienvenida. Se ciñó la coraza protectora como había hecho tantas veces y caminó junto a Charlie hacia a la guarida del león.

Siempre que se había imaginado casada y visitando la casa de la familia de su marido, se había visto como parte de la familia. Había soñado que ganaría un padre y una madre que la amarían y la valorarían, hermanos que la considerarían una más entre ellos. Pero allí llegaba en calidad de enemiga. Y por mucho teatro que hicieran, no era muy probable que consiguieran cambiar eso.

El mayordomo y el ama de llaves los recibieron con cordialidad y formalidad. Les ofrecieron la posibilidad de retirarse a descansar del viaje o, si lo preferían, pasar directamente a ver al conde y a la condesa al salón. Charlie delegó la decisión en Artemisa.

—Me gustaría saludar a nuestros anfitriones —dijo, no porque fuera necesariamente la mejor opción o la más adecuada, sino porque le preocupaba perder el valor si no lo hacía en ese momento. Se suponía que era Artemisa, «diamante» de la alta sociedad, una mujer que no se dejaba intimidar por nada ni nadie.

Los sirvientes los acompañaron, aunque Charlie supiera perfectamente dónde estaba la sala de estar. Un patente recordatorio de que en esa casa eran invitados. De haber ido solo, seguro que lo habrían recibido como a un miembro más de la familia.

Cuando llegaron a la puerta del salón, el mayordomo anunció:

—El señor Charles Jonquil y su esposa.

Charlie rugió por lo bajo. Artemisa no supo si atribuir su disgusto al hecho de que lo hubieran llamado Charles, una versión de su nombre que ella sabía por experiencia lo mucho que le disgustaba, o por el añadido de «su esposa».

«Por favor, no me abandones ahora, Charlie».

El conde, ataviado con ropajes tan coloridos y modernos como siempre, se levantó cuando entraron. La condesa no se puso en pie, pero los saludó.

—Habéis llegado hasta aquí sin derramamiento de sangre. —Lord Lampton los miró a ambos—. Quizá Harry el Santo esté rezando para que se produzca un milagro.

—¿Quién es Harry el Santo? —preguntó Artemisa.

Lord Lampton adoptó una expresión de fingida preocupación.

—¿Acaso no ha mencionado que tiene hermanos?

A eso podía jugar ella también. En realidad iba a disfrutar de lo lindo.

—¿Hermanos? —Se llevó una mano al pecho y miró al conde con una mueca de confusión. A continuación se volvió hacia Charlie—. ¿Tienes hermanos?

Él se ruborizó un poco.

—Harry el Santo es mi hermano Harold, aunque no le gusta mucho que lo llamen así, no te lo recomiendo que lo hagas.

Ella asintió.

—¿Alguna otra advertencia que deba tener en cuenta?

—No hagas caso a nada de lo que diga Philip.

Su hermano mayor le dio un empujón y encajó el que le devolvió Charlie. A Artemisa le resultó dolorosamente conmovedor presenciar la cordialidad con la que se trataban. Ella y su familia se querían mucho, pero nunca se trataban con tanta ligereza. Al menos así era en la relación con ella, que incluso entre sus hermanos solía mantenerse al margen.

Apartó la mirada; necesitaba un momento para recomponerse. Entonces vio el enorme retrato familiar que colgaba sobre la chimenea. No le costó reconocerlos a todos. Lord Lampton, a pesar de parecer casi diez años más joven en el retrato y vestir ropas mucho menos coloridas, estaba demasiado bien retratado como para confundirlo con otra persona. La viuda y anterior condesa también era muy fácil de reconocer. El niño pequeño pelirrojo resultaba inconfundible.

Le llamó la atención el caballero sentado en medio de toda la familia. Su amable expresión le resultaba familiar. Había pensado lo mismo cuando había estado en la fiesta que se había celebrado en Lampton Park un par de años atrás. Sus hijos guardaban un parecido asombroso con él. Cualquier que los conociera sentiría, automáticamente, que había conocido a su padre.

—¿Dónde están los niños? —le preguntó Charlie a su hermano—. Supongo que ya sabrás que he venido a verlos a ellos. Los demás no sois tan importantes.

—¿No somos importantes? —Philip lo miró con un asombro exagerado—. ¿Cómo es posible no considerar imprescindible a alguien con un chaleco bordado a mano con seda amarilla debajo de una levita violeta? Me parece que has enfermado durante el viaje. —Miró a su esposa—. Sorrel, manda llamar al doctor Scorseby enseguida. Está claro que Charlie delira a causa de la fiebre.

—Vas a estar imposible mientras tus hermanos estén aquí, ¿verdad? —preguntó *lady* Lampton con un suspiro.

—No solo imposible, querida, sino también completamente irresistible.

Ella negó con la cabeza.

—Los niños están en su habitación —le dijo a Charlie—. Será mejor que vayas a verlos; es muy probable que sean más educados que su padre.

Lord Lampton se llevó una mano al corazón.

—Eso me ha herido, amor mío. Profundamente.

A Adam le aburría mucho la impostura del conde. Artemisa adoraba su tono histriónico. Estaba convencida de que se llevaría la mar de bien con ese cuñado si tenía la más mínima ocasión. La hacía sonreír con facilidad incluso en un momento difícil como ese. «Papá» también lo conseguía. Inmediatamente empezó a imaginar que «papá» era un hombre tan alto como lord Lampton.

—Los hijos de Layton también están aquí —comentó *lady* Lampton—. Caroline, en particular, seguro que se ofende muchísimo si no vas a verla enseguida. Su tío es una mala influencia para ella, ¿sabes?

—¿Cuál de ellos? —preguntó Artemisa disfrutando de la broma.

—Todos ellos —contestaron los tres al mismo tiempo.

—Parece el momento perfecto para ir a ver a los niños.

Charlie regresó a su lado.

Artemisa alargó la mano esperando que él le ofreciera el brazo. Pero empujado por el entusiasmo de ver a los demás miembros de su familia, lo olvidó. «Está ansioso por encontrarse con los niños», se repitió ella mientras lo seguía. Pero cuando empezaron a subir la escalera, se dio cuenta de que él ni siquiera le había pedido que lo acompañara.

Sin embargo, no le quedaba más opción que seguir adelante. No tenía ni idea de en qué habitación de la casa se alojaría. Y pasearse por allí hasta que encontrara su baúl en una habitación o algún sirviente al que poder preguntarle era una perspectiva demasiado bochornosa como para considerarla siquiera.

Cuando llegaron al ala infantil, un coro de bienvenidas recibió a Charlie. El pequeño lord Jonquil fue muy efusivo, aunque era demasiado pequeño y nada de lo que decía tenía ningún sentido. Un chiquillo más bien pelirrojo que debía de tener algo más de dos años se acercó corriendo hacia ellos. Artemisa recordó la versión reducida del mismo niño de aquella fiesta celebrada en su otra visita a la mansión.

El recibimiento más entusiasta vino por parte de la sobrina de ocho años de Charlie, con la que Artemisa había estado completamente encantada durante la anterior estancia en Lampton Park. La señorita Caroline Jonquil era una chiquilla deliciosamente precoz, con la cabeza llena de rizos dorados y unos impactantes ojos azules. Tenía a toda su familia comiendo de su mano y, sin embargo, no era una niña nada consentida.

—¡Tío Chorlito! —exclamó mientras corría hacia Charlie.

Él se arrodilló y la abrazó con fuerza.

—Ay, cuánto te he echado de menos, Caroline.

—El tío Flip dice que ya no vives aquí. Me está tomando el pelo.

Charlie se sentó en el suelo y ella hizo lo mismo frente a él.

—Pues por muy sorprendente que te parezca, el tío Flip dice la verdad.

La niña parecía confundida.

—¿Y dónde vives?

—En una casa llamada Brier Hill, en Cumberland. Está cerca de Escocia.

Charlie se las apañó para que pareciera que estaba encantado con la situación, aunque Artemisa sabía que no era así.

—¿Y por qué vives allí? Toda tu familia está aquí.

—No todos —repuso Charlie.

—Casi todos.

Alargó el brazo y agarró a su sobrina de la mano.

—Normalmente, cuando una persona se casa se va a vivir a su propio hogar.

Caroline abrió los ojos como platos.

—¿Te has casado?

¿Nadie se lo había dicho a la pequeña? Estaba claro que para la familia aquel matrimonio no era algo que celebrar.

—Así es —confirmó Charlie—. Con la señorita Lancaster. —Señaló a Artemisa, que aguardaba algo incómoda en la puerta—. Seguro que te acuerdas de ella. Vino a vernos una vez.

Caroline negó con la cabeza. Se había olvidado de ella. La única persona de aquella familia que creía que la recordaría con cariño, después de varias conversaciones sobre el pelo rizado y la mejor forma de recogerlo, ni siquiera la recordaba.

Decidió sentarse en una de las sillas para adultos que había al fondo de la estancia.

—¿Vienes a dar un paseo conmigo por el río?

Charlie tenía el regazo lleno de niños. Lord Kendrick y el otro chiquillo se habían acercado a él rápidamente. Y él había aupado a *lady* Julia.

—Pues claro, cariño. He añorado mucho nuestros paseos por el Trent.

Aquella era la vida familiar que había perdido Charlie. Artemisa solo había sentido que alguien la quería o disfrutaba de su presencia cuando «papá» la había abrazado.

Habían trazado un plan para fingir que estaban contentos con su situación, suponiendo que esa sería la única forma de evitar la tristeza que les embargaría al regresar al hogar familiar de los Jonquil. Era evidente que todos aceptaban a Charlie sin necesidad de ninguna actuación. ¿La aceptarían a ella con su interpretación?

Capítulo 16

La cordialidad que había reinado durante su viaje al sur se había esfumado, y Charlie no sabía por qué. Artemisa había vuelto a ser la voluble, dramática y falsa versión de sí misma que él había conocido en aquella misma casa. Y no dejaba de darle vueltas al impresionante cambio, pero no conseguía hallar la variable que había alterado la ecuación de forma tan dramática. Le costaba más entender a las personas que a los números.

—Cualquier terrateniente respetable instalaría una horca —le dijo Artemisa a Mariposa la segunda tarde de su estancia en Lampton Park—. Ninguna propiedad está completa si no hay una.

—¿Y qué piensas de las jaulas?

Siempre se podía contar con Mariposa para las conversaciones desenfadadas.

—Que están un poco pasadas de moda, pero están bien siempre que se tenga el espacio suficiente. —Artemisa miró de forma dramática a Philip, que todavía era más dado al absurdo que Mariposa—. Y nunca se debe pasar por alto la utilidad de un buen calabozo.

—¿En el castillo de Falstone hay calabozo? —Philip bajó la voz hasta susurrar—: He oído rumores...

—Pues claro que lo hay, milord. ¿Cómo cree que su excelencia se deshace de los familiares indeseados?

—Un genio. —El conde movió la cabeza con gesto de asentimiento—. Yo tengo siete hermanos y ningún calabozo. Y esa es una proporción inaceptable a ojos de cualquiera.

—Yo podría hacerle un hueco a su hermano pequeño en el calabozo de Falstone.

La oferta de Artemisa fue recibida con risas y expresiones de aprobación, y no solo por parte de Philip.

En medio del caos aparecieron Crispín, Catherine y su pequeño de dos años. Charlie debía de saber que Crispín estaba a punto de llegar.

Layton apareció junto a los recién llegados.

—Bienvenidos a Lampton Park, extranjeros. —Señaló a Charlie—. Supongo que recuerdas al «señor de Artemisa Lancaster».

Crispín se rio.

—Recuerdo perfectamente la celebración. Charlie le dijo a Harry el Santo que se ahorrase los sermones. Fue maravilloso.

«El señor de Artemisa Lancaster». Era evidente que la intención había sido bromear y no la de ofenderlo, una broma entre hermanos, pero no le hizo mucha gracia. Todos parecían encantados de haberse librado de él gracias a Artemisa.

Charlie echó mano del único recurso que encontró para cambiar el rumbo de la conversación.

—Robert ha crecido mucho desde la última vez que lo vi —le dijo a Catherine señalando al pequeño—. Se parece mucho a ti.

Catherine era de naturaleza callada y reservada, pero no era tan tímida como para eludir la conversación.

—Se parece mucho a mi padre cuando era pequeño, lo he comprobado en un retrato que conservo de él en esa época.

—¿Y eso te consuela o te pesa? —Miró hacia el otro extremo de la sala, donde su madre estaba sentada—. Por lo que me han dicho, el pequeño de Stanley y Marjie es la viva imagen de mi padre de bebé. Incluso lleva su nombre. Me preocupa que a mamá pueda afectarle a medida que lo vea crecer. Ella sigue echando mucho de menos a mi padre.

—Tus hermanos son un gran consuelo para ella —dijo Catherine.

—Y una preocupación, sin duda.

—Ya he descubierto que una madre nunca deja de preocuparse por sus hijos.

Charlie no quería que la suya se preocupara por él. Solo quería hacerla feliz y proporcionarle tranquilidad. Quería aliviar sus cargas, no multiplicarlas como había hecho durante toda su vida.

Philip intervino de pronto:

—Acabo de mantener una conversación de lo más humillante con nuestra nueva cuñada.

Charlie se quedó de piedra.

—¿Y qué te ha dicho la señora Artemisa?

Layton y Philip disfrutaban mucho dándose coba mutuamente.

—Que nuestro hermano pequeño no tiene ayuda de cámara. —Philip sacudió la cabeza como si fuera algo increíble—. No sé cómo se lo voy a contar a Wilson. Podría sufrir una apoplejía y morir en el acto.

Layton asintió con solemnidad.

—Me asombra que nuestra modernísima cuñada no esté ya completamente horrorizada.

—Me parece que últimamente ha sobrevivido a impactos mayores.

El tono de Crispín era seco como una hoja de otoño.

Vaya, sus hermanos se estaban divirtiendo de lo lindo. Si alguna vez había necesitado que Artemisa se empleara a fondo como actriz era en ese preciso momento.

—Artie —la llamó Charlie—. Me han informado de que te está costando mucho sobrevivir a mi aspecto. Será mejor que vengas a defenderme.

Ella se acercó dando unos saltitos. Ya la había visto caminar de ese modo que pretendía denotar despreocupación en otras ocasiones.

Cuando llegó junto a ellos, los miró a los tres con desaprobación.

—¿Que me está costando sobrevivir? Habéis subestimado en demasía mi capacidad de resistencia.

No era exactamente la defensa que él esperaba, pero consiguió hacer reír a sus hermanos. Ella le puso una mano en el brazo mientras se reía también. Artemisa había retomado su estudiada actitud frívola. No era la estrategia para evitar el escrutinio que habían acordado, pero en ese momento estaba dando resultado.

—¡Tío Charlie! —Se volvió al oír el sonido de la voz de su sobrina Alice. Un angelito del cielo—. Ven a jugar con nosotros.

Miró a sus hermanos y a Artemisa.

—Quizá yo no tenga ayuda de cámara, pero tengo los mejores compañeros de juego. —Hizo una pequeña reverencia—. Si me disculpáis, mi Alice quiere que me vaya a jugar con ella, y jamás podría negarle nada.

La niña lo tomó de la mano y tiró de él hasta una habitación en la que estaban casi todos los niños sentados en el suelo. Aguardaban bajo el enorme retrato familiar que colgaba sobre la chimenea, era el último que les habían hecho antes de la muerte de su padre.

Cuántas veces se había sentado en aquel mismo lugar a contemplar el rostro inmóvil y sin vida de su padre, tratando de recordarlo, deseando poder hablarle por última vez y hacerle todas las preguntas que tenía para él.

«Me prometiste que siempre me ayudarías cuando te necesitara».

«Y te necesito ahora».

Capítulo 17

Artemisa seguía muy alterada, pero estaba empezando a encontrar su lugar en Lampton Park. Les habían asignado un dormitorio compartido —el mismo que, según le habían dicho, había ocupado Charlie de niño cuando vivía en aquella casa—, y estaba resultando ser más incómodo que las pensiones donde se habían alojado.

Se habían cambiado para asistir a la cena y habían compartido una fugaz conversación en la sala de estar antes de reunirse con el resto de la familia. Rose había comunicado al ama de llaves que las doncellas no podían entrar en el dormitorio por las mañanas a encender el fuego hasta que ella les diera permiso. Eso les ahorraría la humillación de que toda la casa se enterara de que a los recién casados no les gustaba compartir el cuarto.

Las cosas habían ido relativamente bien en los encuentros con la familia durante la tarde. Mariposa, su cuñada española, había resultado ser un encanto. Lord Lampton, que había insistido en que lo llamase Philip, se había sumado encantado a sus conversaciones absurdas. Se habían reído juntos y habían disfrutado mucho de esas tonterías de las que tanto hablaba «papá». Artemisa respiraba más tranquila. Podía confiar en la facilidad que tenía para esa clase de bromas y tener cierta fe en que funcionaría.

Charlie no parecía esforzarse demasiado. Se había esmerado un poco más en vestirse para la cena que durante el día, pero su aspecto seguía siendo descuidado y caótico. Iba a transmitir a todo el mundo que no daba ninguna importancia al hecho de estar con ellos. Y eso haría que todos empezaran a plantearse que quizá fuera infeliz. Lo más probable es que la culpasen a ella.

—Estoy segura de que algún miembro del personal, o tal vez alguno de los ayudas de cámara de tus hermanos podría venir a ayudarte a vestirte para las comidas —dijo ella mientras bajaban la escalera.

—Pensaba que tu capacidad de resistencia te ayudaba a soportar la desgracia de tener que verme.

El hecho de que él repitiera la broma que había hecho delante de sus hermanos con tanta desaprobación resultaba... raro.

—Estábamos de broma.

—Sí, ya lo sé —repuso con tono serio.

—He encontrado una forma de hacerme un hueco en tu familia. ¿No era lo que querías?

Él resopló algo tenso.

—Unirte a ellos cuando se ríen de mí no era exactamente lo que tenía en mente.

—¿No tienes problema en que lo hagan ellos, pero te molesta que yo participe de la chanza?

—Se suponía que debíamos venir aquí a dar imagen de unión. Pero resulta que me he convertido en el blanco de todos. —Se detuvieron a escasos metros de la puerta del comedor—. Yo estoy cumpliendo con mi parte del trato, Artemisa. Necesito que tú cumplas con la tuya.

—¿Estás seguro de que estás cumpliendo con tu parte? —No fue capaz de hablar con un tono completamente sereno—. En cuanto llegamos aquí te dedicaste a disfrutar de tu familia y a compartir momentos de paz con ellos mientras yo te seguía por toda la casa como un perrito abandonado. No me parece que eso dé imagen de unión, Charles.

—No me llames así.

Artemisa resopló frustrada y pasó de largo para entrar al salón. La mitad de la familia ya estaba allí. A pesar de la frustración que sentía hacia el caballero con el que se había visto obligada a casarse, no pensaba ponerse en evidencia ni avergonzarlo a él.

—¿He conseguido hacer una aparición dramática? —les preguntó a los que se volvieron al oírla entrar—. Era precisamente lo que pretendía.

—No mucho —le aseguró Philip.

Artemisa inclinó la cabeza con elegancia.

—En ese caso volveré a intentarlo.

Salió de la estancia. Charlie la estaba mirando desde donde se habían separado un instante antes. No pensaba rendirse. Se dio un momento para tomar aire y se dio la vuelta. Volvió a colarse en el salón alzando los brazos con elegancia para terminar con una pose digna de los escenarios más prestigiosos de Londres.

Philip la aplaudió en silencio. Otros se rieron y el resto de los presentes sonrieron abiertamente. Artemisa estaba descubriendo que aquella era la clave de esa familia. Les gustaba reírse y disfrutar de momentos distendidos. Lo recordaría.

—¿Charlie también va a hacer una aparición estelar? —preguntó *lady* Marion, la esposa de Layton.

—¿Suele hacerlo? —preguntó Artemisa.

—Solo cuando se lanza desde el tejado.

Hasta el hermano vicario participaba de las bromas.

¿Cómo podía ser que Charlie no disfrutara de aquello? La familia Lancaster había tenido que sufrir el peso de la muerte y la pobreza durante tanto tiempo que apreciaban mucho esa clase de distracciones. A Linus se le daba mejor que a nadie. Ella se esforzaba todo lo que podía, pero era tan exagerada que sus mejores intentos acababan dando lugar a réplicas demasiado forzadas, muy poco naturales.

Charlie entró en la estancia con un aspecto tan despreocupado como sus prendas pasadas de moda. Era un joven indiscutiblemente apuesto. Artemisa no comprendía por qué no quería siquiera intentar vestirse con un poco más de elegancia. En ese momento debía de haber tantos ayudas de cámara en Lampton Park que podría contar con toda la ayuda que quisiera solo con pedirla.

¿Estar casado con ella era una experiencia tan frustrante que no conseguía disimular la apariencia de una persona... deprimida? No quería que se sintiera así. El Charlie que había sido tan considerado con ella durante el viaje, que se había mostrado tan cariñoso con Oliver y con Hestia, que había escuchado con cariño los dolorosos recuerdos que ella tenía de su padre, merecía ser feliz.

La familia se trasladó con absoluta informalidad hasta el comedor y no se sentaron de acuerdo al rango de cada cual, sino según sus preferencias. Todos los hermanos de Charlie eligieron sentarse con sus respectivas esposas. Un gesto entrañable. Su madre se sentó en la cabecera de la mesa y los miraba a todos con mucho cariño.

¿Su madre se habría sentido de la misma forma de haber podido ver a sus hijos en ese momento? Quería creer que la mujer a la que nunca había conocido la habría querido de haber vivido. Y que habría deseado que fuera feliz, tal como la viuda debía de querer para Charlie.

«Una imagen de unión. De felicidad». Tampoco era tanto pedir.

A su alrededor, los hermanos demostraban a sus respectivas esposas un afecto despreocupado y natural. La forma que tenían de manifestarlo variaba de una pareja a otra. Philip y Sorrel discutían. Layton y Marion se sonreían el uno al otro casi todo el tiempo. Lord Cavratt no dejaba de besarle la mano a Catherine. Corbin y Clara se entendían a las mil maravillas sin necesidad de pronunciar una sola palabra. Jason y Mariposa hablaban de vez en cuando en español, un idioma que parecía que él acababa de aprender, pero que dominaba relativamente, y no cabía duda de que lo había estudiado por ella. Harold y Sarah intercambiaban miradas de cariñosa amistad y afecto que era imposible pasar por alto.

Charlie no le hacía caso prácticamente. Ella intentaba conservar la imagen de naturalidad y cordialidad entre ellos. Quizá lo que ocurría era que él estaba demasiado acostumbrado a ser un caballero soltero entre sus hermanos casados. Quizá le resultara demasiado fácil olvidar el papel que se suponía que debía representar.

Los caballeros no se fueron al salón una vez concluida la cena, sino que decidieron olvidarse del coñac para poder quedarse con las damas. Permanecieron todos juntos entre conversaciones y risas. A Artemisa le gustaba estar con aquella familia. Eran alegres. Y para Charlie era bueno estar con sus hermanos, a pesar de que le molestara un poco ser el blanco de las bromas. A pesar de ello, se notaba que era más feliz allí que en Brier Hill. Y si existía la posibilidad de que surgiera algo bueno entre ellos, ese era el momento. Allí. Con su familia.

—Lucha —le había dicho Perséfone.

Y Artemisa pensaba luchar.

—Philip ha propuesto jugar en el vestíbulo —anunció *lady* Lampton—. Y como se va a poner intratable si no se sale con la suya, sugiero que le hagamos caso.

—¿A qué quieres jugar? —preguntó lord Cavratt.

—¿A *snap-dragon*[1]? —sugirió Philip.

—No. —La viuda rechazó rotundamente la propuesta—. Tú y Layton siempre os implicáis demasiado y alguien acaba lastimado.

—Quizá fuera verdad cuando teníamos ocho años —objetó el segundo hijo de la viuda.

—Veintiocho —repuso su madre.

Lo de las bromas era absolutamente generalizado en aquella familia.

—¿Y si jugamos a verdad o reto? —sugirió *lady* Marion.

—Siempre que la prenda no sea demasiado bochornosa —objetó Clara, la más reservada de sus cuñadas—. O las preguntas y los retos.

Philip la miró con simpatía.

---

1 N. de la Trad.: Snap-dragón fue un juego de vestíbulo popular durante el siglo XVI que consistía en calentar coñac, colocarlo en un cuenco y añadirle algunas pasas; a continuación se apagaban las luces, se le prendía fuego a la bebida y todos los participantes tenían que agarrar una pasa con la boca, cosa que los hacía parecer un demonio hasta que cerraban la boca para apagar las llamas.

—Ninguno de nosotros te hará pasar vergüenza. Te doy mi palabra. Pero tu marido es una presa legal.

—Tengo una sugerencia sobre eso —dijo Mariposa—. Si la pregunta o el reto se da entre los miembros de la misma pareja, la prenda será un beso.

La estancia se llenó de voces a favor de la propuesta.

—¿Y si no es una pareja? —preguntó uno de los hermanos.

—Pues el que se niegue tendrá que hacerle un cumplido sincero —dijo *lady* Marion—. Estoy convencida de que será muy divertido ver cómo os esforzáis para deciros cosas bonitas entre hermanos.

Rápidamente escribieron los nombres de todos en papelitos que después metieron en un sombrero, y comenzó el juego.

La familia Jonquil era divertidísima. Sus preguntas recordaron desde travesuras de la infancia de las que un hermano había culpado a otro hasta errores que habían cometido en sociedad ya de adultos. Y las prendas abarcaban desde ir a buscar alguna galleta a la cocina hasta pedirle al vicario, precisamente, que trepara por la barandilla de la escalinata, cosa que hizo con gracia y soltura.

Qué familia tan fascinante. Y tenía la oportunidad de formar parte de ella, de convertirse en una más. Quería encontrar la forma de hacerse un hueco.

«Lucha por ello».

De pronto sacaron su nombre del sombrero, sería la próxima en lanzar una pregunta o pedir una prenda. Por fin tenía la oportunidad de demostrar que era perfecta para aquella familia. A continuación extrajeron el nombre de la persona a la que ella tendría que dirigir sus peticiones.

Charlie.

Se situó junto a ella en el centro de la estancia, como habían hecho los demás cuando les había tocado su turno. Hasta ese momento habían participado tres parejas y ninguna había accedido a contestar una pregunta o a obedecer una orden. Los besos como prenda se habían recibido entre bromas.

Artemisa pensaría en alguna pregunta que a él no le importase mucho contestar. Algo de lo que todos pudieran reírse. Algo que demostrase que estaban muy unidos.

—¡Prenda! —gritó Philip.

—Eso —se sumó otro de los hermanos—. Elegid la prenda.

—De eso nada —repuso Charlie—. Ella puede preguntarme lo que quiera; contestaré sea lo que sea.

La inapelable respuesta la golpeó como una bofetada. «De eso nada. Ella puede preguntarme lo que quiera; contestaré sea lo que sea». No pretendía obligarlo a besarla ni avergonzarlo, por eso había decidido elegir la pregunta.

—¡Fuera! —exclamó Philip, arrastrando a otros que se unieron a los abucheos.

—No me vais a convencer —espetó él.

Todo era una gran broma y Charlie se reía con ellos.

«De eso nada». Era la única esposa de la habitación cuyo marido había declarado públicamente que no pensaba besarla sin importarle cuál fuera la alternativa. Era la única a la que habían rechazado con tal rotundidad. Y públicamente.

—Ya podéis protestar todo lo que queráis —les dijo a sus hermanos—. Ya hace muchos años que no me dejo intimidar por vosotros.

Artemisa seguía allí plantada, observando cómo su marido bromeaba con sus hermanos a su costa. «Mírame. Fíjate en mí, ahogándome en esta humillación». Pero él no la miró. Se sintió como si volviera a tener cinco años, suplicándole en silencio a su padre que mitigara su dolor y su soledad. Pero su padre no lo hizo. Y Charlie tampoco. En su fuero interno sabía que, a menos que volviera a encontrar a «papá», nadie se preocuparía por ella.

—No has formulado ninguna pregunta ni has ordenado nada —dijo alguien que Artemisa no identificó por la voz.

Con un nudo en la garganta, tragó saliva, parpadeó y respiró tratando de recomponerse.

«Las diosas no lloran».

—Mi pregunta... —Tenía que pensar en algo. «Cualquier cosa». Y se le tenía que ocurrir antes de que se le empezaran a caer las lágrimas—. ¿Qué...? ¿Has elegido ya el tema que tratarás en tu conferencia en la Real Sociedad?

Charlie negó con la cabeza.

—Todavía no.

Desde todos los rincones surgían las preguntas. ¿Charlie iba a impartir una conferencia en la Real Sociedad? ¿Cuándo había surgido esa oportunidad? ¿Cuándo estaría allí? ¿Qué temas estaba valorando? ¿Quién lo había invitado?

La distracción no había sido intencionada, pero fue muy bienvenida. Artemisa aprovechó para escabullirse del círculo de hermanos y alejarse de ellos.

Su marido había rechazado la idea de besarla. Podría haberla besado en la mejilla y, aunque le hubieran hecho más de una broma, habría quedado como un dulce momento de timidez o como un gesto de consideración hacia los sentimientos de su esposa. Y, sin embargo, había elegido humillarla y rechazarla delante de la familia a la que tantas ganas tenía de pertenecer.

Lo había besado en la mejilla en la posada hacía solo unas noches. ¿Eso también le había disgustado? Ese momento tan tierno, el instante que tanta esperanza le había dado a Artemisa, ahora parecía vacío.

Se escabulló del salón. No soportaba seguir allí ni un minuto más. Quizá retomaran el juego, pero no creía que nadie la echara en falta.

«De eso nada».

«No me vais a convencer».

Subió a toda prisa las escaleras que conducían a su dormitorio. Con cuidado para no tirar el jarrón con flores frescas que reposaba en la mesita de noche, abrió el cajón y sacó el pañuelo que «papá» le había dado hacía ya tantos años. Lo necesitaba a su lado, pero lo único que tenía de él era ese pedacito de tela.

Se acercó al cordel de la campana y dio un tironcito. Si se hubiera podido cambiar de ropa sin ayuda, lo habría hecho, aunque solo fuera para ahorrarse las miradas curiosas de la doncella mientras ella se debatía con su desesperación.

Luchaba desde niña contra una permanente sensación de rechazo y desprecio, la misma que en ese momento la amenazaba de nuevo.

Necesitaba una escapatoria, un refugio. Pero no lo había. No lo encontraba ni siquiera en aquel cuarto, donde tendría que dormir como una invitada deseada; sin embargo, aquello no era más que parte del engaño. Hubiese preferido dormir en el suelo, pero no pensaba tolerar más humillaciones.

No podía «quedarse en la luz». No había consuelo para ella.

Con mucho cuidado introdujo el pañuelo entre los cojines de la *chaise longue*, donde podría encontrarlo fácilmente. Se fijó en el jarrón de flores, de una belleza sin complicaciones. Las flores debían de ser muy importantes para los Jonquil. Había ramos de flores frescas por todo Brier Hill y las había visto en aquella estancia desde la tarde que había vuelto a vestirse para la cena.

Respiró hondo unas cuantas veces para recuperar la calma. Llegó Rose. En su cara percibió una expresión recurrente en ella: veía mucho más de lo que daba a entender.

—Por favor, no me preguntes nada —le suplicó Artemisa en voz baja—. Solo quiero acostarme y estar sola.

Como buena y leal amiga, la doncella no hurgó en la herida. La ayudó a ponerse el camisón e intentó distraerla con una conversación sin ninguna implicación emocional.

—Creo que tendrás un poco de tiempo para coser y diseñar algunas prendas. He traído material para las dos.

—Me encantaría —repuso Artemisa, esforzándose por sobreponerse al dolor.

—Me encantaría diseñar un vestido para la esposa del abogado —dijo Rose—. Es una mujer con una cualidad única: es de talla menuda pero con un gran temperamento. Seguro que no se sentirá abrumada por los colores atrevidos.

Artemisa asintió. Ella pensaba lo mismo.

—Y me parece que *lady* Lampton lleva un aparato que le proporciona estabilidad a las caderas y le añade volumen a la altura de la cintura, de ahí esos vestidos tan largos que lleva. Me parece que podremos diseñar una prenda adecuada para ese sistema de sujeción y que ensalce su figura. Quizá le guste la idea.

—Dibujaremos los bocetos —propuso Rose—. Aunque acabemos no haciendo nada con ellos, seguro que disfrutamos del reto.

Del reto y de la escapatoria. Así podría perderse en el trabajo y, por un rato, olvidar lo hostil que volvía a ser el mundo.

Tomó la manta que había estado usando Charlie y se la extendió sobre el regazo tras sentarse en la *chaise longue*.

Rose apagó la vela sin decir una sola palabra sobre el lugar que Artemisa había elegido para dormir. A continuación salió del dormitorio y la dejó a oscuras. Pero ella no se acostó. Todavía no. Sostuvo un rato el pañuelo de «papá» con la esperanza de poder reprimir las lágrimas, pero casi segura de que no lo conseguiría.

«De eso nada». La voz de Charlie resonaba en su mente. «No me vais a convencer».

—Lo he intentado, «papá» —susurró en la oscuridad—. Te necesito. Necesito que me digas que me quieres. Necesito que vuelvas a abrazarme. Me siento muy sola sin ti. Sin ti, nadie me quiere.

Capítulo 18

rtemisa había abandonado el juego. Charlie no adivinaba por qué motivo. Le había dado la impresión de que se lo pasaba bien, aunque le había costado un poco decidir la pregunta. Al final, había elegido una perfecta. Demostraba ante su familia que conocían sus respectivos intereses y ambiciones, como si su condenado matrimonio fuera el camino de rosas que trataban de fingir que era. Sus hermanos le habían hecho docenas de preguntas acerca de la conferencia y, en medio de la confusión, ella había desaparecido.

Había dado tanta importancia aquella misma tarde a la idea de llevarse bien con su familia que no tenía ningún sentido que se hubiera marchado sin más. Nada de aquello tenía ningún sentido.

Se sentó junto a los demás mientras el juego de preguntas y prendas proseguía entre divertidos momentos. Pero no conseguía pasárselo bien. Artemisa y él habían mantenido cierta cordialidad. Ella había recurrido a su sentido del humor para disfrutar en su familia. Él lo había potenciado con algunas de sus habituales bromas durante la ronda de preguntas y comentarios. Debería haber servido para mejorar la situación. Sin embargo, allí estaba, solo y confundido.

La esposa de Corbin, Clara, fue a sentarse a su lado, cosa que no ocurría muy a menudo. Era tan callada como su marido, aunque no por ello antipática.

—Estoy convencida de que tus hermanos te darán un montón de consejos que no quieres, ¿pero aceptarías una observación de una cuñada que te quiere?

—Por supuesto.

Lo miró a los ojos.

—La has avergonzado.

—¿Yo la he avergonzado?

—A Artemisa —enfatizó asintiendo con la cabeza—. Su marido ha afirmado en público que bajo ninguna circunstancia se dejaría convencer para besarla.

Había sentido un poco de miedo cuando habían sacado sus nombres juntos, pero pensaba que se había defendido bastante bien en la situación.

—Sabe que estaba de broma. Ella lo hace todo el tiempo.

—Tú no la estabas mirando —puntualizó Clara—, pero yo sí.

—¿Y no se reía?

—La verdad es que me sorprende que no estuviera llorando.

Charlie se quedó de piedra. Clara tenía que estar exagerando.

—Ella no llora —respondió, aun sabiendo que no era del todo cierto.

—Le has dejado claro a todo el mundo lo poco que la aprecias. Y eso haría tambalearse al corazón más robusto, en especial si ya se siento solo y temeroso.

Negó con la cabeza.

—Es Artemisa Lancaster. Nunca tiene miedo.

—Ahora es Artemisa Jonquil, y te aseguro que está aterrorizada.

Charlie respiró profundamente. Había vuelto a enredar las cosas. Cómo no.

—¿Algún consejo sobre cómo debería actuar? —preguntó.

Clara sonrió un poco.

—Pregunta a alguno de tus hermanos. Tienen mucha experiencia buscando formas de borrar su nombre de la lista negra de sus respectivas esposas.

—¿Eso significa que procedo de una larga estirpe de imbéciles?

Su cuñada no mordió el anzuelo. Le sugirió con un gesto que se fuera a arreglar el lío que había organizado.

Salió del salón y se encaminó hacia el primer lugar donde se le ocurrió buscar a Artemisa: el cuarto que iban a compartir.

La habitación estaba oscura. Dejó la puerta un poco entreabierta para que entrara la tenue luz de los candeleros del pasillo y encontró un candelabro sobre una mesa. Encendió las velas utilizando la llama de una de las de fuera. No estaba convencido de que Artemisa estuviera dentro, pero nunca lo sabría si no lo comprobaba. Cabía la posibilidad de que se hubiera dormido.

Cuando entró, comprobó que así era, se había quedado dormida. Estaba en la *chaise longue*, acurrucada contra uno de los reposabrazos y con una manta sobre los pies. Y volvía a tener en la mano el mismo pañuelo que le había visto en el saloncito circular de Brier Hill.

Dejó el candelabro en la cómoda y se acercó a ella. Aunque era más menuda y bajita que él —había heredado la estatura de los Jonquil—, no podía estar tan cómoda en aquella especie de banco como en la cama. Y debía de tener un poco de frío con aquella manta que arrastraba por el suelo.

Se agachó y le posó una mano en el brazo.

—¿Artemisa?

La escuchó respirar algo temblorosa. Cuando Charlie la observó con atención se dio cuenta de que había llorado mucho.

«¿Ha sido culpa mía?». Odiaba pensar que sí.

—¿Artie?

Le dio otro golpecito en el brazo.

Abrió los ojos. Lo miró durante unos segundos, presa todavía del sueño. Parpadeó varias veces mientras lo observaba confundida.

—Estarías más cómoda en la cama —le aconsejó.

—No es mi cama.

Seguía con la mente embotada por el sueño, aunque se incorporó un poco.

—Te ayudaré —se ofreció Charlie. Hizo ademán de agarrar el pañuelo.

—No.

Ella lo apretó.

—Solo iba a dejarlo en la mesita de noche para que tuvieras las manos libres.

—No puedo perderlo. Es lo único que me dio.

«¿Lo único que le dio quién?».

Respiró de nuevo algo temblorosa, todavía medio dormida. Charlie se sentó a su lado.

—¿Has estado llorando, Artie?

—Yo no lloro.

Cualquiera que la viera no se lo creería.

—¿Cuál es tu política sobre perdonar la imbecilidad de los maridos?

Ella se incorporó del todo y lo miró. No había duda: todavía tenía los ojos hinchados y rojos. Por mucho que intentara negarlo, estaba claro que había estado llorando.

—Supongo que depende de cuál sea el marido que se ha comportado como un imbécil.

Charlie le tomó las manos con delicadeza.

—El tuyo, Artemisa. Tu marido ha sido dolorosamente estúpido y espero que lo perdones.

—¿Por cuál de las estupideces que ha hecho debo perdonarlo?

Vaya, ya estaba despierta del todo.

—Elige tú.

Lo miró con atención sin soltar el pañuelo. ¿Quién se lo habría dado?

—No pensaba insistir para que me besaras durante el juego —le dijo—. Podríamos haberlo tomado a broma, optar por un beso en la mano o en la mejilla y seguirles un poco el juego. No tenías por qué humillarme.

Se le quebró un poco la voz, dejando entrever la emoción que tanto se esforzaba por esconder.

Charlie le estrechó la mano.

—Lo siento mucho.

Ella frunció el ceño pensativa.

—Ya sé que no te ha gustado que me sumara a las bromas de tus hermanos esta mañana, por eso esta noche me he esforzado por mantenerme al margen. Estoy intentando que las cosas vayan un poco mejor.

—Lo creas o no —repuso—, yo también. Pero pronto descubrirás, para tu espanto, que soy un cero a la izquierda en todo lo que no tenga que ver con las matemáticas. Puedes preguntar a cualquiera de los habitantes de esta casa. Me he pasado la vida entera arruinándolo todo.

Para su sorpresa, ella se apoyó un poco sobre él.

—En las posadas nos organizábamos la mar de bien. ¿Por qué nos cuesta tanto hacer lo mismo aquí?

Charlie le soltó la mano y la rodeó con el brazo, de forma que se quedaron sentados uno junto al otro unidos en un abrazo lateral. Seguían pisando terreno pantanoso, pero aquello resultaba reconfortante.

—Creo que la culpa es de mi familia, al menos pretendo culparlos a ellos.

—En eso te apoyo al cien por cien.

Aquella era la clase de complicidad de la que habían disfrutado durante el viaje. Era agradable y frágil, y la necesitaban desesperadamente.

—Me parece que deberíamos culpar principalmente a Philip —opinó Charlie—. Mamá no tiene culpa ninguna. Nunca diré nada en su contra, ni siquiera en broma.

Ella se apoyó un poco más y se acomodó bajo su brazo. Le recordaba un poco a la forma que tenía Caroline de sentarse con él cuando estaba triste o cansada o simplemente quería hablar. Pero con su sobrina no se le aceleraba el pulso. Y Artemisa lo estaba consiguiendo.

—¿Cómo es tener madre? —le preguntó susurrando—. Siempre he querido saberlo.

Si alguien le hubiera dicho seis meses atrás que se afligiría de esa forma por la misma joven a la que consideraba su archienemiga desde hacía tanto tiempo, se habría echado a reír. Pero ese momento no tenía nada de cómico.

La estrechó un poco más fuerte.

—Nadie entra en el círculo familiar de mi madre sin que ella lo adopte por completo. Pregunta a Crispín o a tu cuñada Arabella, o a cualquiera de las esposas de mis hermanos. Si le das la oportunidad, Artemisa, ella se asegurará de que descubras qué se siente teniendo madre, porque te considerará una hija más.

—¿Aunque yo te haya arruinado la vida?

—Me parece que tiene mayores esperanzas para nosotros que eso.

Artemisa lo miró.

—¿Y tú?

—Lo estoy intentando.

Ella respiró con más calma.

—Tal vez, en lugar de tratar de engañar a toda tu familia para hacerles creer que todo son flores y alegrías entre nosotros, deberíamos esforzarnos en sacar algo bueno de este desastre al que nos hemos visto arrastrados.

—En eso te apoyo al cien por cien.

Artemisa sonrió un poco al advertir que había repetido sus palabras.

—Y empezaremos hablando de esta *chaise longue*.

¿A qué se referiría?

—No hay ningún motivo por el que siempre tengas que ser tú el que duerma en el sitio más incómodo. No es justo, y no pienso dejar que me conviertas en una egoísta.

En ese momento, Artemisa le recordó un poco al duque terrible: implacable y decidida, tanto que podría resultar intimidante... de no ser por la marca que tenía en la cara por haberse dormido sobre la costura del reposabrazos.

Charlie quiso hacer valer su caballerosidad, pero su cuello y su espalda estaban dando saltos de alegría.

—Podríamos turnarnos.

Ella asintió con presteza.

—Excelente solución.

—Solución que aceptaré sin poner objeciones con la condición de que esta noche duermas tú en la cama. Lo consideraré mi penitencia por haber arruinado el juego de antes.

Al poco, Artemisa estaba acomodada bajo la pesada manta de la cama y apoyada sobre los almohadones de plumas. Y el pañuelo, ese misterio sin resolver, cuidadosamente guardado en el cajón de la mesita de noche.

Charlie regresó a la *chaise longue* y se sentó en silencio, algo inseguro. Miró hacia lo alto. «¿Qué habrías hecho tú, padre? ¿Debería hacer algo más? ¿Algo distinto?».

No sabía qué hubiera respondido su padre. Y lo que era más triste, ... jamás lo sabría.

Capítulo 19

Ya había pasado una semana en Lampton Park. La familia de Stanley todavía no había llegado. Y tampoco lo habían hecho Arabella y Linus, también convocados en Lampton Park, pues ella era como una más de la familia. Charlie quería creer que eso era lo que preocupaba a su madre. Cada día que pasaba la notaba más callada.

Estaban sentados en el saloncito que la familia utilizaba para encuentros poco numerosos. Philip leía el *Times*. Su madre tenía un libro abierto sobre el regazo, pero no le estaba prestando ninguna atención. Agarraba distraída el colgante de plata y topacio azul que acostumbraba a lucir al cuello. No miraba nada en particular y daba la impresión de que sus pensamientos vagaban muy lejos.

Charlie se acercó al sillón de Philip. Bajó la voz y le comentó:

—Estoy preocupado por mamá. Parece triste.

Su hermano respondió parapetado tras el periódico, también en voz baja para que no se le oyera desde el otro lado de la estancia.

—Pronto reabriremos el testamento de papá para leer sus últimas instrucciones. Imagino que eso la estará poniendo triste otra vez.

A Charlie no le gustaba pensar que su madre pudiera volver a sumirse en esa tristeza.

—¿Y no puedes resumir lo que queda por ejecutar del testamento de papá y ahorrarle la lectura?

El conde negó con la cabeza.

—Yo no soy la persona encargada de abrirlo y ejecutarlo. No puedo hacer nada por ahorrarle el trago, ni yo ni nadie.

Así que ninguno de ellos podría quitarle esa carga a su madre.

—¿Sabes, al menos, por qué hay que leer ahora esa última parte?

—Las instrucciones establecían que la última parte debía leerse el día que tú alcanzaras la mayoría de edad o bien cuando te casaras, lo que ocurriera primero.

Charlie agachó la cabeza.

—Entonces yo tengo la culpa de que ella lo esté pasando mal.

—Nuestros padres no hubieran querido que siguieras siendo un niño toda la vida, Charlie. Ni tampoco que estuvieras solo. Que las cosas avancen no es algo negativo.

Se desplomó en el sillón. No era una postura muy caballerosa, pero lo hacía desde que era niño.

—Tampoco ha sido algo particularmente afortunado.

—Si se me hubiera ocurrido alguna forma de que Artemisa y tú os hubieras ahorrado todo esto, lo habría evitado. Pero no había escapatoria. —Normalmente Philip no hablaba tanto tiempo sin soltar algún comentario de los suyos. Y el hecho de que lo estuviera haciendo con una expresión y un tono tan sombríos resultaba un poco desconcertante—. Sorrel, en particular, se estuvo rompiendo la cabeza en busca de una posible solución. Pero ninguno de los dos fuimos capaces de hallar una salida.

Charlie intentó cambiar de conversación. Las cosas iban mucho mejor con Artemisa, pero no lo suficiente como para soportar demasiado escrutinio.

—Hablando de Sorrel —dijo—, ¿cómo le va?

El conde dobló el periódico y lo dejó a un lado.

—No camina bien. El dolor es demasiado intenso. Me parece que va siendo hora de que empecemos a buscar una silla de ruedas con la que poder trasladarla de un lado a otro, pero a ella no le hace ninguna gracia la idea. Mi Sorrel es un poco obstinada, cosa que sin duda te resultará muy sorprendente.

Charlie se llevó la mano al pecho imitando a la perfección uno de los clásicos gestos de Philip.

—¿Un Jonquil casándose con una mujer con opinión propia? Increíble.

—¿Por qué será que todos nos sentimos tan atraídos por mujeres que nos desafían cada dos por tres? —preguntó el mayor entre risas.

—¿Masoquismo?

—Más bien miedo al aburrimiento.

Charlie resopló.

—Te aseguro que no estoy aburrido.

La réplica provocó el escrutinio que tanto trataba de evitar.

—¿Crees que conseguiréis que funcione?

Se encogió de hombros.

—¿Acaso tenemos alternativa? Ninguno de los dos quiere que el resto de su vida sea un infierno. Ya se nos ocurrirá algo.

Lo estaban intentando. Cada vez albergaba más esperanzas en la posibilidad de que llegaran a alguna clase de acuerdo con el que conformarse. Pero, aunque no podía hablar por ella, su propia idea del matrimonio no implicaba simplemente conformarse.

Siempre había deseado lo que tenían sus hermanos. Lo que habían tenido sus padres. Lo que tenían los hermanos de Artemisa. Pero eso parecía inalcanzable.

Se oyeron voces y pasos en el pasillo.

—No temas, madre —dijo Philip—. Deben de ser los hijos de Stanley, y seguro que vienen seguidos de Arabella y Linus. No hay de qué preocuparse.

Ella lo miró y asintió.

A Charlie no le gustaba nada ver así a su madre. ¿Qué podía hacer para ayudarla? Tenía la impresión de que lo único que hacía era darle más preocupaciones. Tener allí a todos sus nietos le produciría cierta felicidad. Aunque también era cierto que ya llevaba unos días con casi todos ellos en casa y seguía melancólica.

El mayordomo no asomó a la puerta para anunciar al último hermano que faltaba por llegar ni a su hermana de adopción. En realidad quien apareció no fue ninguna de las personas que esperaban, sino un desconocido tras otro. Todos al menos dos décadas mayores que Philip. Miraron automáticamente a su madre, que tenía la vista puesta en otro lado.

Encabezaba el grupo un caballero que rivalizaba en estilo con Philip; sus vistosos ropajes solo se veían enturbiados por un brazalete negro. Otro iba vestido con tonos más serios, tal como prefería Harold. Un tercero le recordó a Charlie a alguno de los catedráticos de Cambridge. Y los dos últimos eran completamente opuestos: uno, extremadamente alto, desprendía un aura de autoridad, y el otro, un caballerete bajo y delgado, pasaba desapercibido. Una comitiva variopinta.

El moderno al frente del grupo pronunció dos palabras:

—Nuestra Julia.

Su madre se dio la vuelta. Se llevó la mano a la boca y se echó a llorar automáticamente.

—¿Por qué está llorando? —preguntó Charlie, dispuesto a salir en su defensa—. La han hecho llorar.

—Relájate, renacuajo —dijo Philip—. Son lágrimas de felicidad.

Todos sus hermanos lo llamaban renacuajo. Aunque últimamente ya no tan a menudo.

Su madre se levantó de un salto y cruzó la habitación como una jovencita. Los hombres la abrazaron enseguida. Todos hablaban a la vez. Charlie no entendía ni una sola palabra. Su madre les iba tocando la cara a todos con afecto. Era evidente que para ella no eran desconocidos.

—¿Quiénes son? —le preguntó a Philip.

Y con una sonrisa, su hermano respondió:

—Los «caballeros». Los mejores amigos de papá.

Por lo visto esa era la única explicación que iba a recibir. Philip lo dejó allí y se acercó los recién llegados. Los hombres lo saludaron con apretones de mano y él les dedicó afectuosas palabras de bienvenida. Su madre seguía entre ellos y pasaba de un cariñoso abrazo a otro. Charlie no la había visto tan contenta desde que había llegado a Lampton Park.

Eran los mejores amigos de su padre y él ni siquiera sabía de su existencia. ¿Es que nunca dejaría de descubrir cosas que le hacían sentir que no había conocido a su progenitor?

Su madre le hizo señas para que se acercara.

—Ven a saludar, cariño. —A continuación se dirigió a los recién llegados, que la rodeaban, y dijo—: Seguro que todos recordáis a Charlie.

—No puede ser el pequeño Charlie —exclamó el caballero con anteojos y aspecto de profesor.

—Ya lo creo —repuso ella—. Ahora es todo un hombre. Y se ha casado y todo.

El caballero discreto terció:

—Se parece a Stanley.

Su madre asintió.

—Últimamente lo pienso cada vez que lo veo.

No entendía que pudieran decir algo así.

—No me parezco en nada a él.

—No nos referimos a tu hermano Stanley —repuso su madre—. Sino a mi hermano Stanley.

—¿Todos conocían al tío Stanley?

Charlie solo había oído historias sobre sus tíos y tías. Todos los hermanos y hermanas de sus padres habían muerto cuando ellos se casaron.

—Y a tus abuelos —contestó uno de los visitantes.

Aquellos hombres sabían más de su familia que él mismo.

El caballero elegante rodeó a su madre por los hombros, pero se dirigió a Philip.

—Venimos con intención de robarte a tu madre un rato. Será mejor que no pierdas el tiempo discutiendo con nosotros, ya sabes que jamás ganarías.

El conde levantó una mano en señal de rendición.

—Discutir provoca arrugas. Jamás arriesgaría esto —repuso señalándose la cara— por una discusión absurda.

El hombre inclinó la cabeza con gesto majestuoso y todos se fueron con su madre.

Charlie se aguantó las ganas de llamarla para que regresara. Iba a parecer que no había madurado nada desde su estancia en Eton, cuando lloraba sin parar cada vez que ella lo dejaba allí.

—Gracias a Dios que han venido —exclamó Philip, suspirando algo tenso—. Ahora ella los necesita aquí.

—¿Se portarán bien con ella? ¿Puedes garantizarme sin ninguna duda que lo harán?

Con una firmeza que hubiera asombrado a cualquiera de los que lo conocían como el frívolo conde de Lampton, su hermano aseguró:

—Si no pudiera garantizarlo, los hubiera echado de la casa a patadas yo mismo y de muy malas formas. Y le haría lo mismo y cosas mucho peores a cualquiera que se atreviera a tratar mal a mamá.

—Te aseguro que todos te ayudaríamos.

Nada unía más a los hermanos Jonquil que la defensa de su madre. Ella era el hilo que los mantenía a todos unidos, quien había cosido las heridas de su familia una y otra vez. De no ser por ella, la muerte de su padre los hubiera destruido.

Sus hijos harían cualquier cosa por ella. Si al final no conseguía entenderse con Artemisa, él pasaría el resto de su vida ocultándoselo a su madre. No pensaba cargarla con esa preocupación, incluso aunque eso significara soportar esa losa él solo.

Capítulo 20

Artemisa se le daba muy bien coser, pero bordar le resultaba una auténtica tortura. Le encantaba ver un bordado bien ejecutado y valoraba mucho la habilidad que se requería. Pero ella prefería emplear la aguja para crear o arreglar un traje de noche, una pelliza o un vestido para montar. Esa clase de costura no se consideraba tan formal o femenina. Por eso, cuando las cuñadas de la familia Jonquil se reunieron en el salón para «coser un ratito», se resignó a acompañarlas. Lo sobrellevó lo mejor que pudo, deseando sentarse con Rose un rato para dedicarse a alguno de los proyectos en los que trabajaban juntas.

Lady Marion, una dama asombrosamente agradable con el cabello pelirrojo muy rizado y un contagioso entusiasmo, hablaba mientras trabajaba en su bordado.

—Por un lado estoy encantada de que los demás hermanos estén aquí para meterse con Philip y contrarrestar las trastadas de mi Layton, pero me preocupa que esta reunión se convierta en una auténtica locura al estar todos bajo el mismo techo.

—Han conseguido arrastrar incluso a Harold a hacer alguna broma —dijo Sarah—. He pasado los últimos días rezando para que el influjo de Corbin y Jason ponga un poco de sensatez.

Clara sonrió al escuchar a Sarah, pero no comentó la alusión a su marido.

—Pues yo no tengo ninguna esperanza de que alguien se comporte como es debido. —Mariposa, la mujer española de Jason, hablaba con un acento cantarín—. Lo más probable es que estén haciendo de las suyas en este preciso momento. Y ya veréis como Stanley llega cargadito de ideas para nuevas trastadas.

—Me parece que mi hermano estará encantado de sumarse a todas las diabluras que se propongan —opinó Artemisa. Linus y su mujer, Arabella, estaban a punto de llegar—. No entiendo de dónde ha sacado ese carácter. El resto de la familia somos extremadamente bien educados.

Todas se rieron del solemne tono empleado, tal como ella esperaba. Se palpaba la sintonía que reinaba en el ambiente. Incluso Sarah, que era el miembro más reciente de aquella exclusiva hermandad, estaba perfectamente cómoda e integrada en el grupo.

Artemisa se sentía la única ajena a todo aquello, un papel familiar para ella. Pero estaba decidida a encontrar su lugar entre los Jonquil. Tendría amigos y hermanas... y una familia. Pero no sabía cómo hacerlo. Así que recurrió a sus dotes de actriz, tan socorridas cuando se relacionaba con la gente.

—Lo más probable es que tu hermano y tu marido se metan en todos los líos que se organicen —le advirtió *lady* Marion—. Enseguida se hicieron buenos amigos en la fiesta.

—Mi hermano siempre ha sido un tanto gamberro, eso es cierto. Pero el Jonquil con el que yo me casé no es amigo de los enredos y jamás se mete en líos —repuso Artemisa con tono muy digno.

Se ganó un coro de carcajadas. Su matrimonio era uno de esos líos y el resultado de un enredo monumental.

Se encogió de hombros.

—No entiendo de qué os reís —continuó—. Nosotros llevamos una vida tan tranquila y cordial que nos morimos de aburrimiento. Acabaréis enterrándonos a los dos acompañados de tediosos panegíricos. Será prodigiosamente trágico.

Tal como esperaba, desató de nuevo las risas entre gestos de complicidad. Le resultaba sencillo ser dramática y divertida. Y el hecho de que su nueva familia aceptara tan rápidamente esa parte de su personalidad, la convertía en mucho más que una fachada. Le proporcionaba una sensación de pertenencia.

Lady Lampton no había bordado demasiado durante la reunión. Miraba tan a menudo el jardín que se extendía al otro lado de la ventana como su labor. Artemisa estaba convencida de que la dama no habría dado más de media docena de puntadas. Ya tenían algo en común.

Como estaba sentada a su lado, podía dirigirse solo a ella bajando la voz.

—Quizá mañana, si alguien propone volver a coser, podemos escaparnos a escondidas y dar un paseo por el jardín.

Sorrel no apartaba los ojos del paisaje con una nostálgica mirada.

Artemisa vio la oportunidad de ofrecer algo que no fuera una actuación y continuó:

—No me importa coser un rato, pero me encanta salir a pasear. Hay pocas cosas que me animen tanto.

—Lampton Park tiene unos jardines maravillosos —dijo Sorrel—. Y el Trent pasa muy cerca de aquí y nos regala un paisaje precioso.

Artemisa pensó inmediatamente en aprovechar el amor por la naturaleza de Sorrel para reflejarlo en el vestido que Rose y ella estaban diseñando para la condesa. Podían incorporar colores y estampados inspirados en el paisaje. Todavía no se sentía lo suficientemente cómoda como para confesar su afición ante sus nuevas cuñadas, pero había empezado a divertirse y a sentirse especialmente útil con aquellos diseños.

—Hay un lago en el castillo de Falstone. Es uno de mis lugares preferidos. Es tranquilo y, especialmente en primavera, absolutamente cautivador. Me encanta sentarme en sus orillas a disfrutar de la tranquilidad.

Sorrel asintió.

—La naturaleza es buena para el alma.

Artemisa se acercó un poco más a *lady* Lampton, emocionada por el resquicio de intimidad y confianza que se abría entre ellas.

—Mañana deberíamos salir a pasear.

Pero Sorrel se cerró en banda.

—Creo que debería quedarme en casa con las demás. No estaría bien abandonarlas.

—No creo que salir a dar un paseo de una hora pueda considerarse un abandono. —Sabía que prefería estar al aire libre. Lo veía en sus ojos cada vez que miraba por la ventana—. No nos alejaremos.

—Prefiero quedarme en casa con las demás.

Su tono no daba pie a insistir.

«Con las demás». Eso ponía a Artemisa en su sitio, no le cabía duda. Lo mejor que podía hacer era retomar su papel de animadora.

—Si te quedas en casa, te resultará más sencillo descubrir las maldades que tu marido planea con sus hermanos. Conviene estar alerta ante esas cosas.

El resto de las mujeres conversaban cordialmente sobre conocidos y acontecimientos vividos desde que habían entrado en la familia. Se respiraba complicidad en el ambiente. Se tenían cariño, se sentían acogidas, aceptadas. Queridas.

Artemisa se inclinó sobre la labor y encarnó un nuevo papel: el de una dama a la que le encantaba bordar y no se sentía absolutamente sola, aunque sentía que el dolor apagado y triste que la invadía no iba a abandonarla nunca.

Recordó algo que en una ocasión le había dicho Adam a Dafne: «Si te desmayas, te repudiaré pública e irrevocablemente». Había sido su forma de pedirle que fuera valiente y fuerte cuando todo su mundo se estaba haciendo añicos. Ella hizo suya aquella advertencia: había elegido ser valiente una y otra vez. Había aprendido a ser fuerte, a no desmayarse ni figurada ni literalmente.

Rose entró en el salón. Cuando estaban solas, ambas interactuaban de forma despreocupada y amistosa, pero cuando había otras personas, la doncella adoptaba un comportamiento protocolario.

Hizo una rápida reverencia y la miró a los ojos.

—Disculpad —dijo Artemisa sin dirigirse a nadie en particular. Después dejar a un lado el bordado, fingió un gesto de fastidio y se dirigió a la puerta. Bajó la voz y susurró con mucha menos serenidad de la que hubiera deseado—: Por favor, dime que has venido con alguna excusa para que pueda escaparme de aquí.

—No es una excusa —repuso Rose—. Es una razón de peso. Hay algo que debes ver.

Rose no era una mujer dramática; ese era el terreno exclusivo de Artemisa, a quien comía la curiosidad.

Salieron juntas del salón y recorrieron la casa para dirigirse a la terraza posterior. Sintió cierto alivio. No había fingido para agradar a Sorrel lo mucho que disfrutaba de la naturaleza y la luz del sol.

—Mi tío me ha llevado a un aparte con un entusiasmo que no acostumbra a mostrar —dijo la doncella—. Me habló de un recién llegado y he tenido que ir a buscarte.

¿Un recién llegado?

—¿Lo que querías enseñarme es una persona?

Rose asintió. Habían llegado a la salida hacia la terraza desde el salón de baile. Su amiga descorrió las cortinas y pudieron ver a un grupo de personas. Allí estaba la madre de Charlie, rodeada de caballeros en lo que parecía una agradable conversación.

Observó con atención a los hombres. Estaba prácticamente convencida de que uno de ellos era lord Aldric Benick, el tío del duque de Hartley. Con otro de ellos estaba segura de haber coincidido en alguna ocasión, pero no lograba identificarlo. Dos eran completos desconocidos para ella. Pero al último lo reconoció al instante.

Llevaba una levita de color burdeos de una confección excelente sobre un chaleco de seda estampado y unos pantalones de un atrevido azul oscuro que combinaba a la perfección. Sus botas hessianas estaban tan bien pulidas que relucían. Y el pañuelo anudado al cuello completaba una imagen de equilibrio entre la elegancia y la sencillez a la que muchos caballeros aspiraban sin lograrlo. Incluso el brazalete negro le quedaba bien.

Artemisa sabía quién era, a pesar de que jamás se habían conocido. Ya le había observado en otras ocasiones, aunque nunca había tenido la valentía de hablar con él. En muchos sentidos era un ídolo para ella.

Se trataba del señor Digby Layton, todo un referente en el mundo de la moda y, de no ser por la insistencia de Beau Brummel, que se empeñaba en imponer sus mediocres opiniones, hubiera marcado en solitario la evolución de la moda para caballeros. Se había mantenido firme en su oposición al intento de Brummel de erradicar por completo el color y el estilo de las tendencias que adoptaban los hombres de la alta sociedad. Su rival se había labrado un nombre, pero el señor Layton tenía más gusto y ojo para la moda.

—Por lo que me ha dicho mi tío —comentó Rose—, el señor Layton y el difunto conde eran grandes amigos. Todos estos caballeros eran amigos suyos. Y han venido a ofrecer su apoyo a la viuda.

—¿Me he metido en una familia estrechamente relacionada con el señor Digby Layton? ¡Cielos!

Rose asintió con énfasis.

—Fue el señor Layton quien recomendó a mi tío para el puesto de ayuda de cámara de lord Lampton.

Artemisa la miró con los ojos como platos.

—¿Wilson lo conoce? ¿Por qué no me lo habías dicho?

La doncella alzó la palma de la mano para defender su inocencia.

—Me acabo de enterar hoy mismo. Te aseguro que le he echado una buena regañina por haberme ocultado ese secreto.

Artemisa miró de nuevo afuera. Digby Layton. Hacía mucho tiempo que quería conocerlo y, cuando tenía esa posibilidad al alcance de la mano, estaba nerviosa.

—Tienes que ir a hablar con él —dijo Rose, dándole un golpecito con el codo—. Te acaba de caer del cielo una oportunidad que no esperabas. No la desaproveches.

—¿Y qué le digo?

Rose suspiró.

—Te crio el duque terrible. Si se enterara de que tienes reparos en ir a dar las buenas tardes a un caballero te encerraría en su mazmorra.

«Si te desmayas, te repudiaré pública e irrevocablemente».

Artemisa hizo acopio de valor y salió a la terraza. Al principio no la vio nadie. El grupo seguía enfrascado en la conversación.

—¿Cómo se apaña Raneé con la maternidad? —le preguntó la viuda a lord Aldric.

—No parece que disfrute tanto como su madre de la vida de abuela.

—Hay pocas cosas que resulten más satisfactorias —terció el caballero de los anteojos— que el derecho irrefutable de devolver a sus padres un niño revoltoso.

Se rieron los tres a la vez. Los demás estaban conversando entre ellos.

—Me gustaría que hubieran venido vuestras esposas —dijo la mujer—. Me encantaría verlas a todas. Y saber de los hijos y los nietos de todas. Nuestras familias están creciendo muy rápido.

—Se valoró la posibilidad —confesó lord Aldric—, y llegaron a la conclusión de que estar aquí todas podría ser doloroso para Digby, pues su pérdida todavía es muy reciente.

La viuda adoptó una expresión cargada de empatía.

—Me parece una buena decisión.

Justo entonces, los caballeros vieron a Artemisa y se pusieron en pie.

Su suegra le hizo señas para que se acercara.

—Artemisa, ven a conocer a mis amigos. —Aquel era, sin ninguna duda, el momento en el que la viuda se mostraba más relajada desde que habían llegado—. Lord Aldric Benick. —La amable dama señaló al más fornido de sus acompañantes—. El señor Kester Barrington —Siguió con el caballero de los anteojos—. El señor Henri Fortier. —El más sereno del grupo, de mirada amable—. El señor Niles Greenberry. —Al que Artemisa imaginó ocupando siempre algún rincón discreto—. El señor Digby Layton. —El caballero que estaba ansiosa y nerviosa por conocer.

Todos inclinaron la cabeza a modo de saludo.

—Caballeros —anunció la viuda—, esta muchacha acaba de convertirse en mi nuera, Artemisa Jonquil. Hasta hace solo unas semanas era Artemisa Lancaster.

—La hermana de la duquesa de Kielder —dijo lord Aldric—. Hemos coincidido en varias ocasiones, pero estoy encantado de conocerte más de cerca.

Artemisa inclinó la cabeza y miró el señor Layton. Era la viva imagen de la elegancia masculina. Y ella sabía que ya se habría fijado en su ropa y su forma de vestir. Lo sabía porque ella hacía exactamente lo mismo cuando conocía a la gente. No se trataba de una evaluación con el objetivo de despreciar o subestimar a nadie, sino algo que no podía evitar, para evaluar qué tipo de prenda sentaba bien a cada persona, cuáles resultaban sorprendentes y cuáles más previsibles.

—He oído hablar sobre usted, señora Jonquil —reconoció el señor Layton.

—Ah, ¿sí? —dijo con un hilo de voz.

Estaba casi temblando. Quienes la conocían la creían segura de sí misma, y ella se esforzaba en hacerles creer que lo era. Incluso con las «cazadoras», siempre mostraba su imagen más sólida.

—Mis socios de Londres me han dicho que ha deslumbrado usted a la alta sociedad —comentó el señor Layton—. Se habla mucho sobre el gusto que tiene para la moda.

Artemisa tragó saliva.

—Lo mismo dicen de usted, señor. —Él inclinó la cabeza aceptando el cumplido—. ¿Es usted consciente de que los vendedores de tela todavía hablan de la revolución que propició usted en 1813 con los estampados en diagonal, cuando se negó rotundamente a permitir que su sastre le confeccionara un chaleco con cualquier otra clase de tela estampada a rodillo?

El caballero se tiró de los puños de la camisa.

—¿Por qué conformarse con algo tan simple cuando podemos tener ondulaciones?

Vaya, le resultaba agradable. Pero veía que los demás no estaban tan interesados en el asunto y no quería cansarles con eso, más cuando acababa de interrumpir su conversación.

—Me encantaría que me contara lo que piensa sobre la moda actual —le dijo, fingiendo un grado de seguridad que no sentía del todo—, cuando tenga un rato libre.

—A mí también me gustaría —repuso el caballero.

Artemisa hizo una reverencia y se marchó rápidamente. Rose ya se había ido. Le contaría todo en cuanto la viera, pensó, reprimiendo las ganas de dar saltitos de alegría.

Digby Layton, una leyenda del mundo de la moda, había oído hablar de ella, y lo que había oído le había impresionado. Podría haberse puesto a gritar y a llorar de alegría al mismo tiempo.

Con un poco de esfuerzo logró conservar cierto grado de decoro mientras salía a toda prisa del salón de baile con la intención de esconderse un ratito en su dormitorio. La decepción del rechazo que acababa de sentir con su cuñada se había aliviado un poco gracias al caballero al que tantas ganas tenía de conocer.

Y le hacía mucha falta.

Se cruzó con Charlie en el pasillo.

La miró algo confuso.

—¿Debería asustarme de tu enorme sonrisa?

Su tono era tan divertido que no se lo podía tomar mal de ninguna manera.

—Acabo de conocer al señor Digby Layton. —Le tomó de las manos y dio unos saltitos. La emoción superaba con creces el empeño por mantener la dignidad—. Es tan encantador como había imaginado.

Charlie se rio un poco.

—No te había visto así de contenta desde... bueno, nunca.

Artemisa suspiró sin molestarse en ocultar su sonrisa.

—Hacía años que no estaba así de contenta.

Se dio media vuelta y se metió en el dormitorio. Aquel día tan deprimente se había inundado de luz.

Capítulo 21

Charlie no conseguía quitarse de la cabeza la imagen de Artemisa emocionada cuando la había visto en el pasillo la tarde anterior. Completamente radiante, natural e ilusionada. Había notado en su voz todo su entusiasmo.

En ese instante había visto a Artemisa sin muros, corazas ni pretextos. Y él todavía no se había recuperado.

La había estado observando toda la noche, mientras ella hablaba con el amigo de su padre, el señor Layton. Aunque no había podido participar en su conversación, notó que estaba encantada con aquel encuentro. Había disfrutado de verdad, no fingía interés y se mostraba segura de sí misma. Ni rastro de la actriz.

Él había pasado despierto casi toda la noche en la *chaise longue,* tratando de comprender el cambio que había visto en ella, preguntándose qué podía hacer para evitar que volviera a desaparecer tras la coraza.

Sin embargo, en el desayuno, ella volvió a adoptar esa actitud distante y teatral. Quería que fuera ella misma, sin artificios. Ya había visto algunos destellos de esa Artemisa y la añoraba.

Por eso, tras la comida, fue en busca de la persona que sabía que la había hecho sentir tan bien.

Encontró al señor Layton en la terraza trasera conversando con el señor Barrington, el miembro de los «caballeros» que había puesto a Charlie en contacto con muchos de los catedráticos de Cambridge. El referente de la moda, con sus coloridas y vistosas ropas y sus exagerados ademanes, le recordó enseguida a Philip. Aquellos desconocidos le resultaban asombrosamente familiares.

—Charlie. —El señor Layton le hizo señas para que se acercara—. Ven con nosotros.

Ninguno de los dos parecía molesto por la interrupción. Se sentó con ellos y fue al grano:

—¿De qué hablaron Artemisa y usted ayer por la noche?

El caballero no pudo disimular su sorpresa ante la pregunta.

—De muchas cosas. Pero nada de mucha importancia.

Una respuesta frustrante.

—Ella parecía disfrutar de su conversación. La disfrutó sinceramente. Y no suele ocurrirle.

—¿No le gusta conversar? —preguntó el señor Barrington.

—Sí —repuso—. O por lo menos se esfuerza mucho por fingir que le gusta. Se esfuerza mucho por aparentar muchas cosas.

Ambos caballeros lo miraron con una mezcla de interés y asombro. Había hablado más de la cuenta y, sin querer, había dado una mala imagen de su esposa.

—¿Qué clase de marido espantoso se las apaña para hacerlo todo siempre mal? —murmuró.

—Por mi experiencia, cualquiera que se apellide Jonquil —bromeó el señor Barrington.

—Ya lo creo. —La afectación del señor Layton rivalizaba con la de Artemisa, pero por algún motivo le resultaba menos frustrante. Quizá la diferencia era que él no intentaba ocultarse tras una fachada. Al contrario, resultaba divertido—. He solicitado a la Corona que acuñe una medalla para la mujer que soporte la vida de casada con un Jonquil.

—No hay duda de que son las más valientes —convino el señor Barrington asintiendo muy despacio.

Los dos miraron a Charlie y se echaron a reír.

—No conseguirás convencernos de que vosotros sois menos intensos que vuestro padre en asuntos del corazón —le advirtió el señor Layton.

—¿Acaso mi padre estaba casado con una mujer que odiaba estar casada con él? —espetó Charlie.

Los dos caballeros, contestaron al unísono:

—Sí.

Sabía que el matrimonio de sus padres había sido concertado y no por amor, pero jamás habría imaginado que alguien mencionase la palabra «odio» al hablar de sus sentimientos.

—¿Sospechas que tu Artemisa odia estar casada contigo? —le preguntó el señor Barrington.

—Es más que una sospecha —admitió Charlie—. Hemos sentido antipatía mutua desde hace mucho tiempo y nos hemos visto obligados a casarnos a causa de un estúpido malentendido. Así que afirmaría que estoy completamente convencido de que ella odia estar atrapada en esta situación, pero...

—Pero ella no te habla con sinceridad. —El señor Barrington asintió comprensivo—. Y ahora te preguntas no solo cómo será tu futuro, sino quién es la mujer con la que te has casado.

Un resumen certero y descorazonador.

Charlie se rascó la cabeza.

—Ella se ha abierto mucho con usted, señor Layton. Y cuando ayer me dijo lo contenta que estaba de haberle conocido... —Suspiró dejando caer los brazos—. Tuve la sensación de que por fin estaba viendo a la auténtica Artemisa por primera vez.

El señor Barrington se inclinó hacia delante y lo observó con atención.

—¿Y te gustó lo que viste?

No contestó, pero las crecientes sonrisas en los rostros de los caballeros le decían que no necesitaba hacerlo.

—Recuerdo perfectamente el día que tu padre se dio cuenta de que se estaba enamorando de tu madre. —Layton se rió entre dientes y miró Barrington—. Lucas estaba completamente desprevenido, ¿verdad?

El interpelado asintió.

—Y milagrosamente consiguió arreglar todos los desaguisados que había provocado hasta entonces.

Aunque a Charlie le conmovía oír historias sobre su padre, también le resultaba frustrante.

—Si estuviera aquí seguro que podría decirme qué hacer para darle la vuelta a este matrimonio. No paro de estropearlo.

—Charlie —dijo el señor Layton con amabilidad—, nosotros estábamos con él cuando lo consiguió.

Sintió un ápice de esperanza.

Digby Layton se levantó y le hizo señas para que hiciera lo mismo.

—Ven a dar un paseo por el jardín con nosotros. Me parece que podremos darte algunos de los consejos que podría haberte dado tu padre, y quizá también advertirte de algunos de los errores que puedas cometer por el camino.

—Y de algunos de los errores que hemos cometido también los demás —se sumó el señor Barrington—. Los «caballeros» hicimos de las nuestras durante la década de 1780.

—Y más allá —añadió su amigo.

El señor Layton se las arreglaba para parecer elegante incluso durante una actividad tan poco protocolaria como un paseo de media tarde por el jardín. Barrington proyectaba una imagen completamente académica. ¿Cómo lo describiría a él cualquiera que lo estuviera viendo en ese momento?, se preguntó Charlie. Probablemente utilizaría la palabra «desesperado».

—Creo que la primera pregunta debería ser: ¿Qué esperas de este matrimonio? —planteó Kester Barrington—. ¿Esperas que sea la mayor historia de amor de todos los tiempos?

—Me conformaría con que no fuera un absoluto desastre.

Los otros dos intercambiaron una mirada.

—¿Te suena de algo, Digby?

—De tal palo, tal astilla.

Nadie acostumbraba a comparar a Charlie con su padre. Y aunque el motivo no era precisamente halagador, le gustó que los equiparasen.

—Es evidente que mi padre consiguió evitar la catástrofe. Él y mamá tenían la clase de matrimonio con el que sueña la mayoría de la gente.

—El profundo amor que sentían el uno por el otro no fue el primer objetivo de tu padre —puntualizó Barrington—, sino construir una amistad y lograr la necesaria confianza.

Amistad y confianza. Dos vínculos todavía inexistentes entre Artemisa y él, aunque por un momento había sentido que podía surgir algo parecido.

—¿Y qué hizo papá para conseguirlo?

—Elegía actividades que podían disfrutar fácilmente dos personas que no estuvieran enamoradas. A decir verdad, casi siempre juegos de niños. —El señor Barrington se ajustó los anteojos mientras hablaba—. Su teoría era que Julia podría disfrutar de ello sin preocuparse por la posibilidad de abrirse demasiado y acabar lastimada.

A Charlie le resultó muy extraño escuchar el nombre de pila de su madre. Le parecía recordar a su padre llamándola Julia, pero nunca lo hacía nadie más.

—Ella tenía mucho miedo de que le hicieran daño —terció Layton—. Ya había sufrido muchas pérdidas y dolor en su vida. No sé si hubiera podido soportar otro golpe. A pesar de la imagen de mujer fuerte e inquebrantable que se esforzaba por proyectar, Julia era bastante frágil. Y cuando Lucas se dio cuenta de eso, cuando por fin comprendió su temor, el dolor que anidaba bajo la superficie, cambió por completo la forma de afrontar su relación. La frustración dio paso a la comprensión. El profundo deseo de construir una vida con ella se impuso a la rabia que sentía por haberse visto abocado a un matrimonio no deseado. Y el propósito de evitar que lo lastimaran desapareció ante la necesidad de protegerla de cualquier sufrimiento. Y cambió.

Charlie jugueteaba con una hoja entre los dedos mientras escuchaba. Mucho de lo que le estaban contando podía aplicarse a su situación. La frustración, la rabia por lo que había perdido, una esposa aparentemente fuerte pero afligida.

—¿Cambió?

El señor Barrington asintió.

—Tu padre siempre fue un buen hombre y el mejor amigo que uno pudiera tener. Pero fue aún mejor cuando se permitió amar a tu madre y se propuso ser merecedor de ella.

—Siempre fue bueno —corroboró Layton—. Pero a partir de entonces se convirtió en un hombre excepcional.

—Y al final él y mamá terminaron siendo felices.

—Hijo, fueron felices mucho antes del final —puntualizó Digby Layton.

—¿Cómo consiguió construir una amistad entre ellos?

El señor Barrington asintió con aire aprobador.

—Es el mejor comienzo. Buena pregunta, Charlie.

El cumplido lo conmovió. Había encontrado aliento en aquellos caballeros a los que hacía unos días ni siquiera conocía. En su aprobación creía ver la de su propio padre. O casi.

—Aprovecha todas las oportunidades que tengas para bromear con ella —sugirió Layton—. La risa une más de lo que muchos piensan. Puedes construir un vínculo mediante esos momentos felices que ayudan a superar los tristes.

El joven Jonquil asintió. Ya había comprobado que eso era cierto. Uno de esos momentos felices había sido el ratito que habían pasado jugando a la gallinita ciega con Oliver, Perséfone y Hestia. Le había dado esperanzas.

—Descubre cuáles son sus intereses —añadió Barrington—. Y comparte los tuyos con ella. Tus padres construyeron su conexión sobre una base de montañas y matemáticas.

Aquello llamó la atención de Charlie.

—¿Papá era aficionado a las matemáticas?

Los dos caballeros volvieron a intercambiar una mirada de esas que solo se ven entre amigos con décadas de vida compartida. Era una mirada cómplice y divertida.

—No —admitió el señor Barrington—. En absoluto.

—Han dicho matemáticas...

—Así es —corroboró Layton—, pero enseguida has dado por hecho cuál de tus padres era el que sentía pasión por ellas.

Charlie se quedó de piedra.

—¿A mamá le gustaban las matemáticas?

El señor Barrington asintió.

—Cuando fui a verlos a Brier Hill de recién casados, me encontré a tu madre estudiando cálculo diferencial.

¿Por qué nadie se lo había dicho?, se preguntó pasmado.

El señor Layton le dio una palmada en el hombro.

—A riesgo de escandalizarte, Charlie, debo decir que, según mi opinión, es muy probable que tu madre sea un genio. Si hubiera sido un hombre, seguro que hubiera acabado siendo una leyenda académica en Cambridge.

—Se están riendo de mí, ¿verdad?

El hombre negó con la cabeza.

—Por mucho que me guste bromear, te garantizo que hablamos muy en serio.

—Del todo —confirmó Barrington—. Yo soy miembro de la Real Sociedad, he impartido conferencias en muchos sitios, he publicado artículos acerca de temas científicos y no creo que haya conocido jamás a nadie con la capacidad intelectual de tu madre. La vida no le ha brindado la oportunidad de alimentar sus cualidades naturales, pero te aseguro que te estamos diciendo la verdad.

—Vaya, vaya —murmuró Charlie asombrado.

Los caballeros se echaron a reír y le animaron a seguir caminando.

—Y para que te sientas todavía más abrumado —continuó Digby Layton—, sospecho que la dama con la que te has casado también es asombrosamente inteligente. Su área de interés y el campo que domina es la moda. Ayer por la noche me quedé muy impresionado con las ideas que tiene. Y era evidente que le encanta hablar de ello.

—Pasa muchas horas dibujando y cosiendo prendas —admitió Charlie—. Ha dedicado una de las estancias de Brier Hill a ese único propósito. Pero yo no sé nada sobre moda. No creo que pueda hablar con ella sobre eso ni durante un minuto, y menos construir toda una amistad sobre esa base.

El señor Barrington inclinó la cabeza hacia su amigo.

—Aquí tienes a todo un experto. Su facilidad para hablar sobre el asunto es infinita.

—Me parece que me irá mejor si recupero algún juego de la infancia. Tengo menos probabilidades de acabar humillándome de ese modo.

—Eres hijo de Lucas —replicó Layton—. Es imposible que evites la humillación.

Capítulo 22

Me encantó ver que en las ilustraciones sobre moda de la revista *La Belle Assemblée* se repetían las cinturas bajas y los colores atrevidos. —Artemisa se sentía en el paraíso enfrascada en aquella conversación sobre moda con Rose y el señor Layton—. Estamos convencidas de que la moda femenina avanzará en esa dirección, pero nos gustaría que el cambio se produjera más rápido.

Los tres compartían la misma pasión. A Artemisa no le preocupaba que la menospreciaran por sus intereses. Siempre había podido desahogarse con Rose. Ahora también tenía al señor Layton. Y era muy liberador. Podía ser ella misma; mucho más de lo que normalmente se permitía.

—Desearía que la moda masculina también tuviera un pronóstico estimulante —dijo el señor Layton—. Ese memo de Brummel ha convencido a todos los caballeros de que deben vestirse con las telas y los complementos más aburridos del mercado.

—Lord Lampton no teme hacer elecciones vistosas —señaló Rose.

El caballero se alisó las mangas muy satisfecho.

—¿Y quién cree usted que le enseñó todo lo que sabe sobre moda?

Artemisa no pudo evitar la broma:

—¿Wilson?

El señor Layton reprimió una sonrisa. Era un hombre apuesto. Debió de causar sensación cuando entró en sociedad.

—La misma persona que le enseñó a lord Lampton todo lo necesario para deslumbrar también mostró a Wilson los pilares de la moda.

—Y esa persona era usted, claro —afirmó Rose.

—Ambos poseían ya facilidad para ambas cosas —reconoció el señor Layton—. Yo solo les enseñé a pulir sus respectivos talentos.

—Mi tío hizo más o menos lo mismo conmigo —comentó la doncella—. Y le agradezco mucho que lo hiciera.

—Yo también —terció Artemisa.

—Y yo, señorita Narang.

El caballero le dedicó una inclinación de cabeza.

A lo largo de los últimos dos años, Artemisa había comprobado que Rose no daba mucho pie a los cumplidos.

—Artemisa y yo creemos que la mejor forma de complementar las cinturas bajas sería ensanchando los escotes y bajando las mangas. Lamentablemente, no tenemos ninguna influencia sobre las personas que toman las decisiones.

—Creo que ustedes deberían ser esas personas —repuso él.

—Imposible. La sociedad prohíbe que las damas de mi posición se involucren en negocio alguno. Y los profundos prejuicios de este país también impiden que lo haga Rose.

—Artemisa. —Charlie apareció de pronto en la estancia con expresión de entusiasmo—. Los niños se han reunido en la galería de los retratos y quieren organizar algunos juegos, ya que está lloviendo. ¿Vienes a jugar con nosotros?

—¿Te consideraras uno de «los niños»? —preguntó el señor Layton.

—Siempre me he considerado uno de ellos. No se me ocurre mejor compañía.

El amigo de su madre sonrió.

—A tu padre le pasaba lo mismo.

Ella ya había oído ese comentario sobre el conde.

—¿Y todos los «caballeros» comparten ese mismo espíritu?

—Cualquiera de nosotros viendo a un niño necesitado, aunque solo sea de entretenimiento, se ofrecería inmediatamente a ayudarlo. No puedo decir que seamos unos santos, aunque Henri se acerca a esa definición, pero ninguno de nosotros le daría la espalda a un niño.

Artemisa lo observó con atención unos segundos tratando de imaginar su rostro unos años atrás, luciendo la moda de hacía más de una década. Él habría ayudado a una niña perdida y sola, eso ya lo había dicho. ¿Pero lo había hecho? ¿Había encontrado a una niña pequeña en Heathbrook? ¿La había abrazado? ¿Le había dicho que la quería?

—Debería ir usted a jugar con los niños —le dijo el señor Layton—. No cabe duda de que son la mejor compañía.

Parecía muy posible que él fuera el caballero que ella buscaba y, sin embargo, él no parecía reconocerla como la niña a la que en su día demostró tanto amor. Quizá daba por hecho que ella no lo recordaba. O quizá no fuera la persona que estaba buscando. Desearía tener alguna respuesta.

—Ven, Artie. Quieren jugar a esconder el dedal[2] y promete ser una tarde divertidísima. No te lo puedes perder —insistió Charlie.

—¿Quieres que juegue con vosotros?

Aguardó la respuesta con ansiedad.

—Lo hiciste fenomenal en la gallinita ciega. Te necesitamos. —Le brillaban los ojos. En ese momento estaba absolutamente encantador. E innegablemente apuesto—. Kendrick lo hace fatal. Es muy decepcionante.

—Solo tiene un año.

Él negó con la cabeza dramáticamente.

—No es excusa.

Artemisa volvió a mirar a Rose y al señor Layton, reticente a ofenderlos por abandonar la conversación en busca de un poco de distracción. Cosa que con Charlie era terreno casi inexplorado.

---

2 N. de la Trad.: En la versión original el juego se llama *huckle buckle beanstalk*, y consiste en esconder un dedal para que los demás participantes lo busquen.

—Ve —la animó Rose.

El señor Layton hizo lo propio, con un gesto de la mano.

—Es la mejor forma de pasar la tarde.

—¿No les importa que los abandone?

—Al contrario —le aseguró la doncella con su habitual sequedad.

—Es un asunto de máxima importancia —repuso Layton—. Descubrir que el diminuto lord Jonquil no solo tiene poco pelo, cosa que esperaba que ya hubiera mejorado, sino que además se le da fatal jugar a esconder el dedal me ha decepcionado en demasía; no estaba preparado. Debes ir a salvar el nombre de la familia, querida.

Artemisa apreciaba su tono desenfadado, pero tenía dudas.

—No creo que los Jonquil estén demasiado contentos de que yo me haya hecho con su nombre.

Él se inclinó hacia delante y le estrechó la mano.

—Te aseguro, Artemisa, que eso no es cierto.

—¿Se lo ha preguntado a todos y cada uno de ellos?

Su deslumbrante sonrisa era propia de un auténtico dandi.

—He preguntado a los importantes.

Ella se rió. Ay, aquel hombre era maravilloso.

Charlie le tendió la mano.

—Ven a jugar, Artie. El apellido familiar necesita reparación y tú eres la persona perfecta para defenderlo.

A Artemisa le encantó la respuesta.

—Supongo que recordarás de aquel día que jugamos a bolos en el jardín que me tomo la competición muy en serio —le advirtió con alegría.

Él esbozó una sonrisa de medio lado. De no haber sido por su difícil historia e igualmente complicado presente, ella habría creído que estaba flirteando con esa expresión.

—¿Por qué crees que te he pedido que estés en mi equipo?

Artemisa aceptó la mano que él seguía tendiéndole y se levantó. No la soltó, como imaginaba, una vez en pie, sino que caminó a su lado agarrado a ella mientras los dos balanceaban los brazos como si fueran dos viejos amigos.

Ese gesto la tranquilizó. Tal vez entre ellos no hubiera la adoración y el ardor que ella había imaginado durante tantos años en una pareja, pero había algo que le infundía confianza. No se estaba escondiendo tras su coraza dramática y, sin embargo, él parecía encantado de estar con ella.

—¿Hay muchos caballeros que disfruten pasando el rato con niños? —preguntó Artemisa.

—En esta familia sí. —La miró algo avergonzado—. Seguro que eso nos hace parecer un poco patéticos.

Ella negó con la cabeza.

—Si hubiera más personas que trataran bien a los niños y se esforzasen por que los más pequeños se sintieran valorados y amados, todo sería mucho mejor.

Charlie alzó las manos que tenían entrelazadas y le besó los dedos.

—Lamento mucho que tu padre no se asegurase de que tú te sintieras así.

Artemisa se apoyó sobre él. Su padre la había desatendido, pero «papá», su querido, amado y escurridizo «papá», le había dado esperanzas. Estaba allí, en alguna parte. Quizá más cerca de lo que ella creía.

Era muy tentador contarle a Charlie las sospechas que albergaba respecto al señor Layton. Pero él no conocía a «papá». Nadie lo conocía.

Llegaron a la galería de los retratos. Todos los niños de los Jonquil estaban allí, excepto Edmund, que con diez años probablemente ya se considerase demasiado mayor como para seguir jugando con sus primos pequeños, y el pequeño de Stanley y Marjie, que todavía no había llegado a Lampton Park. Pero era un buen grupo. Todos miraron a la puerta con los ojos brillantes y exclamaron a coro un alegre «¡tío Charlie!» que reverberó por las paredes de aquella estancia de techos altos. No había duda de que adoraban al más joven de sus tíos.

—He traído a vuestra tía Artemisa para que juegue con nosotros. Se le da muy bien.

Los niños vitorearon y palmotearon, ansiosos por empezar la fiesta.

Charlie acompañó a Artemisa hasta el centro de la estancia, donde se sentaron en el suelo.

—Como no tenemos dedal necesitamos otra cosa que esconder, ¿ya habéis decidido lo que será? —preguntó él.

Caroline tomó la delantera, cosa que Artemisa sospechaba que pasaba a menudo.

—Este caballito de madera —afirmó levantando el pequeño juguete.

—Fantástica elección —aplaudió Artemisa—. Es lo bastante grande como para que puedan verlo los más pequeños pero no tanto como para que cueste demasiado esconderlo.

—Lo he elegido yo.

Conocía muy bien esa vacilante esperanza que brillaba en el rostro de la pequeña.

—Chica lista —la felicitó.

Caroline sonrió con un conmovedor orgullo. Charlie rodeó a Artemisa con el brazo mientras susurraba:

—Gracias.

—¿Quién será el primero en esconder el caballo? —preguntó Caroline.

—Quizá tú podrías ayudar a uno de los más pequeños —sugirió Charlie—. Y la tía Artemisa y yo ayudaremos a los demás a buscar.

La pequeña eligió a su hermano de dos años, Henry, para que fuera su pareja. El chiquitín miraba a su hermana con adoración.

Charlie y Artemisa reunieron al resto de los niños, casi todos menores de tres años, y aguardaron emocionados. Alice, una de las mayores, que tendría ya unos cinco años, se sentó junto a Charlie y lo miraba completamente arrebatada. Artemisa aupó a Julia con un brazo y a la morenísima Isabella con el otro. Su tío hizo lo mismo con Kendrick, y sentados a su lado estaban Robert y William.

—No se puede mirar —les dijo Charlie a todos—. Cerrad los ojos.

Alice lo hizo enseguida. Pero ninguno de los demás parecía entender lo que les pedía.

—Diles que se tapen los ojos con las manos —sugirió Artemisa.

Sus sobrinas y sobrinos ya eran capaces de hacerlo a esa edad, aunque por poco tiempo o sin un grado muy alto de fiabilidad.

Charlie les hizo una demostración con ademanes exagerados. Los niños lo miraban con atención y se esforzaban por copiar sus movimientos. Las niñas que Artemisa tenía en brazos eran demasiado pequeñas para comprender lo que ocurría y no tenían ni idea de lo que Caroline y su hermano estaban haciendo.

Los que observaban a Charlie desde el suelo estaban como hipnotizados. Y los repetidos intentos que hicieron por imitar sus acciones terminaron en risas. Robert tiró de su tío para que se agachase y le puso sus diminutas manos sobre los ojos.

—Tápate los tuyos, tonto —dijo Charlie.

William, que seguía sentado en el suelo, se rio y se levantó para ayudar a su primo a taparle los ojos a Charlie.

Caroline y su hermano regresaron en pleno alboroto.

—¿Habéis visto dónde hemos escondido el caballo?

—No —le aseguró Artemisa.

La niña miró a su hermanito.

—No les digas dónde está.

El pequeño negó con la cabeza.

Levantarse con tantos críos alrededor y en brazos costó lo suyo, pero lo consiguieron. Tras algunos minutos, empezó a quedar muy claro que sus sobrinos no tenían ni idea de lo que ocurría ni de lo que estaban buscando. Caroline, como buena bromista que era, se reía mucho del despiste de sus primos. Henry mantenía en secreto el escondite del caballito de juguete.

Pero Alice, que seguía pegada a Charlie, estaba empezando a sentirse frustrada.

—Quiero encontrar el caballo. Los niños son malos.

—No son malos, cariño —la tranquilizaba su tío—. Solo son demasiado pequeños como para entender el juego.

—¿Y entonces por qué juegan? —preguntó.

Miró a Artemisa y esta consiguió no echarse a reír al ver la exasperación en los ojos de la pequeña.

—No le falta razón. Estoy impaciente por saber qué vas a contestarle.

—No me ayudas nada —replicó sin poder reprimir una sonrisa.

Al final, Charlie encontró el caballito escondido detrás de una silla. A continuación volvió a ocultarlo y Artemisa lo descubrió detrás de una larga mesa. Los más pequeños perdieron el interés para cuando Caroline encontró el juguete y volvió a esconderlo. Las dos niñeras, que permanecían en la estancia por si se desataba el caos, se apresuraron a tomar de la mano a los primos más pequeños y se los llevaron a la habitación infantil.

Charlie se despidió de cada uno de ellos. Era muy tierno con sus sobrinos. Ninguno de aquellos niños se preguntaría nunca si alguien los quería.

Ya solo Charlie, Alice, Caroline y ella seguían en la enorme e impresionante galería de los retratos. La mayor de las dos niñas se dispuso a esconder el caballito. La menor estaba sentada en el regazo de Charlie.

—¿Crees que esta vez lo encontraré? —le preguntó.

—Podría ser —le dijo—. Si no lo encuentro yo primero. Soy muy buen rastreador.

—Lo encontraré yo —le aseguró emocionada—. Lo sé.

Caroline anunció que el caballo estaba bien escondido y el resto abrieron los ojos y empezaron a buscar. Alice corría por todas partes mirando detrás de todas las sillas y debajo de los pocos muebles que había. Qué simpática, se moría por ganar.

Artemisa se arrodilló delante de la niña:

—Sigue buscando, cariño. Caroline y yo convenceremos al tío Charlie para que vaya a buscar al final de la sala.

—¿Pero y si el caballo está allí? —preguntó Alice.

Artemisa miró a Caroline a los ojos. La niña negó con la cabeza.

—Estoy convencida de que no estará por allí. Tú mira por aquí —propuso Artemisa.

La pequeña dio unos saltitos mientras miraba a su alrededor emocionada y retomaba la búsqueda con ganas.

—Yo le diré a Charlie que vaya a mirar por allí —se ofreció Caroline.

—Una idea excelente.

Mientras la más pequeña buscaba cerca de las ventanas, la mayor se volvió hacia su tío, que a buen seguro lo habría oído todo. Pero les siguió la corriente y permitió que la niña se lo llevara de la mano a investigar por los supuestos escondites.

—No lo encuentro —dijo Alice frustrada.

—Ve a ayudarla, Caroline —le pidió Charlie a su sobrina.

—Pero entonces te escaparás y encontrarás el caballo.

La pobre Alice parecía al borde del llanto.

—Yo lo evitaré —le aseguró Artemisa, y se dirigió a él fingiendo bloquearle el paso.

El joven se rió y simuló esforzarse para esquivarla.

—Lo estoy reteniendo, chicas. —Las oía reír a su espalda—. Buscad rápido antes de que escape.

Se volvió para mirarlas. La mayor agarró a su prima de la mano y la llevó hacia el escondite.

—Son muy amigas, ¿verdad? —dijo Charlie en voz baja—. Caroline fue la única nieta durante un tiempo. Y se sentía sola a menudo.

—Es muy duro sentirse solo de niño.

—Sí que lo es.

Volvió a mirarlo.

—¿Tú también te sentías solo?

Dejó de sonreír.

—Todos mis hermanos se habían marchado a la escuela. Mi padre había muerto. Mi madre estaba inmersa en un profundo duelo. Y yo me sentía solo a menudo.

—Ojalá hubieras vivido más cerca —comentó ella—. Podríamos haber sido amigos y así ninguno de los dos nos hubiéramos sentido solos.

Él la rodeó por la cintura con un brazo.

—Podríamos haber hecho navegar barquitos de papel en el Trent y haber jugado en el viejo puente de piedra. —La estrechó con el otro brazo—. Podríamos haber subido a los árboles y haber hecho mil travesuras.

Artemisa le puso las manos en el pecho mirándolo, mientras él sonreía.

—Me hubiera encantado.

Charlie acercó la frente a la de ella.

—Todavía podemos hacer todas esas cosas, ¿sabes?

—¿Incluso lo de las mil travesuras? —susurró Artemisa.

—Especialmente las travesuras —respondió con otro susurro.

—¿Y qué clase de travesuras habías pensado?

—Tengo algunas ideas —dijo con el corazón acelerado.

—¡Lo ha encontrado! ¡Lo ha encontrado! —exclamó la voz de Caroline.

Charlie se separó de Artemisa. Y en un abrir y cerrar de ojos, pasó de ser un marido asombrosamente entretenido a un tío divertido. Corrió hacia sus sobrinas y retomó el juego donde lo habían dejado.

Ella se dio un momento para respirar y recuperar el equilibrio. La estaba sorprendiendo. Era una maravillosa, confusa y deliciosa sorpresa.

Capítulo 23

Los amigos de su padre habían dicho que su madre era un genio. Charlie estaba empezando a pensar que ellos tampoco andaban muy alejados de esa definición. Los consejos que le habían dado para acercarse a Artemisa habían resultado muy eficaces. El rato que había pasado con ella jugando con sus sobrinas y sobrinos el día anterior había sido alentador. Habían recuperado gran parte de la cordialidad de la que habían disfrutado durante la visita a Brier Hill de la familia de Artemisa y la cercanía lograda en la última pensión donde pernoctaron durante el viaje a Lampton Park.

Ella parecía contenta. No habían discutido ni se habían tratado con resentimiento. Y Artemisa le había dejado abrazarla. Se le había pasado por la cabeza besarla. Dios sabía que lo había valorado. Si Caroline no los hubiera interrumpido, quizá lo habría intentado. Aunque seguramente era mejor que no lo hubiera hecho. Quería que fueran amigos. Estaba intentando construir un futuro en el que pudieran ser felices. Ir demasiado deprisa podría resultar desastroso.

La mañana siguiente la familia se reunió en la terraza trasera para desayunar. Stanley y Marjie habían llegado la noche anterior y todos estaban impacientes por verlos y hablar con ellos. Su hijo pequeño disfrutaba gateando con sus primos.

Charlie se sentó al lado de su madre, cosa que no había podido hacer desde la llegada de los amigos de su padre. Era evidente que los «caballeros» disfrutaban mucho de su compañía y rara vez la dejaban sola.

Ella lo miró con cariño.

—¿Cómo te va?

—Mejor —admitió—. Creo que Artemisa ya no me odia.

—Oh, mi niño, nunca te ha odiado.

Bendito optimismo materno. Probablemente para ella era inimaginable que alguien pudiera odiar a alguno de sus «niños». Y posiblemente creía que todos los hermanos eran apreciados por todo el mundo.

—Veo que no me crees. —Lejos de estar ofendida por su gesto escéptico, le sonreía abiertamente—. Apuesto a que cuando os conocisteis en la fiesta que celebramos aquí, ambos os encontrasteis interesantes y complejos, guapos e inteligentes. Y diría que ninguno de los dos supo qué hacer con esos sentimientos. Ella, con todo lo hermosa que es, con su gran dote y sus importantes conexiones, probablemente haya tenido que aguantar un incesante goteo de falsedad e intentos de acercamiento interesados. Y no me cabe duda de que ha aprendido a tratar a los demás con la misma falsedad como forma de protección. Y tú, al ser el hijo menor, un chico con un corazón leal y abierto, y haber gozado de la oportunidad de rodearte de amigos sinceros, no supiste cómo relacionarte con una persona que sabías que estaba actuando.

Charlie sacudió la cabeza asombrado.

—Me parece que el señor Layton y el señor Barrington tenían razón.

Ella ladeó la cabeza.

—¿Sobre qué?

—Me dijeron que eres un genio.

Su madre se rio.

—Qué comentario tan extraño.

La observó con atención.

—¿Es cierto que te encantaban las matemáticas cuando te casaste con papá?

—Ah. —Por fin lo entendía todo—. Siempre he tenido ganas de aprender cosas nuevas, pero lo que más me interesaba eran las matemáticas.

—¿Por qué no me lo habías dicho? —le preguntó—. Cuando te he hablado de lo mucho que me interesaban a mí, nunca me has dado a entender que a ti también te gustaban.

Ella le tomó la mano y se la estrechó como había hecho tantas veces.

—Siempre te costó mucho sentir que tenías una identidad propia en la familia. Siempre que expresabas algún interés, ya había alguien que lo tenía. Y no podía soportar quitarte eso también.

—Pero yo me alegro mucho de saber que tenemos eso en común. Sienta bien saber que uno comparte algo con sus padres. Implica una conexión, un sentimiento de pertenencia a la familia.

—Todos formamos parte de todos —repuso su madre—. Espero que tú también lo sientas así.

—Lo que yo espero es que lo sienta Artemisa. Ha estado muy sola en la vida.

Su madre miró alrededor.

—No la he visto esta mañana, ¿y tú?

—No desde que he bajado a desayunar. —Se puso en pie—. Aunque me imagino que alguien la habrá visto.

Preguntó a algunos de sus hermanos y cuñadas y nadie se la había encontrado. Hasta que Mariposa le dio un poco más de información.

—Se le hizo llegar una invitación para unirse a nosotros, pero la ha rechazado.

—¿La ha rechazado?

—Sí. —No lo decía con desaprobación o crítica, solo lo confirmaba—. Y ha pedido que no insistamos.

Aquello no lo esperaba. Últimamente parecía más cómoda entre ellos. ¿Habría progresado menos de lo que él pensaba? Sabía que ella se había ablandado un poco el día anterior y estaba convencido de que no había sido un producto de su imaginación. Y, sin embargo, en ese momento rechazaba la hospitalidad de sus nuevos familiares.

—Supongo que será mejor que vaya a descubrir qué ocurre —resolvió.

—Tal vez se sienta incómoda entre tanta gente —sugirió Mariposa—. Somos muchos y puede resultar abrumador.

Eso no era del todo cierto. En todo caso, la familia no iba a menguar. Si Artemisa no estaba dispuesta a enfrentarse a eso, nunca iba a encontrar un lugar entre ellos. Y eso podría distanciar a Charlie de los suyos o abrir en un abismo insalvable en su matrimonio.

¿Es que nunca podría albergar esperanzas sin que desaparecieran enseguida?

Regresó a las puertas de la terraza. Uno de los amigos de su padre, el señor Fortier, lo detuvo.

—*Excuse-moi*, Charlie—. Dedícame un momento.

Él asintió, indicando que podía hablar libremente.

—Estoy seguro de que recibirás muchos consejos de los «caballeros». A tu padre le hubiera encantado que te los diéramos al no estar él aquí. —Henri Fortier tenía una mirada muy amable y su delicado acento francés confería mayor elegancia a sus palabras—. Y quisiera dedicar un momento a sugerirte que trates a tu dulce esposa con paciencia. Hacer conjeturas suele traer mayores complicaciones.

Era un buen recordatorio.

—Lo haré —le aseguró.

—Y también debo advertirte de que si hieres los sentimientos de tu *doux amie*, es muy probable que el señor Layton te mate. Ha demostrado un cariño paternal por ella.

El señor Fortier parecía tan divertido que dedujo que su vida no corría peligro.

—Me doy por avisado.

El señor Fortier le indicó por señas que podía seguir adelante. Tener a los amigos de su padre allí no era lo mismo que tenerlo a él, pero resultaba igual de útil.

Charlie se dirigió a su dormitorio con el propósito de ser paciente.

Artemisa estaba allí, sentada en una silla delante de la ventana, completamente vestida, con una manta sobre el regazo y todavía con el gorrito de dormir. Siempre lucía perfecta. ¿Estaría enferma? Si fuera así, lo habría dicho en lugar de limitarse a rechazar la invitación de su familia.

—Todos se preguntan dónde estás.

No era la introducción más sutil, pero no sabía por dónde empezar.

—Ya sé que mi compañía es muy valorada, pero estoy segura de que podrán soportar mi ausencia durante un día.

El tono le resultaba familiar. Volvía a las andadas.

¿Pero por qué?

—Me parece que las cuñadas han planeado salir para la vicaría dentro de una hora para confeccionar cestas de caridad para las personas más necesitadas de la parroquia. Les vendría bien tu ayuda.

Artemisa encogió un hombro, pero seguía sin mirarlo.

—Se las arreglarán sin mí, aunque estoy segura de que lamentarán no poder gozar de mi compañía.

«Sé paciente. No supongas lo peor». Era muy fácil pensarlo, pero costaba actuar en consecuencia cuando ella se había vuelto a envolver con la capa de un arrogante drama. «Es un escudo, no una ventana». Charlie se repetía las sentencias del duque para recordarse que no debía suponer lo peor.

—Toda la familia está reunida en la terraza trasera. Me encantaría pasar un rato con ellos. Dios sabe que tendré pocas oportunidades de hacerlo ahora que mi hogar está en Cumberland. —Tenía que entender que aquello era importante. Se acercó a la ventana para ponerse frente a ella—. ¿Podrías no...? —Las ganas de convencerla se evaporaron automáticamente. Artemisa parecía destrozada—. ¿Qué ha pasado?

Ella volvió un poco la cabeza.

—Te reirás de mí.

Él se puso en cuclillas delante de ella.

—¿Cuándo me he reído yo de ti?

Le lanzó una mirada seca y acusadora.

—¿Señorita «Falsaster»?

Vaya, así que había oído el apodo que le había puesto.

—No pretenderás convencerme de que ese mote no lo inventaste para reírte de mí —le espetó.

Charlie posó las manos sobre las de ella, que descansaban sobre los reposabrazos.

—Me gustaría poder decirte que ahora soy más sabio y maduro, pero la triste verdad es que los hombres de la familia Jonquil están condenados a vivir bajo una losa de infinita idiotez.

No apartó las manos de las suyas, cosa que él interpretó como una buena señal.

—Dime qué te ha disgustado. No acostumbras a ponerte así. Me preocupa verte afligida.

—¿Prometes que no me ridiculizarás?

Entrelazó los dedos con los de ella y la miró a los ojos.

—Te doy mi palabra de honor.

Artemisa suspiró y se quitó el gorrito de dormir. Sus rizos salieron disparados en todas direcciones.

—Rose no se encuentra bien y yo quería que descansara. Una de las doncellas me ha ayudado a vestirme, pero ninguna sabe cómo arreglar mi monstruosa cabellera. Normalmente puedo arreglar un poco el desaguisado sola, pero hoy lo tengo especialmente mal —dijo con la respiración un poco entrecortada—. No puedo dejar que tu familia me vea así. Se reirían de mí. No podría soportarlo.

No acostumbraba a mostrarse vulnerable ante los demás. Aquel grado de fragilidad le resultó descorazonador. Pero él podía ayudarla. Nunca era la persona adecuada que aparecía en el momento preciso, y no pensaba malgastar aquella oportunidad.

Se puso en pie sin soltarle la mano y la animó a levantarse.

—No pienso bajar así, Charlie. No.

—No tengo ninguna intención de insistir en que lo hagas.

Ella lo miró vacilante.

—¿Y qué pretendes hacer?

Sabía que en su expresión se adivinaba cierta picardía.

—Pretendo arreglarte el pelo.

Artemisa puso exactamente la cara de asombro que él esperaba ver. Se echó a reír.

—Siéntate en la cama —le pidió—. Tengo que ir a por un par de cosas.

—¿Hablas en serio?

Asintió y le hizo señas para que se sentara. A continuación tomó del tocador un cepillo con los dientes muy separados y un lazo. Artemisa lo observaba con interés y confusión a partes iguales.

Lo mejor sería apiadarse de ella y contárselo.

—Caroline y yo hemos pasado gran parte de mis vacaciones correteando por los terrenos de Lampton Park y Farland Meadows. Ella también tiene el pelo rizado, aunque no tanto como tú. Se le enredaba mucho y terminaba ingobernable. Eso le producía una gran frustración y nuestros juegos y paseos tenían que concluir pronto. —Se sentó en la cama junto a ella—. Así que le pedí a Marion que me enseñara a cepillarle el pelo. Se me da bastante bien, aunque no puedo hacer nada especialmente sofisticado o impresionante.

—Ya es lo bastante impresionante que seas capaz de hacer algo con el cabello rizado. —Miró el suyo—. Tú también lo tienes un poco ondulado.

—Todos los hermanos hemos heredado, en distinto grado, las ondas de mi padre.

—En una ocasión me dijiste que cuando llovía se le ponía imposible. A mí me pasa lo mismo.

—Te creo. —Dejó el lazo a su lado—. Date la vuelta, por favor.

Ella obedeció y le dio la espalda. Charlie agarró el cepillo y empezó a desenredarle los rizos con mucha delicadeza.

—¿Tus amigos de Cambridge saben que eres peluquero? —le preguntó.

—No, y será mejor que no se lo digas, porque no me darían tregua.

—¿Es que no tienen ya munición más que suficiente teniendo en cuenta que eres matemático y, por tanto, un blanco fácil?

Se estaba acostumbrando a detectar el tono de broma por debajo de sus aires dramáticos.

—Por fortuna, soy tan encantador y sofisticado que están todos demasiado impresionados como para reírse demasiado de mí.

—Si se meten demasiado contigo por tu amor a los números, siempre puedes desafiarlos a jugar a la gallinita ciega. Perderían tan estrepitosamente que jamás volverían a molestarte.

Charlie seguía alisando con cautela los tirabuzones enredados.

—Tú tienes el pelo bastante más grueso que Caroline.

Artemisa resopló con frustración.

—Tengo demasiado. Cuando has llegado estaba casi convencida de cortármelo todo.

—No serías capaz, ¿verdad?

—Si lo hubiera hecho, ahora tú podrías estar con tu familia. Y yo no supondría una molestia para nadie.

—Tienes un pelo precioso, Artie. Sería una tragedia que te lo cortaras. —Atrapó un mechón desenredado entre el pulgar y el índice. Era suave y espeso. Muchas damas habrían dado cualquier cosa por esa melena y su asombroso volumen. Artemisa la lucía con mucha gracia—. No me molesta cepillártelo.

—Todavía no me creo que sepas cepillar rizos.

—Soy un caballero de talentos ocultos: peluquería, juegos infantiles, mímica, arreglos florales, caídas desde el tejado...

—¿Arreglos florales? —Artemisa se volvió un poco hacia él—. ¿Eres tú el que trae las flores?

—Claro. —Charlie se concentró en otro mechón—. Mi padre me enseñó mucho sobre flores. Por él supe que a muchas damas les gusta tener flores frescas para dar un poco de color y belleza a sus hogares.

—¿Las flores de mi dormitorio de Brier Hill también las llevabas tú?

—Exacto. Aunque las cosas no han sido fáciles entre nosotros, yo siempre he querido que te sientas feliz en nuestra casa, Artie.

Ella guardó silencio un momento. Charlie no le veía la cara. No creía que la hubiera disgustado, y estaba siendo muy cuidadoso para no tirarle del pelo mientras lo cepillaba.

—¿Por qué me llamas así?

No parecía que lo preguntase con enfado, sino con sincera curiosidad.

—¿Artie?

Ella asintió.

—¿No quieres que lo haga?

Si odiaba ese nombre, dejaría de utilizarlo enseguida. Pero aunque había empezado a hacerlo para hacerla enfadar, le gustaba tener un apelativo cariñoso con el que dirigirse a ella.

—Solo he conocido a una persona en mi vida que no me llamara Artemisa. Supongo que no estoy acostumbrada. —No parecía disgustada—. Al menos, ya no.

Estaba progresando con la melena, pero era cierto que tenía mucho pelo.

—¿Quién más te llamaba por otro nombre?

—Es una historia muy larga.

—Bueno, tienes mucho pelo. Tenemos para un buen rato.

—¿No te reirás?

Jamás habría imaginado que Artemisa Lancaster pudiera tener inseguridades o puntos débiles. Pero sí, ya era la tercera vez en poco tiempo que dudaba antes de contarle algo porque temía que se riera de ella. Estaba descubriendo que no poseía esa arrogante seguridad que tanto se esforzaba por aparentar.

Dejó el cepillo y se giró un poco hasta que estuvo arrodillado sobre la cama a su lado. Le tomó la cara con delicadeza y la miró a los ojos.

—Te voy a hace una promesa aquí y ahora, Artemisa Jonquil. Yo nunca jamás me reiré de ti. Contigo sí, pero nunca de ti.

—Gracias. —La emoción le quebraba la voz—. Y gracias por ayudarme con el pelo.

—Gracias por no cortártelo. —Charlie echó la mano para atrás y volvió a acariciar un tirabuzón—. Hubiera sido una absoluta tragedia.

Artemisa se sonrojó, algo inaudito. Era una caja de sorpresas.

Charlie retomó la posición anterior cepillo en mano. No acostumbraba a sentirse útil, pero en ese momento así era.

—¿Cómo te llamaba esa otra persona?

—Princesa.

Parecía la clase de sobrenombre que uno pondría a una niña.

—¿Cuántos años tenías?

—Era muy pequeña.

Como había imaginado.

—Un día acompañé a mis hermanas a Heathbrook y me separé de ellas. Nuestro pueblo no es muy grande, pero yo me perdí. Me senté junto a la puerta de una tienda y me eché a llorar. Me vio un caballero. Me preguntó por qué lloraba y, cuando se lo conté, me prometió que me ayudaría a encontrar a mi familia.

Una bondad que llegaba al corazón.

—Me dio la mano y juntos recorrimos todos los callejones y miramos en las tiendas a través de los escaparates. Cuando me desanimé y se me volvieron a saltar las lágrimas, él se sentó conmigo y me dijo que no debía tener miedo, que él me protegería.

—Tuviste suerte de encontrarlo.

—Fui muy afortunada. Siempre he pensado que fue un milagro. Yo estaba muy sola, no solo en ese momento, sino siempre. Mis hermanas cuidaban de mí, pero a veces yo necesitaba algo más. Necesitaba un padre o una madre que me quisiera y me demostrara que merecía ser amada. Y cuando aquel caballero me trató con tanta amabilidad fue la primera vez que experimentaba algo parecido.

—¿Y te llamaba «princesa»?

—Sí —repuso—. Y cuando le pregunté si podía llamarle «papá», no se asombró ni se rió de mí.

—¿Entonces, vivía por allí cerca?

—No creo. Volví a Heathbrook varias veces y lo busqué. Lo vi en cuatro ocasiones más durante los dos años siguientes. Pero ahora pienso que solo estaba de paso por la zona, que no vivía allí.

Charlie empezó a atar cabos.

—Él es la persona que te dio el pañuelo.

Asintió de forma casi imperceptible.

—Fue el primer día, cuando yo lloraba.

—Y por eso lo guardas como si fuera un tesoro.

Artemisa era mucho más sensible de lo que dejaba ver.

—Me compró un dulce en la tienda de caramelos cada vez que me veía.

—Tus cinco caramelos.

—Jamás me he sentido más querida que cuando él estaba conmigo, me llamaba «princesa» y me decía que me quería. —Bajó un poco los hombros—. Él era la única persona, aparte de Perséfone, que me lo decía, ¿sabes? Yo quería que me lo dijera mi padre también. Me obsesionaba con eso. Pero nunca llegó a hacerlo.

A Charlie le hubiera gustado que Artemisa hubiera vivido cerca de Lampton Park. Y de la misma forma que su familia había adoptado de algún modo a Arabella Hampton, también la hubiera acogido a ella. Y así no se habría sentido sola.

—Cuando «papá» y yo, todavía pienso en él de esa forma, volvimos a encontrarnos después de aquella primera vez, él me recordaba perfectamente, enseguida me reconoció. Me elevó del suelo y me abrazó con mucho cariño. —Suspiró—. Fue la sensación más maravillosa del mundo.

—¿Y solo lo viste esas cinco veces?

Estaba progresando con la melena de Artemisa. Y lo más importante: progresaban en su acercamiento. Sin coraza alguna, estaba compartiendo con él recuerdos muy íntimos.

—Después de eso nos fuimos a vivir al castillo de Falstone. Probablemente él pasaría por el pueblo una y otra vez. Es posible que siga haciéndolo, pero yo no estoy allí. —Sus palabras destilaban una inconfundible tristeza—. Me encantaría volver a verlo, pero me parece un sueño imposible.

—¿No puedes enviarle una carta o ponerte en contacto con algún miembro de su familia?

—No sé cómo se llama —admitió.

Charlie empezó a trenzarle el pelo, tal como aprendió de Marion, una solución efectiva con los rizos de Caroline.

—Y creo que él tampoco sabía cómo me llamaba yo. Éramos «papá» y «princesa», y solo nos veíamos en Heathbrook.

—Seguro que tus hermanas saben quién era.

—Ellas no llegaron a verlo el día del primer encuentro. Cuando conseguí encontrarlas, él me animó a correr hacia ellas. Ya a salvo con Perséfone, miré atrás, pero él se había ido. Y después siempre me lo encontraba estando sola. Me resultaba muy fácil escabullirme sin que nadie se diera cuenta.

Charlie sintió una inmensa compasión por aquella niña. Entendía que la mujer en la que se había convertido siempre mantuviera las distancias.

—Era muy pequeña la última vez que lo vi, y los recuerdos que conservo de él están difuminados por el paso del tiempo —prosiguió—. Recuerdo que vestía muy bien, mucho más que mi padre. Y también sé que hablaba con mucha corrección y elegancia, aunque no recuerdo el timbre de su voz ni sus rasgos. No sabría decir cuánto hay de imaginación y de realidad en la imagen que conservo de él.

—¿Y cómo esperas encontrarlo si recuerdas tan poco de él?

—Tengo la esperanza de que él me recuerde a mí. Creo que es posible, ¿tú no? Me quería mucho; él me lo dijo. Creo que me recordaría. —Suspiró algo temblorosa—. Cuando nos conocimos me dijo que me quedara siempre en la luz. En aquel momento lo decía en sentido literal, pero yo he aplicado esa máxima a mi vida durante los últimos años. Siempre intento encontrar la manera de no perder la esperanza, pero a veces me cuesta. Y a veces me parece imposible.

Charlie ató el lazo en la punta de la trenza que había hecho. De esa forma el peinado no se desharía.

—Ya está, Artie. Melena peinada y manejable.

Ella alzó la mano y tocó la trenza con delicadeza.

—Ya no lo noto tan caótico. Tal vez incluso pueda ponerme un sombrero.

Charlie se puso delante de ella.

—¿Estás muy cambiada desde la última vez que viste a tu «papá»? —le preguntó.

—No creo, aparte de ser mayor ahora, claro. Tenía el pelo del mismo color e igual de rizado. Los ojos verdes no son muy comunes. Creo que si me viera, se daría cuenta de quién soy. Él era adulto cuando nos conocimos. Y los adultos recuerdan cosas con más claridad que los niños.

Lo miró con expresión de incertidumbre.

Era evidente que necesitaba reafirmación.

—No me cabe ninguna duda de que te recuerda. Pero como ya no vives en Heathbrook, y él también vive en otra parte, no es muy probable que vuestros caminos se crucen. Estoy convencido de que el hecho de que no lo hayas vuelto a ver se debe más a la distancia que al olvido.

Ella se volvió un poco para situarse frente a frente.

—Tengo todas mis esperanzas puestas en la posibilidad de cruzármelo en Londres. Todo lo que recuerdo de él indica que es un caballero y que probablemente se mueva en sociedad. Paso allí todas las temporadas y Dios sabe que atraigo la atención lo suficiente como para que me haya mirado en algún momento. Siempre me aseguro de ello. —Parecía casi exhausta al recordar la ajetreada actividad de la ciudad—. Hasta ahora no me ha encontrado, pero confío en que lo haga. Bueno, esta temporada ya no; terminó demasiado pronto.

Cuando partieron para Brier Hill, Artemisa se había disgustado por tener que abandonar Londres justo cuando los eventos sociales empezaban a sucederse. Charlie había supuesto que su frustración se debía a un motivo tan superficial como tener que renunciar a las fiestas. «Hacer conjeturas suele traer mayores dificultades».

—Estaba desesperada por encontrar a alguien que se preocupara por mí —añadió ella—. Y probablemente eso hiciera que el tiempo que habíamos pasado juntos fuera más importante para mí que para él. En una ocasión me dijo que tenía familia. Posiblemente se olvidara de mí muy rápido.

Charlie le tomó las manos.

—Nadie que te conozca puede olvidarte fácilmente.

Ella se inclinó un poco hacia delante y se apoyó con delicadeza sobre su pecho.

—Tal vez no vuelva a encontrarlo —concluyó.

Él la rodeó con los brazos y la estrechó.

—Quédate en la luz, Artie.

—He pasado toda la vida esperando a que regresara a por mí —confesó, acurrucándose entre los brazos de Charlie—. Llegué incluso a soñar que aparecía, que lo invitaba a mi casa y que formaba parte de mi vida.

Daba la impresión de que hubiera perdido la esperanza.

—No creo que debas rendirte. Tiene que estar en alguna parte.

—Pero no sé cómo encontrarlo.

—Yo te ayudaré. Yo no conozco a tanta gente como tú, pero entre Philip, Crispín y Marion, no creo que haya un solo miembro de la alta sociedad al que no podamos identificar.

Ella también lo rodeó con los brazos.

—No creo que pudiera soportar que todo el mundo lo supiera. Resultaría patético... Y tal vez hasta alguien se burlara de él por ser tan bueno. No quiero que él..., no quiero que se moleste conmigo como tú...

Artemisa guardó silencio de golpe, pero Charlie sabía lo que iba a decir.

Le puso la mano bajo la barbilla y le levantó la cabeza para que lo mirase.

—Yo no estoy molesto contigo, Artie, aunque comprendo tu disgusto. A veces yo siento lo mismo.

—Yo tampoco estoy molesta contigo —reconoció ella—. Es verdad que desearía que nadie nos hubiera obligado a esto, pero creo que no estamos tan tristes como al principio.

Él le acarició la mejilla con el pulgar y se le aceleró el pulso.

—No creo que podamos decir siquiera que estuviéramos tristes. Estamos buscando nuestro camino.

—Me alegro —susurró ella.

Le costaba respirar ante aquellos ojos verdes. Apoyó la frente en la de ella y cerró los párpados. La fragancia de Artemisa lo inundaba todo.

—Nunca he conseguido adivinar qué lleva tu perfume —susurró—. Y lo he intentado.

—Está hecho de flores de nogal.

—Nogal. ¿El nogal no es un símbolo relacionado de tu nombre? Ella le puso la mano en el pecho.

—No hay mucha gente que recuerde ese detalle sobre el mito de Artemisa.

Charlie se acercó un poco más.

—Yo no soy como mucha gente.

—La verdad es que no —admitió ella, algo vacilante, rozándole el rostro con los dedos.

El aliento tan cercano de Artemisa le pareció una invitación irresistible. Le rozó la boca con los labios delicadamente. Y ella respondió con un beso igual de sutil.

El sonido de algo parecido a una campana interrumpió el momento.

—El reloj. —Artemisa se retiró—. Las damas ya estarán partiendo para la vicaría —dijo, con la respiración un poco acelerada.

Charlie abrió los ojos, resignado: se había roto el hechizo. Artemisa tenía las mejillas acaloradas, como imaginaba las suyas. Ella lo miró confusa y creyó ver cierta añoranza en los ojos.

—Sería desconsiderado por mi parte no acompañarlas —dijo. Él se limitó a asentir.

Ella se puso en pie sin dejar de mirarlo.

—Gracias por arreglarme el pelo.

De nuevo, él solo fue capaz de hacer un gesto de asentimiento.

—Charlie, yo... —Bajó la vista un momento—. Te aseguro que no estoy triste.

—Yo tampoco —repuso él en voz baja.

Ella lo miró una última vez con expresión plácida. Se dio media vuelta a toda prisa, agarró su gorrito del guardarropa y salió del dormitorio con el mismo entusiasmo, ligereza y gracia que había visto en ella el día que había conocido al señor Digby Layton: auténtica, abierta y sincera.

Al verla marchar, supo qué hacer con la falsa versión de aquella mujer; la auténtica Artemisa Jonquil, con solo unas breves y esplendorosas apariciones, le había robado el corazón.

Capítulo 24

Charlie llamó a la puerta del dormitorio de Philip después de que las mujeres de la familia Jonquil partieran hacia la vicaría. Solo el recién descubierto afecto por su inesperada esposa podría empujarlo a plantearse lo que planeaba hacer.

Le abrió Wilson, cosa que le venía estupendamente bien, pues su petición tenía que ver con el ayuda de cámara.

—¿Está Philip?

Wilson lo invitó a pasar. Allí estaban el conde y el señor Digby Layton. Posiblemente, los tres hombres reunidos en aquella estancia formaran el trío más moderno y elegante que hubiera existido en la alta sociedad londinense. Y por extraño que pudiera parecer, era exactamente lo que necesitaba Charlie.

—¿Cómo va el cortejo de tu esposa? —preguntó Layton.

—Despacio.

Vio más empatía que compasión en el semblante de los presentes.

—Me han aconsejado que aprenda todo lo que pueda acerca de las cosas que le interesan a Artemisa —continuó.

Philip asintió con demasiada seriedad como para que su reacción pareciera sincera.

—Y no hay duda de que ese sensato consejo procederá de alguno de tus sabios hermanos.

—Me lo sugirieron el señor Layton y el señor Barrington.

—Ah —repuso el conde—. Dos caballeros muy inteligentes.

—No lo decimos porque seamos hombres inteligentes —replicó Layton—, sino porque ambos tuvimos que esforzarnos para salir victoriosos de nuestros respectivos cortejos hace ya algunos años.

—¿Entonces las meteduras de pata no son solo cosa de los hombres de esta casa? —preguntó el menor de los Jonquil con confianza.

—Nadie llega al nivel de Lucas o sus hijos. Pero no —confirmó el experto en moda.

El conde sugirió a Charlie que se sentara con ellos. Como el único sitio libre era el banco que había a los pies de la cama de su hermano, se sentó allí mientras los otros tres lo observaban con evidente curiosidad.

—Desembucha —le ordenó Philip.

—Artemisa siente un gran interés por el mundo de la moda. —En cuanto abrió la boca se sintió como un memo—. Aunque eso ya lo sabéis todos. Lo sabe cualquiera que haya pasado con ella más de cinco minutos.

—Nadie te va a juzgar por lo que vayas a decirnos —le aseguró el señor Layton.

—Tal vez usted no. Pero mis hermanos no tienen tantos reparos.

El conde alzó la mano como si estuviera haciendo un solemne juramento.

—Prometo comportarme.

Charlie tenía muchos motivos para dudarlo. Entretanto, se apoyaría en la confianza que le brindaban Wilson y el señor Layton.

—Es evidente que ella sabe muchísimo más de ese asunto que yo. —Gesticuló para señalar su deslucido vestuario—. Y ser tan despreocupado con mi aspecto, cuando sé que ella disfruta tanto con los entresijos de la moda, me parece... irrespetuoso, supongo. Como si subestimara sus intereses.

Philip miró al amigo de su padre.

—Ese comentario ha sido demasiado profundo para un Jonquil. Quizá deberíamos asegurarnos de que el pobre no tiene fiebre.

—Incluso los Jonquil pueden tener sus momentos de iluminación —observó el señor Layton—. Son inusitados y fugaces, pero se han dado casos.

—Debo aprovechar este mientras dure. —Charlie miró a sus tres acompañantes—. He venido a buscaros con la esperanza de que me ayudéis a mejorar mi vestuario teniendo en cuenta mis limitados ingresos.

Al escucharlo, el siempre estoico, elegante y a menudo callado Wilson habló casi emocionado.

—Todos sus hermanos, a excepción de su señoría, visten como vagabundos. No tienen ustedes ni la más remota idea de cómo sacarse partido, cosa que es una absoluta lástima. Para evitar dar mi opinión acerca de tal negligencia en el deber, he tenido que reprimirme a la hora de hablar con sus ayudas de cámara, al menos con los de aquellos que lo tienen, claro.

Terminó lanzando con una mirada de reproche a Charlie, que preguntó por lo bajo a los otros dos presentes:

—¿Me acabo de meter en un lío?

—Contrata un ayuda de cámara —sugirió el señor Layton.

No sabía si podía permitírselo, pero ya lo pensaría. En ese momento solo necesitaba mejorar su apariencia para que, como había dicho Artemisa, ella no tuviera que poner a prueba su «capacidad de resistencia» al mirarlo.

—Os agradeceré mucho cualquier consejo que podáis darme —les dijo, mirando especialmente a Wilson.

Con las emociones a raya y una vez recuperada la elegante compostura, el ayuda de cámara se volvió hacia el señor Layton con actitud cómplice:

—Digby, tenemos mucho que hacer.

—Ya lo creo.

El caballero se levantó y siguió a Wilson hasta el vestidor de Philip. Charlie trató de detenerlos.

—Mi ropa está en el armario de mi...

Wilson se paró en seco y se dio media vuelta para mirarlo, alzando una de sus cejas negras como el ébano con actitud autoritaria.

—Permite que te traduzca —se ofreció Philip—. Lo más probable es que acaben quemando toda tu ropa, así que ir a buscarla es una pérdida del tiempo y el talento de Wilson.

—No puedo permitirme un vestuario nuevo —protestó. Todo aquello empezaba a darle mucho miedo.

El señor Layton se echó a reír.

—Considera cualquier cosa que necesites comprar como un regalo de bodas de los «caballeros». Entretanto, Wilson y yo tenemos la sana intención de robarle a tu hermano todo lo que nos venga en gana.

—¿A cuál de ellos?

—Al único que tiene gusto —repuso el ayuda de cámara, que se dio media vuelta muy digno y desapareció en el rincón donde Philip guardaba sus elegantísimas prendas, seguido de cerca por su acompañante.

Charlie suspiró.

—Quizá no haya sido tan buena idea.

El conde se levantó y se sentó en el banco a su lado.

—Cualquier cosa que pueda hacer feliz a tu esposa nunca es una mala idea.

—¿Ese es tu último consejo?

—Ese es un consejo que recibí de alguien mucho más sabio que yo.

Charlie se relajó un poco al comprender que no estaba a punto de recibir un bombardeo de enseñanzas fraternas.

—¿De quién? ¿De Sorrel?

—No hay duda de que ella es mucho más inteligente que yo. Pero el consejo me lo dio papá. —Esbozó una alentadora sonrisa—. Vino a buscarme a Cambridge para llevarme a casa por vacaciones y regresamos pasando por Derby. No le importó desviarse, porque allí había una tienda donde mamá vio un chal que le había gustado. Yo le dije que me parecía un desvío larguísimo por algo tan insignificante. Y él me respondió: «Tu madre se pondrá muy contenta. Cualquier esfuerzo que pueda hacer un marido para hacer feliz a su esposa nunca está de más». Me he acordado muchas veces de aquello desde que Sorrel aceptó arriesgarse a pasar el resto de su vida con un zopenco como yo. Las palabras de papá me han salvado el cuello más veces de las que soy capaz de recordar.

«Hacer feliz a tu esposa».

—A Artemisa le gustan las flores que le llevo. Pienso seguir haciéndolo.

Philip asintió.

—Muy inteligente. También parece disfrutar actuando y divirtiéndose. Yo te sugeriría que sigas aprovechando cualquier oportunidad que tengas para reírte con ella.

—Es posible que ese sea el mejor consejo que he recibido de ninguno de mis hermanos.

Con una rápida y cómplice sonrisa, Philip admitió:

—Eso es porque también es un consejo de papá.

—Yo apenas me acuerdo de él —lamentó emocionado, bajando la vista—. A veces me da la impresión de que todo el mundo lo conoce mejor que yo.

—Yo lo recuerdo bien —dijo Philip—. Puedo contarte muchas cosas sobre él, Charlie. Los «caballeros» lo trataron durante casi toda su vida. Y todo lo que nosotros no sabemos, lo sabe nuestra madre. Con lo que podemos contarte entre todos, puedes llegar a conocer cualquier cosa sobre él.

—El señor Barrington dice que le gustaba mucho la naturaleza.

Philip asintió.

—Así es. ¿Recuerdas que salíamos a pasear por las montañas de Brier Hill con él?

—No. Pero sí que recuerdo que pasaba largos ratos con él en el jardín.

El conde esbozó una nostálgica sonrisa.

—Era muy exigente con su jardín, ¿verdad?

—Ya lo creo.

—Verde —dijo Wilson, irrumpiendo con esa única palabra que parecía anunciar una profecía.

—¿Se supone que debería saber qué significa eso? —preguntó Charlie.

—Es un color —indicó Philip completamente serio, recuperando su tono solemne habitual—. Es un poco más claro que el azul intenso y no tan chillón como el amarillo.

Al parecer Wilson no estaba para bromas en ese momento.

—Ayer Henri llevaba un chaleco de cachemir con un estampado en verde bastante actual, algo bastante sorprendente si tenemos en cuenta lo poco que frecuenta Londres.

—Suele ir a menudo a París —terció Philip—. Y parece que en Francia tienen cierto gusto por la ropa y la moda.

El ayuda de cámara seguía sin inmutarse ante las ironías del conde.

—El chaleco verde de Henry con su levita azul marino y los pantalones beige.

—El cabello de Charlie parecerá todavía más pelirrojo si lo vistes de verde —opinó su hermano, levantándose y acercándose a Wilson.

—Su pelo tiene un interesante tono rojo que hay que acentuar, no ocultar. —replicó el sirviente con una seguridad que envidiaría el mismísimo príncipe regente—. Es un crimen que siempre vista prendas de ese marrón tan apagado que anula por completo la intensidad de su maravilloso color de cabello.

—Me han nombrado escudero oficial de este vecindario —bromeó Philip—. ¿Debería arrestar a Charlie?

—Te pediría que arrestaras a su ayuda de cámara, pero no tiene.

Wilson volvió a fulminar al pequeño de los Jonquil con la mirada.

El joven levantó las manos.

—Lo sé, lo sé. Consígueme uno.

—Me voy a por el chaleco verde.

Wilson se marchó de la habitación muy decidido.

—¿Se ha dirigido al señor Layton y ha mencionado al señor Fortier por sus nombres de pila?

No era común que un ayuda de cámara se tomara esas confianzas con caballeros tan distinguidos, en especial con aquellos para los que no trabajaba.

El conde asintió.

—Hace treinta años que los conoce, fue poco después de llegar a Inglaterra desde la India.

«Treinta años». Su padre solo hacía trece que había fallecido. Un rápido cálculo matemático reveló un dato inesperado: lo más probable era que Wilson hubiera conocido a su padre y, además, lo había tratado durante el doble de años que él. La lista de personas de las que podía obtener información sobre su progenitor no dejaba de crecer.

El señor Layton salió del vestidor con algunos complementos.

—Los accesorios pueden cambiar la apariencia de un hombre por completo.

Charlie suplicó para sus adentros que Artemisa valorase todo aquello, porque él estaba empezando a arrepentirse.

—Me sentiría ridículo luciendo montones de bolsillitos, anillas y demás en el chaleco.

—Querido Charlie, Wilson puede resultar un poco excesivo, pero te aseguro que es excepcionalmente bueno en su trabajo. Y yo he tenido un papel no poco importante en su formación respecto a estos asuntos. Ambos conocemos perfectamente la diferencia entre las elecciones que acentúan la verdadera personalidad de un caballero y las que se utilizan para esconderla. No tenemos ninguna intención de disfrazarte —repuso el experto en moda.

—Es posible que Artemisa lo prefiera —respondió él.

El señor Layton suspiró con una mueca de resignación.

—Vaya, todos sois igual de obstinados que vuestro padre.

Le mostró algunas cadenas para el reloj. Las observó él mismo, a continuación miró a Charlie y, sin revelar por qué, eligió una.

—Ya tengo cadena para el reloj —le indicó Charlie.

—Ya lo sé —repuso con sequedad.

Philip se rió.

—Tenemos la cabeza de chorlito de nuestro padre, pero somos tan obstinados como nuestra madre.

El señor Layton eligió un alfiler de corbata y lo dejó junto a la cadena de reloj en la mesa.

—Charlie está siendo bastante más agradable de lo que fuiste tú cuando Wilson y yo nos responsabilizamos de tu transformación no hace tantos años.

—Yo tenía mis propias ideas sobre la moda —replicó el conde—. Mi hermano pequeño se reserva sus opiniones para las matemáticas.

—Las matemáticas no están sujetas a las opiniones de nadie. Las matemáticas son hechos probados.

El caballero sonrió ante aquella observación espontánea.

—Hijo de tu madre, no hay duda.

—Todavía no me puedo creer que nadie me hablara de lo mucho que le interesaban las matemáticas —protestó.

Philip mudó el semblante de una expresión divertida a otra de sorpresa.

—¿El qué?

—Vuestra madre es una dama muy interesante. —Puso un par de gemelos junto al resto de complementos—. Ahora que ya sois mayorcitos, os sugiero que la conozcáis no solo como madre, sino como persona.

Wilson regresó con un chaleco de cachemir estampado en verde sobre el brazo.

—Quitadle al chico las espantosas prendas que lleva. Lo tendremos vestido como Dios manda en un periquete.

Charlie miró a su hermano.

—Es un dictador.

—Jamás he dicho lo contrario.

El ayuda de cámara señaló los adornos dispuestos sobre la mesa.

—Excelentes elecciones, Digby. —A continuación se dirigió al joven Jonquil—: El ayuda de cámara de Henri es un experto en el cuidado del cabello. Vendrá enseguida a cortarte un poco los rizos.

Aquello iba a ser más engorroso de lo que había imaginado...

—Te ajustaré un poco las costuras del chaleco; Henri no es tan flacucho como los Jonquil —continuó el sirviente.

—Ninguno lo es —espetó Philip.

Wilson pasó por alto el comentario.

—El resto de las cosas son de tu hermano, y los dos sois más o menos de la misma altura y porte.

Charlie miró al señor Layton.

—¿De verdad cree que Artemisa valorará todo esto?

Aquel hombre había tratado lo suficiente con ella como para saber si aquello merecía la pena.

Los tres asintieron.

El joven se levantó inhalando con decisión.

—Entonces obren su milagro. Dios sabe que lo necesito.

Capítulo 25

Las cuñadas se habían dividido en dos grupos para repartir cestas en la zona de Collingham. La viuda, que había insistido en que Artemisa la llamara «madre» como el resto de la familia, había regresado a Lampton Park con Sorrel. Artemisa iba con Catherine y Marjie. Catherine le recordaba a su discreta e intuitiva hermana Dafne. Marjie tenía una melena rizada dorada parecida a la suya y estaba en algún punto entre Catherine y ella en lo que a la locuacidad se refiere.

Las tres se habían enfrascado con facilidad en una cordial conversación. Las dos damas tenían un hijo cada una y hablaron de los pequeños mientras paseaban de una casa a otra. Por las pequeñas pistas que iban dando, descubrió que las dos habían tenido infancias difíciles y que en ese momento eran razonablemente felices. También llegó a la conclusión de que las cuñadas Jonquil estaban tan unidas como hermanas.

—¿Te sientes muy abrumada entre nosotros? —le preguntó Marjie, cuando hicieron la última entrega—. Ahora ya somos veinticinco, treinta si contamos a los nobles amigos de madre.

Artemisa sonrió.

—Sus nobles amigos. Deberíamos empezar a llamarlos así. Creo que todos sus hijos sin excepción se indignarían solo de pensarlo.

—Son muy protectores con ella —reconoció Catherine—, y la quieren mucho. Me hubiera gustado conocer al caballero que les enseñó a ser tan considerados con ella. Debió de ser un hombre excepcional.

—¿Tu marido conoció al difunto conde? —preguntó Artemisa.

El marido de Catherine era tratado como uno de ellos en la familia Jonquil, aunque Artemisa no sabía cuándo se había convertido en una especie de hermano adoptivo.

—Así es. Y Crispín habla muy bien de él.

—El difunto conde crio a siete hijos excepcionales y demostró ser una importante influencia tanto para Crispín como para Arabella. —Marjie miró a Artemisa cuando aludió a la segunda, esposa de su hermano Linus—. Y aunque nosotras no lo conocimos, yo siento que sigue con nosotros. Y no pasa un solo día en que no me sienta agradecida de que educara a su hijos como lo hizo y les enseñara a ser buenos y atentos.

Buenos y atentos. Charlie había demostrado ser ambas cosas. La había escuchado cuando era presa del dolor y el cansancio, y había actuado con franqueza y sin reparos. También había cumplido su palabra y no había hecho nada que pudiera avergonzarla desde el desastre del juego de preguntas y prendas. Y jamás olvidaría la ternura con la que le había cepillado y trenzado el pelo aquella mañana. O el brevísimo beso que se habían dado después.

Todavía se le aceleraba el corazón al recordar cómo la había abrazado, posando la frente sobre la suya, la calidez de su aliento en los labios y el especiado olor a madera de su jabón de afeitar. A Artemisa le habían temblado los dedos cuando le había acariciado el rostro. No se quitaba de la cabeza la fugaz sensación de los labios de Charlie sobre los suyos... ¡Caramba!

De no haber sido por la campana de ese maldito reloj...

—Vaya por Dios.

El preocupado susurro de Catherine devolvió a Artemisa al presente.

Un poco más adelante, por en el mismo camino, avanzaba hacia ellas un caballero al que no conocía. Catherine parecía un poco asustada.

—¿Quién es? —quiso saber.

—El señor Finley. Es... —Se calló lo que fuera que iba a decir, pero Artemisa tuvo la sensación de haberla entendido. El tal señor Finley era un sinvergüenza, aunque no sabía de qué clase.

No tenían forma alguna de evitar cruzarse con él. Catherine se fue poniendo más nerviosa a medida que se iban acercando. Marjie la agarró del brazo, ofreciéndole su silencioso apoyo, en apariencia tan insegura como ella ante al inminente encuentro.

Artemisa estaba preparada para actuar en situaciones comprometidas. Adam no había permitido que ella y Dafne crecieran sin disponer de las armas necesarias para defenderse en cualquier situación, y ella había aprendido hacía ya mucho tiempo a ser implacable.

Mantuvo una expresión despreocupada mientras se acercaban al hombre del camino. Este las saludó inclinando la cabeza con la mirada clavada en Catherine. Ella respondió con un gesto fugaz, como sin darle importancia al encuentro.

Al señor Finley no pareció importarle.

—Un placer, como siempre, Catherine.

—Oh, Dios —replicó Artemisa con fingida inocencia—. Debe llamarla Cavratt. Y ha olvidado el *lady*. —Simuló una mueca compasiva—. Ya sé que cuesta recordar tantas cosas.

El tipo pareció confuso por un momento, pero enseguida recuperó su empalagosa actitud.

—Supongo que es usted la última señora Jonquil, y el legendario «diamante» de la alta sociedad.

—No, señor, ella es *lady* Cavratt, no la señora Jonquil. —Artemisa miró a sus acompañantes adoptando una expresión de absoluto asombro. Y les dijo—: ¿Le conocen? ¿Deberíamos asegurarnos de que regresa sano y salvo a alguna parte?

—Es el señor Finley —dijo Marjie—. Vive al otro lado de Collingham.

—Entonces se ha alejado bastante de su casa.

El señor Finley inclinó la cabeza.

—Vivo en Finley Grange, una excelente propiedad. Es extensa, espaciosa y… está agradablemente retirada. —Se acercó un poco a Artemisa—. Es el lugar perfecto donde escapar de una familia demasiado numerosa y un marido no deseado. —Se pegó un poco más y bajó la voz adoptando un tono pretendidamente seductor—. Le aseguro, *ma chérie*, que soy un anfitrión muy complaciente.

Lo observó un momento, asegurándose de dar la impresión de estar un poco perpleja. Con el ceño fruncido, se volvió hacia sus cuñadas.

—Me parece que este anciano está intentando flirtear conmigo.

Marjie reprimió una carcajada. Incluso Catherine parecía un poco menos incómoda.

—¿Creéis que ha burlado la vigilancia de sus cuidadores? —preguntó fingiendo preocupación. Entonces se dirigió hacia él; hablando muy despacio y remarcando cada sílaba, añadió—: ¿Quién se ocupa de usted?

Enseguida se vio que el hombre no sabía cómo tomarse lo que le estaba diciendo.

—Yo no chocheo.

Y con el mismo tono indulgente que se emplea con los niños muy pequeños y una expresión de fingida comprensión, ella replicó:

—La edad es mental. —A continuación señaló el camino que tenían a la espalda y volvió a hablar muy despacio—. Collingham está en esa dirección. Su casa está al otro lado del camino. Si se perdiera no se preocupe mucho, hay muchas personas gustosas de ayudar a los desfavorecidos y los ancianos.

Artemisa tomó a Catherine de la mano y alejó a sus cuñadas de aquel hombre que, sin ninguna duda, se había propuesto incomodarlas, como mínimo. Hizo un último comentario antes de dejarlo atrás, lo bastante alto como para que se la oyera bien pero sin que se notara que esa era su intención:

—Quizá la vicaría pudiera incluir al señor Finley a sus obras de caridad, pasar de vez en cuando a comprobar cómo está y que no ande deambulando por ahí perdido y confundido.

Siguieron caminando en silencio. No volvieron a decir una sola palabra hasta que cruzaron la verja de Lampton Park.

—Has manejado la situación de un modo increíble —celebró Catherine—. Jamás había visto a nadie deshacerse de alguien con tanta soltura.

—Deberías ver a mi cuñado, el duque, cuando se enfrenta a las personas indeseables. A su lado parezco una simple aficionada.

Se rieron con ganas mientras entraban en la casa y se quitaban los guantes, abrigos y sombreros. Entraron del brazo en el salón, donde se encontraron con buena parte de la familia reunida.

—Parece que habéis disfrutado de vuestras entregas —observó Sarah, la esposa del vicario.

—Ha sido maravilloso —confirmó Marjie—, hasta que nos hemos cruzado con el señor Finley.

Crispín se puso en pie automáticamente y se acercó a toda prisa a su mujer.

—¿Se ha vuelto a meter contigo?

—Lo ha intentado, pero esta vez contaba con una estupenda defensa.

Marjie resumió la anécdota:

—Artemisa ha estado brillante. No dejaba de «corregir» la forma que tenía el señor Finley de decir el nombre de Catherine y le preguntó dónde estaban sus cuidadoras y si ya se había tomado su medicina. Cuando se ha empezado a meter con ella, ha dicho con un desternillante tono inocente: «Me parece que este anciano está intentando flirtear conmigo».

Los presentes estallaron en risas y aplausos.

—Lo ha puesto en su sitio de tal modo que dudo mucho que vuelva a molestarnos durante un buen tiempo —opinó Marjie.

Crispín tomó a Artemisa de la mano y le hizo una galante reverencia.

—Tienes mi más profunda gratitud, Artemisa.

—Ese espanto de hombre necesitaba que alguien le plantara cara. Ha sido un placer encargarme de ello.

—Charlie, has oído el milagro que ha provocado tu esposa mientras estaba fuera —dijo desde el otro extremo de la estancia alguien cuya voz le pareció la de Philip.

Buscó a Charlie en el salón. Seguro que disfrutaba escuchándola contar otra vez la anécdota de la mañana. Tal vez incluso volviera a abrazarla. O a darle un fugaz beso.

Cuando lo vio ya no pudo apartar la mirada. Vestía un precioso chaleco verde, no era tan extravagante como para parecer inapropiado en alguien discreto, pero sí tenía el color suficiente como para resultar agradablemente llamativo. Lo había combinado con una levita y unos pantalones de colores complementarios pero neutros, muy acordes a su personalidad. Y el tono verde destacaba un poco más el rojo de su pelo, recién cortado y muy bien peinado.

En una palabra: arrebatador.

Se acercó y ella también avanzó hacia él.

—Has cambiado de estilo.

—He pensado que debía esforzarme un poco más.

—Estás muy guapo.

Él esbozó una preciosa y cautivadora sonrisa.

—Wilson ha dicho que está muy contento de que ya no parezca un pirata de secano.

—¿Te ha ayudado él?

Debería haber imaginado que había la mano de un genio tras aquella transformación.

—Y también el señor Layton. Y Philip.

Aunque lo veía satisfecho por intentar actualizar su aspecto, sospechó que no habría disfrutado del proceso.

—No debe de ser fácil enfrentarse a esos tres al mismo tiempo.

—He sufrido mucho, Artie. Aunque, por lo visto, no tanto como el señor Finley. —Sonrió—. ¿De verdad dijiste que era un anciano que intentaba flirtear contigo?

Artemisa encogió un hombro.

—Funcionó.

—Eres maravillosa, Artemisa Jonquil. Una auténtica maravilla.

Ella notaba los ojos de todos los presentes puestos en ella, aunque no comprobó cuántos la estaban mirando realmente. Bajó la vista sin saber qué decir y hacer en ese momento. Contra un enemigo sabía adoptar estrategias mejor que el propio Wellington, pero lo de los aliados lo dominaba menos.

Charlie se acercó a ella lo suficiente como para poder susurrarle:

—¿He hecho algo para avergonzarte? Te prometo que me estoy esforzando al máximo para no volver a hacerlo.

Artemisa puso la mano en la seda de su chaleco verde. Él la abrazó con delicadeza.

—Catherine tenía razón —dijo ella.

—¿Respecto a qué?

—Cuando dijo que tus hermanos y tú erais buenos y atentos.

Charlie le dio un leve beso en el pelo.

—Lo estoy intentando, Artie —le dijo en voz baja.

Toda la estancia guardó silencio cuando oyeron el sonido de unas ruedas de carruaje. Los ventanales del salón tenían vistas al camino de entrada y varios de ellos se acercaron a mirar.

—Son Arabella y Linus —anunció Philip desde una ventana. Será mejor que alguien vaya a comunicárselo a mamá. Seguro que querrá saber que ya están aquí.

Charlie dio un paso atrás, dejando resbalar los brazos por el cuerpo de Artemisa hasta separarse de ella.

—Deberíamos ir a saludarlos.

Le tendió una mano y ella la aceptó encantada. Caminaron con los dedos entrelazados hasta la puerta principal y llegaron justo cuando un lacayo ayudaba a bajar a Arabella del carruaje seguida de su esposo.

Artemisa se resignó a esperar mientras su hermano saludaba a Charlie, pues los dos eran bastante buenos amigos. Pero Linus la sorprendió.

Se dirigió primero a ella y le dio un efusivo abrazo.

—Oh, Artemisa, debería haber estado allí.

—¿Dónde? —le preguntó, disfrutando de aquel firme abrazo fraternal.

—En Londres. Para tu peripecia, tu compromiso y tu boda. ¿De qué sirve tener un hermano si no puede protegerte de nada?

—No sirve de mucho. —Dio un paso atrás y adoptó una actitud muy desdeñosa—. Será mejor que vuelvas a Shropshire.

Él la conocía demasiado bien como para dejarse engañar por su teatro; y ella no le habría dicho semejante cosa de no haber sido así.

—Puedes decirle tú a Arabella que tenemos que emprender el camino de vuelta. Pero te advierto que lo más probable es que dispare al mensajero, como reza el dicho.

—Está muy encariñada con esta familia, ¿verdad?

—Extremadamente. Y tú, querida hermana, ahora formas parte de ella. No dejo de sorprenderme.

—Créeme —respondió ella muy seria—, yo misma estoy patidifusa.

Su hermano se rió por lo bajo.

—Ahora nos asaltarán seis o siete mil Jonquil, o los que sea que haya en este momento; pero, por favor, prométeme que en algún momento de la velada podremos sentarnos a hablar. Hace una eternidad que no te veo y quiero asegurarme de que estás bien.

Ella aceptó enseguida encantada. Si Linus hubiera llegado algunos días antes, le hubiera costado mucho fingir que estaba bien, pero se hubiera esforzado al máximo. Cualquier otra actitud hubiera conllevado preguntas que no deseaba contestar. Pero en ese momento podía decirle que tenía esperanza.

Por primera vez en años, tenía esperanza.

Capítulo 26

El reloj del dormitorio de Charlie dio la una. Artemisa todavía no se había retirado aquella noche. Se había quedado en el salón enfrascada en una conversación con su hermano cuando él se había marchado hacía ya dos horas. Le parecía bien que pasase tiempo con Linus, pero cada vez estaba más preocupado. Se la había encontrado más de una vez oculta entre las sombras llorando o triste, o dormida en lugares o posturas que no podían resultar nada cómodas. Temía que pudiera estar en algún rincón de la casa sufriendo.

Se puso unos pantalones cómodos, prenda que pretendía salvar de la limpieza que Wilson amenazaba con hacer en su guardarropa, y agarró la bata. Se ató el cinturón y salió del dormitorio. Podía recorrer la vivienda incluso con todos los candeleros de las paredes apagados. Así que se dirigió, sin vacilar y sin un ápice de dificultad, hacia el salón de la planta baja.

Aparte de dos candelabros que seguían encendidos en la estancia, todo estaba a oscuras. Junto a aquella única luz, Artemisa seguía sentada en el sofá delante de Linus. Hablaban en voz baja, no entendía nada de lo que decían ni distinguía el tono en que hablaban.

Se acercó, decidido a intervenir si parecía siquiera un poco triste. Ya muy cerca, oyó sus risas. Se sintió aliviado. Había estado a punto de ponerse en ridículo por salir a buscarla a medio vestir, llevado por pensamientos disparatados.

Ya estaba a punto de darse media vuelta para marcharse sin hacer ruido cuando Linus lo descubrió.

—¿No puedes dormir? —le preguntó su amigo.

Artemisa se volvió. No parecía triste, pero se la veía cansada.

—No has subido —le dijo a ella—. Solo quería asegurarme de que no te habías quedado dormida en una silla o que no estuvieras disgustada por algo.

Ella esbozó una dulce sonrisa.

—¿Estabas preocupado por mí?

Charlie se sentó a su lado y dijo en broma:

—Lo que me preocupaba era que me despertaras al entrar, porque entonces mañana estaría terriblemente cansado.

—Me temo que eso es lo que me va a pasar a mí —reconoció ella—. Pero habrá valido la pena por poder hablar con mi hermano. No lo había visto desde que estuvimos todos juntos en Bath el año pasado.

Su hermano parecía encantado.

Charlie se acomodó en el sofá.

—¿Cómo te va todo? —le preguntó a Linus. Había sido como un hermano para él cuando más lo había necesitado.

El antiguo lugarteniente Lancaster miró a su hermana.

—¿Se lo dices tú o lo hago yo?

—Oooh. —Artemisa se puso de rodillas en el sofá junto a Charlie y se volvió hacia él—. Nunca lo adivinarías.

—¿Te ha traído pudin de pan?

Ella sonrió. Qué hermosa era cuando sonreía abierta y sinceramente.

Linus se echó a reír.

—Veo que no has tardado mucho en descubrir esa debilidad.

—No es pudin de pan —dijo sin apartar los ojos de él.

—¿Caramelos de menta?

Ella negó con la cabeza y saltó un poco en el asiento.

—Estoy descubriendo que te encanta jugar —añadió Charlie.

Ella se sentó de nuevo en el sofá fingiendo enfado.

—Me encantan las adivinanzas.

Jonquil pensó en recordar eso para más adelante.

—¿Tu hermano te ha traído un libro sobre patrones de moda? —siguió.

Artremisa miró a Linus.

—¿Lo has hecho?

—No.

Ella hizo un mohín que arrancó una risa por lo bajo a su hermano.

—No sé cómo sobrellevas su dramatismo, Charlie.

No había ninguna malicia en el comentario.

—Es muy fácil. Yo me pongo a hablar sobre matemáticas y el aburrimiento enseguida la deja inconsciente.

Artemisa le tomó la mano y se la estrechó.

—Todavía no has adivinado qué es lo que Linus deja que te cuente.

Charlie volvió la mano para poder entrelazar sus dedos.

—Me parece que será mejor que me lo digas; ya no se me ocurre nada más.

—Linus y Arabella van a ser papás. —Alzó los hombros con gesto de emoción—. ¿No te parece una noticia maravillosa?

—¡Enhorabuena, Linus!

—Gracias. Estamos muy contentos.

—Espero que dejes que su tía menor y su tío los consientan. Se nos da bastante bien, ¿sabes?

Artemisa se apoyó en el brazo de Charlie.

—La verdad es que sí.

—Aunque lamento mucho tener que decirte que Artie es malísima jugando a esconder el dedal.

Charlie negó con la cabeza como si fuera una auténtica pena.

Sabía que ella se estaba riendo a su lado.

—Encontré el caballito de juguete más veces que tú.

—Porque me estabas distrayendo.

Se acurrucó un poco más contra él, que le soltó la mano y la rodeó con el brazo.

—¿De verdad habéis jugado a esconder el dedal? —preguntó Linus.

—Ya te he dicho que nos encanta consentir a nuestras sobrinas y sobrinos. Somos, con diferencia, los preferidos del sector infantil.

—Lo cierto es que has hecho historia con tus bromas, travesuras y saltando desde el tejado.

—Yo no salté, me caí.

Le había costado mucho recuperarse de las heridas. Jamás había pasado tantos dolores.

—Ella fue a verte a menudo durante tu recuperación. —Linus señaló a su hermana con la barbilla.

—Ah, ¿sí? —Charlie la miró y descubrió que tenía los ojos cerrados—. Vaya, sí que se duerme rápido.

—Lleva un cuarto de hora peleando contra el sueño. Debería haberle dicho que se fuera a la cama, pero necesitaba asegurarme de que no estaba demasiado deprimida.

—Yo también llevo varios días en busca de ese consuelo —admitió Jonquil.

—No tenía ni idea de qué me encontraría cuando llegase aquí. Arabella sabe bien lo intranquilo que me habéis tenido los dos. Podríais haber firmado una tregua o haberos asesinado el uno al otro, y ninguna de las dos posibilidades me habría sorprendido en absoluto.

—Las cosas han mejorado un poco entre nosotros estos dos últimos días —reconoció Charlie—, pero este matrimonio ha sido un desastre. Ella me tolera, pero no puedo decir cuánto durará.

—¿Te tolera? —Linus lo miró incrédulo—. ¿Ese es tu análisis de la situación?

—No tengo motivos para verlo de otro modo.

Lancaster se inclinó hacia delante y se apoyó los codos en las piernas. Miró a su amigo a los ojos.

—La conozco desde que nació y jamás la había visto quedarse dormida pegada a alguien desde que no era más que una niña. Ella jamás se permite ser vulnerable o relajarse ante nadie. Ni siquiera con su familia. Esto —añadió señalándolos a ambos, con Artemisa acurrucada contra él y profundamente dormida— es muy sorprendente. Y cualquiera de mis hermanas te diría lo mismo.

—Artie no es tan fría como la pintas.

—Y esa es otra... —continuó—, la llamas así y a ella parece no importarle.

Charlie le acarició el brazo a Artemisa. Tenía la piel fría.

—Al principio le molestaba, pero me ha dicho que ahora le gusta.

El antiguo lugarteniente se inclinó de nuevo negando con la cabeza.

—No tienes ni idea de lo importante que es eso. Ella mantiene las distancias incluso con su familia, se esconde tras todo ese teatro, pero de alguna forma tú has conseguido derribar sus murallas de defensa.

—Su excelencia el duque me dijo que sus muros no los derriba nadie.

—Excepto tú, por lo visto.

Charlie pensó que no había logrado tal hazaña y que la visión de Linus era demasiado optimista.

—Sus muros siguen en su sitio.

—Pero no todos. —Se puso en pie—. Cada año que pasaba me sentía más preocupado por ella. Pero tú me estás dando motivos para tener esperanza, Charlie. —Le puso una mano en el hombro al pasar—. No te rindas.

Se quedó allí un rato después de que su amigo se marchara. Seguía rodeando a Artemisa con el brazo, tratando de decidir si debía aferrarse a la esperanza que le acababa de provocar Linus o seguir actuando con cautela.

Las cosas habían mejorado entre ellos. Incluso la había besado, aunque muy fugazmente. Y jamás olvidaría en toda su vida la cara que ella había puesto al ver su transformación. Le había parecido apuesto; lo había visto en su mirada. Por primera vez en su vida, él había destacado más que sus hermanos a los ojos de alguien.

Se volvió hacia el retrato de familia. La estancia estaba demasiado oscura como para poder distinguirlo con claridad, pero la memoria completó los detalles. Imaginó que la expresión de su padre se tornaba un poco orgullosa, un poco complacida.

Y aunque la voz que resonaba en su cabeza era la de Philip, imaginó a su padre diciendo: «Cualquier cosa que pueda hacer feliz a tu esposa nunca es una mala idea».

—Estoy en ello —susurró.

Capítulo 27

Todos los hermanos y sus esposas, Crispín y su mujer, Arabella y su marido, los «caballeros» y la viuda estaban reunidos en el salón, según las instrucciones que había dejado redactadas el anterior conde, para la lectura de la última parte de su testamento. Los Jonquil acostumbraban a reunirse entre risas y algarabía, pero aquella era una ocasión solemne.

Charlie estaba sentado junto a Artemisa y se esforzaba todo lo posible para no mirar demasiado fijamente a ningún miembro de su familia. Tenía las emociones a flor de piel, si veía el mismo dolor en sus rostros, perdería la compostura.

El señor Layton aguardaba ante todos ellos bajo el retrato familiar con un paquete atado con un cordel en las manos. El caballero comenzó a leer y todos guardaron silencio.

—Cuando mi hijo menor alcance la mayoría de edad o se case, pase lo que pase primero, mi albacea, el señor Digby Layton, deberá abrir este sobre en presencia de mi querida Julia, mis hijos Philip, Layton, Corbin, Jason, Stanley, Harold y Charlie, sus esposas, de haberlas, Crispín Handle y su mujer, si es que se ha casado, Arabella Hampton y su marido, si se ha casado, y los «caballeros».

Layton estaba procediendo con solemnidad. Charlie atendió a sus palabras sin rendirse a las emociones.

El albacea desató el nudo del cordel y abrió el paquete. Contenía una pila de cartas atadas con un lazo, lo que parecía un librito con las solapas de piel y una carta doblada de varias páginas.

—Va dirigida a mí —anunció —, con instrucciones para que lea lo que él ha escrito.

Él, claro, era su padre.

Escribo esta carta con el deseo de que no tuviera que ser leída jamás, pero recuerdo demasiado bien los síntomas que describía mi padre los meses antes de morir, síntomas que coincidían con los que sufrió mi abuelo los meses antes de abandonar este mundo y que yo también estoy padeciendo. No puedo ignorar lo que sucederá muy pronto.

Cuando se lea esta carta, todos mis hijos, Crispín incluido, por supuesto, ya serán mayores y la mayoría, si no todos, estarán casados. Y probablemente mi dulce Arabella también. Cómo me gustaría estar ahí. Me gustaría estar con todos vosotros.

Las palabras de papá. Eran sus palabras de verdad. Qué duro estaba resultando. Charlie agachó la cabeza y se miró las manos tratando de mantener las emociones a raya.

Me cuesta mucho pensar en lo mucho que os echaré de menos. No tendré la ocasión de conocer a mis nuevas hijas y al amor de Arabella, ni de abrazar a mis nietos. No podré sentarme contigo, Julia, en medio de ese caos que me cuesta tan poco imaginar, brindando a la salud de esa maravillosa familia que hemos creado juntos.

Por eso he decidido escribir esos sentimientos que anidan en mi corazón y que me encantaría contaros a cada uno de vosotros.

Digby, ya te he pedido mucho, pero debo pedirte un último favor. Distribuye las cartas a sus destinatarios, además de

leer las breves notas que encontrarás más adelante. Gracias,
mi leal amigo. Gracias por tantas cosas.

Con todo mi amor por vosotros,
vuestro amigo, padre, marido,
Lucas

Charlie tragó saliva. No sabía qué esperar de los acontecimientos del día, pero jamás había imaginado algo tan personal y emotivo como aquello. Sus hermanos también estaban un poco emocionados. Su madre lo estaría con toda seguridad, pero no la miró. No soportaría verla llorar. Así que mantuvo la vista en el señor Layton.

—Debéis esperar a abrir las cartas a que se hayan repartido todas y a que yo haya leído los últimos renglones de esta hoja.

Se acercó a la viuda.

—Esta carta —dijo alzando el sobre que tenía en la mano— debo entregársela a Julia sin desvelar el destinatario al resto del grupo. —Se la entregó—. Pide que la entregues cuando puedas hacerlo con la debida privacidad.

A continuación, el señor Layton se acercó a Philip.

—A mi hijo mayor, Philip —leyó—: Ahora llevas sobre los hombros un importante peso, un título y unas tierras y el bienestar de esta familia, pero no me cabe ninguna duda de que lo harás muy bien. Estoy orgulloso de ti.

Charlie apartó la mirada, porque le costaba mucho ver llorar a su hermano.

—A Crispín, al que considero un hijo —prosiguió—: Tu vida familiar no ha sido precisamente idílica, pero tu presencia en mi casa ha sido una bendición para todos. Por favor, deja que madre sea una fuente de consejo a la que acudir cuando formes tu propia familia. Ella podrá ayudarte a hacerlo de tal modo que puedas superar los dolorosos episodios de tu infancia.

»A mi hijo Layton: Tú tienes una naturaleza compasiva y bondadosa, rasgos que debes enteramente a tu madre. Y los valoro tanto en ella como en ti.

»A mi hijo Corbin: Vivimos en un mundo que suele menospreciar la fortaleza de un corazón sereno y leal. No te dejes llevar. Tu fuerza y bondad te acompañarán durante toda tu vida si consigues valorarlas como es debido.

»A mi hijo Jason: Tú eres un faro inquebrantable en una tormenta, con un firme y pertinaz sentido de la justicia y una admirable dedicación a las causas de los más vulnerables. Yo lo admiro mucho y espero que tú lo valores también.

Charlie era un niño pequeño cuando su padre había escrito aquellos mensajes. No podría decir mucho de él.

—A mi hijo Stanley: Tú siempre te dedicas a ayudar a cuantos te necesitan. Sé que no tengo que pedirte que cuides de tu madre, pues estoy convencido de que lo harás. La bondad de tu corazón le da mucha paz al mío.

El señor Layton se estaba acercando a Charlie, cada vez más afectado.

—A mi querida Arabella: Me encantaría que mi salud mejorase rápidamente para poder verte convertida en una más en nuestro hogar y nuestra familia. Te he imaginado compartiendo nuestras vidas muchas veces. Espero que hayas crecido rodeada de tus hermanos de adopción y de esta madre que tanto te quiere.

No había sido así. Su padre murió antes de que Arabella se integrara en la familia.

Ya solo quedaba un hermano antes de que fuera su turno. Una nota. Una carta. Un momento para respirar y prepararse.

—A mi hijo Harold: Todavía eres joven, y no estoy seguro de lo que querrás hacer con tu vida. Tienes muchas alternativas, pero espero que elijas algo que te haga feliz y te dé la oportunidad de servir a otras personas, pues te veo muy feliz cuando influyes de forma positiva en las vidas de quienes te importan.

Charlie tomó aire algo tembloroso. Había llegado su turno. Su momento. Si a su padre le había costado encontrar algo que decirle a Harold porque todavía era joven, ¿qué podría decirle a él?

Artemisa le tomó la mano.

—No creo que pueda soportarlo —le susurró al oído.

Ella lo agarró del brazo y lo estrechó con fuerza. Él respiró hondo mientras se preparaba para escuchar el mensaje de su padre.

—A mi hijo Charlie, mi compañero de juegos preferido, la alegría de nuestras vidas, mi compañero en tantas aventuras. Mi corazón teme por ti. Eres muy pequeño y tengo miedo de que no me recuerdes.

Las lágrimas empezaron a nublarle la vista. Los temores de su padre se habían confirmado, pues recordaba poco de él. Artemisa le apretó el brazo con más fuerza.

—Para ti, mi querido Charlie, tengo una carta como la de los demás, pero también este libro. Espero que te ayude.

El señor Layton le acercó el libro y la carta, pero no tenía fuerzas para recogerlos. A punto del llanto, temía no poder reunir fuerzas para contener la avalancha de emociones que se agolpaban en su interior.

Artemisa recogió la carta y el libro y los dejó debajo de su asiento.

—Yo los guardaré hasta que estés preparado —le susurró, apretándole el brazo de nuevo.

Charlie se sintió muy aliviado. No tendría que tocar aquel legado, o tan siquiera admitir que era real, hasta que se sintiera con fuerzas.

El señor Layton siguió leyendo:

—A los «caballeros», los mejores y más leales amigos que podría haber soñado: Hemos pasado juntos por innumerables dificultades, hemos celebrado victorias y hemos compartido la vida durante décadas. Ha sido un honor.

El señor Layton consiguió leer toda la frase pese a la emoción que le apelmazaba la voz.

Tras distribuir las cartas, se dirigió a la viuda y se impuso el silencio.

A Charlie se le rompió el corazón cuando vio llorar a su madre. Se levantó de un salto y la alcanzó justo cuando el señor Fortier se estaba sentando a su lado. Lo miró y le hizo una seña sutil para que le cediera el sitio. El caballero no lo dudó.

No era el único que se había acercado a ella. Todos sus hermanos estaban allí. Algunos aguardaban detrás de su silla. Otros estaban sentados en el suelo a su alrededor. Ninguno había dejado que ella se enfrentara a aquel doloroso momento ella sola.

Y hecha un mar de lágrimas, ella asintió para que el señor Layton procediera.

Charlie le dio la mano. Stanley le puso la suya sobre el hombro para mostrarle su apoyo.

—Mi querida Julia —leyó Layton —, ojalá pudiera estar ahí para contemplar la imagen que te rodea. Desearía que el destino hubiera sido más generoso y nos hubiera permitido compartir más años de los que hemos disfrutado juntos. Te quiero con toda mi alma y todo mi corazón, y me encantaría poder volver a decírtelo. Hay una llave pegada al sello de cera de tu carta. Esa llave abre una caja, Digby sabe dónde está. Cuando estés preparada, por favor, ábrela. Por encima de todo, recuerda que te quiero y siempre te querré.

El señor Layton le tendió la carta. Philip la aceptó por ella, embargada por el dolor. Todos sus hijos se acercaron más ofreciéndole consuelo. Charlie hubiera deseado poderle evitar ese sufrimiento.

El albacea volvió bajo el retrato familiar. Mantenía la compostura, pero era imposible pasar por alto su expresión compungida. Tragó saliva y leyó las palabras pendientes:

No os voy a decir dónde o cuándo leer mis cartas. Sed fieles a vosotros mismos. En vuestro interior hallareis una fortaleza que os ayudará a afrontar las dificultades de la vida. «Fortitudo per Fidem». Amaos los unos a los otros. Defendeos los unos a los otros. Y sabed lo mucho que os quiero.

Recordadme con cariño, con sonrisas y carcajadas. Enjugad esas lágrimas. Aferraos a la esperanza.

No me olvidéis nunca.
Vuestro amigo, padre, marido,
Lucas.

Capítulo 28

Lampton Park había vivido un ambiente triste y apagado las veinticuatro horas posteriores a la lectura de los últimos mensajes de su padre. Pero, mezclada con los renovados sentimientos de pérdida y añoranza, también se respiraba cierta paz. Habían disfrutado de su milagrosa presencia una última vez. Y por muy doloroso que hubiera sido oír sus palabras como si les hablara desde el más allá, habían recibido toda una demostración de amor después de trece años pensando que ya les había dicho todo lo que podía decir.

Charlie todavía no había leído su carta y solo había mirado de soslayo el libro que la acompañaba. Tal como había prometido, Artemisa se había ocupado de ambas cosas, dejándolas a buen recaudo para que las recuperase cuando se sintiera preparado. La dama a la que no hacía tanto tiempo había considerado demasiado voluble y superficial como para confiar en ella había demostrado ser para él un apoyo sólido y fiable. Y cuando los recuerdos de la emotiva reunión del día anterior amenazaban con desmoronarlo, Charlie acudía a ella en busca de consuelo.

Aquella tarde estaban los dos en el pequeño salón de la planta baja mientras sus hermanos con hijos pasaban el día en el jardín trasero entre juegos y distracciones. Normalmente Charlie se hubiera unido a ellos, pero estaba demasiado decaído.

Permanecía sentado en el sofá, con Artemisa acurrucada a su lado y la cabeza apoyada en un cojín pegado a su pierna. Él apenas había dormido la noche anterior, que dedicó a deambular por el dormitorio mientras ella dormía a ratos en la cama. Tampoco ella había disfrutado de un sueño muy apacible. No le extrañaba que en ese momento estuviera profundamente dormida.

Su madre entró en el salón. Sonrió al verlo. Reconocía su dependencia de ella aquellos últimos trece años; era la única persona en todo el mundo que siempre estaría encantada de verlo.

La mujer bajó la vista hacia Artemisa con un gesto de empatía.

—¿La hemos dejado agotada?

—Cuando estamos todos juntos no somos fáciles. —Charlie acarició la cabeza de Artemisa y después le posó la mano en el hombro—. El día que todas las chicas se fueron a la vicaría me dijo que había estado a punto de cortarse el pelo presa de un ataque de frustración.

—Cielos, me alegro de que no lo hiciera.

—Tiene el pelo más hermoso que he visto en mi vida. Y es asombrosamente suave. —Volvió a acariciarle los rizos—. Me encanta sentirlo. —Miró a su madre un poco avergonzado—. Supongo que esto resulta un poco raro viniendo de mí, ¿no?

—Oh, Charlie —respondió con dulzura—. No es raro en absoluto. Yo diría que tus hermanos se sienten igual cuando tocan el cabello de sus esposas.

—En realidad no es mi esposa —espetó Charlie.

—¿No lo es? —Su madre acercó un poco la silla y tomó la mano libre de su hijo—. Os estuve observando ayer durante la lectura del testamento de tu padre. Ella te estuvo consolando con la misma ternura que cualquiera de tus cuñadas a su marido. Artemisa te abrazaba y tú la abrazabas a ella, y no había nada que diera a entender que lo hacíais sin sentirlo.

Quería creerla, pero no quería confiarse.

—Consolar a una persona que está sufriendo no demuestra cariño.

—Entonces mira cómo os encontráis ahora mismo. Una dama no se duerme tan profundamente tan pegada a un caballero por el que no siente ningún cariño. Y ni siquiera se ha movido. Se siente segura, protegida y a gusto contigo. Y eso, mi querido Charlie, es muy buena señal.

—Linus me dijo lo mismo. —Parte de la tensión que le atenazaba empezó a aliviarse—. Últimamente las cosas entre Artie y yo van mejor. Los amigos de papá me han dado algunos consejos basados en cosas que hizo papá cuando vosotros os casasteis.

La viuda adoptó una expresión de cariñosa nostalgia.

—¿Qué te han dicho?

—Que se empeñó en ganarse tu amistad buscando cosas que pudierais hacer juntos y de las que pudierais disfrutar aunque ninguno de los dos estuviera repentina y locamente enamorado.

Ella se rio por lo bajo, se reclinó en el asiento y entrelazó las manos en el regazo.

—¿Te sugirieron que jugaras al escondite? Porque yo te recomendaría que hicieras eso.

Charlie sonrió.

—Jugábamos contigo y con papá cuando yo era pequeño. No recuerdo muchas cosas de él, pero de eso sí me acuerdo.

—¿Qué más recuerdas de él?

—Que solía correr por el jardín con nosotros y participar de nuestros juegos.

—Tu padre tenía más energía que nadie, y adoraba a los niños. Le encantaba jugar y que disfrutarais. Me parece que la felicidad de los niños era lo que más le importaba.

—No más que la tuya —replicó Charlie—. Eso sí que lo recuerdo. A ninguno de nosotros le cabía la mínima duda de que tú le importabas más que nada en el mundo.

Ella soltó un suspiró tan apacible como triste.

—Espero que sea algo que todos vosotros repliquéis en vuestros respectivos matrimonios. Si vuestras esposas notan que os importan, vuestra vida será muy distinta.

—Él solía traerte flores. Yo lo he hecho con Artemisa y me ha dicho que le gustan, aunque no sé si ese gesto ha bastado.

—Me da la impresión de que es una persona muy reservada. Es muy probable que admitir que algo le importa la haga sentir vulnerable.

—Me ha dicho que le gusta mi nuevo vestuario. Yo sé que a ella le interesan mucho esas cosas, ha estudiado la moda casi de forma académica. Y yo he procurado mostrar interés, para demostrarle que me preocupo por las cosas importantes para ella.

—Eso está muy bien, Charlie.

Artemisa se movió un poco, pero no se despertó.

—¿Me puedes traer la mantita que hay en el sillón de la ventana? —le pidió a su madre—. Nunca duerme tan profundamente, no quiero que se enfríe.

—Claro.

La mujer regresó con una colcha, la extendió sobre Artemisa y la arropó antes de volver a sentarse.

—Artie me preguntó una vez qué se sentía teniendo madre. —Charlie volvió a posar el brazo sobre Artemisa—. Ella no tuvo. Le dije que ahora ya tiene una. Espero que me crea.

—Yo también —repuso ella—. Y me parece que el señor Layton estaría encantado de ejercer como padre si le deja. Siente mucho cariño por ella.

—Artemisa tiene alguien que encaja en ese papel... en alguna parte.

—Pensaba que su padre había fallecido.

Charlie asintió.

—Así es, hace ya algunos años, pero él nunca se comportó como un padre de verdad.

—¿Entonces, hay alguien más?

Dudó si podía compartir con su madre aquello. Sin embargo, ¿cómo podían encontrar a su «papá» si aquellos que pudieran ayudarles a identificarlo no sabían nada?

—Si te cuanto algo que ella me confesó en confianza...

—Puedes confiar en mí —le aseguró.

No había nadie en quien Charlie confiara más.

—Cuando Artemisa era pequeña, conoció a un caballero que fue especialmente bueno con ella. Él la encontró cuando ella estaba completamente perdida, figurativa y literalmente, y este le demostró un cariño que jamás había sentido de su padre. No lo recuerda con mucha nitidez, era muy pequeña. Pero era un caballero de la edad de papá, aproximadamente...

—De mi generación, más o menos —intervino su madre.

Charlie asintió.

—Tenía una casa y varios hijos. Debió de ser hará unos quince años. Lo vio algunas veces más en Heathbrook, pero no muy a menudo. Es muy probable que él no viviera por la zona pero pasara por allí regularmente. Cuando su hermana mayor se casó, Artemisa tuvo que abandonar la zona para vivir en Northumberland y no han vuelto a encontrarse desde entonces.

—Mmm... Ese rincón de Shropshire no está en una carretera principal. Apostaría a que no es un lugar de paso frecuente para muchas personas. Nosotros pasábamos por Shropshire de vez en cuando, al ir a visitar a Aldric a su casa, aunque no siempre tomábamos ese camino.

—¿Crees que es posible que lord Aldric pasara por Heathbrook, o tal vez alguno de los «caballeros»? Todos tienen más o menos la edad del hombre que ella está buscando.

—Imagino que todos habrán pasado por Shropshire, aunque no sé si habrán estado en el pueblo de Artemisa.

—Parece un misterio imposible de resolver. Pero deberías ver cómo le cambia la cara cuando habla de su «papá». Hay esperanza en sus ojos. Se refiere a él como alguien que la quiere, ella valora mucho el amor, la ternura y la devoción que le demostró. Habla de volver a verlo con emoción y nostalgia. Me dijo que siempre había soñado que él pudiera estar en su boda y que amara a sus hijos como si fueran sus propios nietos. Incluso llegó a admitir que uno de los motivos por los que intenta llamar tanto la atención cuando se relaciona con la alta sociedad es para aumentar las probabilidades de que él se fije en ella y se dé cuenta de quien es.

—Pobrecilla. —La mujer se llevó una mano al corazón—. ¿Y no tiene ninguna pista sobre su identidad?

—Nada. Depende enteramente de que él la recuerde y pueda reconocerla. Le duele que todavía no haya sucedido. Su padre nunca se ocupó de ella. Que su «papá» la haya olvidado sería devastador para ella.

—¿Y siempre le ha llamado «papá»?

—No conoce su nombre.

—¿Y él sabe cómo se llama?

—Artemisa está convencida de que no. Siempre la llamaba «princesa».

—Oh, Charlie. —Su madre respiró hondo—. ¿Y cuándo fue la última vez que lo vio?

—Poco antes de que su hermana mayor se casara. Artemisa se mudó poco después.

Su madre se levantó como impulsada por un resorte. Tenía esa mirada asombrada de quien deduce que las piezas de un abrumador rompecabezas empiezan a encajar.

—Supongo que todos están en el jardín de atrás.

—Creo que sí.

Charlie la observó sin comprender qué era lo que la había alterado de ese modo tan repentino.

—Dame un momento, Charlie. Enseguida vuelvo.

—¿A dónde vas?

—Me parece que sé quién es «papá» —dijo, mientras salía.

Charlie se movió inquiero y Artemisa se despertó. Adormilada y confundida, se incorporó mirando a su alrededor.

—Siento haberte despertado —se disculpó él—. No era mi intención.

—¿Ocurre algo? Pareces alterado.

—Yo... Ha habido... —¿Qué podía decir? Si le mencionaba las sospechas de su madre y resultara que era un error y no sabía quién era «papá», volvería a rompérsele el corazón. Quizá se disgustase, además, al descubrir que él había contado su secreto más íntimo, aunque fuera a alguien de confianza—. Le he dicho a madre que me sentía agradecido de que ahora tuvieras en ella una figura materna, papel que ella está impaciente por ejercer siempre que tú se lo permites.

—Pues claro. —Lo observaba con el ceño fruncido—. ¿Pero por qué te preocupa eso?

Charlie negó con la cabeza.

—No me preocupa. Pero comentamos que era una pena que no hubiera un padre en tu vida y eso ha derivado en una conversación completamente diferente.

Artemisa se puso tensa.

—¿Le has hablado de...?

—De tu «papá». —Charlie asintió—. Sí.

—¿Y ella se ha...? —Agachó la cabeza para mirarse y se frotó nerviosamente los dedos—. ¿Se ha reído de mí?

Él le acarició la mejilla con ternura.

—En absoluto, Artie. Me ha hecho muchas preguntas con la evidente intención de saber todo lo posible y poder ayudarnos a identificarlo.

—¿Y crees que podrá hacerlo?

—Querida. —Se acercó a ella y le pasó las manos desde los hombros hasta tomarle las manos—. Acaba de marcharse diciendo que cree que ya sabe quién es.

—¿De veras? —preguntó en voz baja y un tanto entrecortada.

—De veras. —Charlie le alzó las manos entrelazadas y las posó sobre su corazón—. No puedo prometerte que esté en lo cierto, pero tiene sospechas.

Ella asintió.

—Intentaré no hacerme demasiadas ilusiones.

—Pero las tendrás, ¿verdad?

Charlie no soportaba la idea de provocarle más dolor en un aspecto de su vida que tanta tristeza le había generado ya.

Su madre regresó en ese momento con el señor Layton del brazo.

—Había pensado que podría ser él —susurró Artemisa.

Siguió dándole la mano a Charlie mientras se acomodaba en el sofá. El caballero acercó otra silla a la que ocupaba su madre.

—He traído al señor Digby, porque él podrá confirmar si mis sospechas son ciertas —anunció la viuda. A continuación se volvió hacia su compañero—. Artemisa creció en Shropshire. Cuando era muy pequeña, conoció a un hombre allí que ella creía que estaba solo de paso, pero lo vio en más de una ocasión. Ella empezó a llamarle «papá» y él la llamaba...

—«Princesa» —finalizó el señor Digby con cara de entender muchas cosas de pronto—. ¡Oh, cielos!

—Artemisa tiene que ser esa chica, ¿no crees? —insistió su madre.

Digby observó a la joven con detenimiento.

—Rizos dorados. Ojos verdes. Probablemente fuera más callada entonces que ahora. Y lo de los nombres de «papá» y «princesa» no puede ser una coincidencia.

—Y la última vez que lo vio fue en 1805 —añadió la viuda—. Recuerdo perfectamente que ese fue el año en el que el duque de Kielder nos invitó a su boda.

—¿Estuvieron allí? —preguntó Artemisa.

La mujer negó con la cabeza.

—Pero nos invitaron —matizó. Después se dirigió a Layton—: No me equivoco, ¿verdad?

—No lo creo.

Artemisa estaba mirando fijamente al caballero, con una expresión a medio camino entre la esperanza y la desesperación.

—¿Eres tú? ¿Mi «papá» quiero decir?

El hombre se inclinó hacia delante y le tomó la mano.

—No, Artemisa, no soy yo.

—¿Entonces quién es?

Con mucha delicadeza, en voz baja y muy emocionado, respondió:

—Lucas.

Artemisa se quedó de piedra. Charlie miró a su madre, sin acabar de creer lo que estaba oyendo.

—Pasó por Heathbrook en 1803 cuando volvía a casa después de visitar a lord Aldric —confirmó su madre—. Me habló de la parada que había hecho y de la pequeña con la que había pasado la tarde, ayudándola a encontrar a su familia. Era evidente que se había encariñado con ella durante ese breve rato que pasaron juntos. Se había quedado preocupado y a menudo se preguntaba por ella, temía que pudiera volver a perderse y no la encontrara nadie. A partir de entonces, siempre que salía de viaje al norte, pasaba por Shropshire, le daba igual desviarse.

Artemisa sacudía la cabeza lentamente.

—Le pidió a Digby que pasara por allí siempre que le fuera posible —prosiguió la viuda señalando al señor Layton—, pero sin saber cómo te llamabas, encontrarte era imposible. Se lo habría pedido a lord Aldric, pero él no es siempre tan sensible como requería una situación como aquella, y Lucas no quería provocarte problemas, ni a ti ni a tu familia. Sé que Lucas y tú os visteis algunas veces más, me lo contó. Debería haberte preguntado cómo te llamabas, pero temía que al hacerlo pudiera asustarte. Pensaba mucho en su «princesa».

Artemisa se soltó de Charlie y cruzó los brazos sobre el vientre, incapaz de mirar a nadie.

—El hecho de que te mudaras no fue lo que evitó que siguieras viéndolo —continuó el señor Layton—. No fuiste tú quien provocó la separación.

—No fuimos a la boda de tu hermana porque seguíamos de luto —recordó la viuda—. Lucas murió en 1805, antes de que tú te marcharas de Shropshire.

La joven se levantó sin dejar de agarrarse el vientre. No parecía una persona encantada de haber resuelto un misterio de tantos años, sino alguien enfadado.

—Os equivocáis.

Negaba con la cabeza una y otra vez.

—No lo creo —repuso su suegra con delicadeza.

—No —insistió—. Es otra persona. Tiene que serlo.

Charlie también se levantó, sin saber qué decir o hacer. Él también estaba muy sorprendido.

—Ya sé que tu relación con esta familia no siempre ha sido un agradable...

—Mi «papá» está en otro lugar —afirmó—. Tiene que estar en alguna parte. Lo sé. Me quiere, y me ha estado buscando. Siempre lo he sabido. Es así. Me niego a creer que... —La emoción le quebró la voz—. Que yo... —Los ojos se le llenaron de lágrimas—.

Él es la única razón por la que no me he sentido completamente sola durante quince años. Y sigue por ahí, en algún lugar, Charlie. No quiero creer otra cosa. No puedo.

Se dio media vuelta y salió disparada de la estancia, dejando a su espalda a un Charlie completamente desconcertado.

Habían encontrado al caballero que ella había estado buscando y no era otro que su propio padre, algo que a él mismo le costaba creer. Encontrar al «papá» de Artemisa y descubrir que llevaba muerto todos esos años que ella lo había estado buscando solo la había lastimado más.

Capítulo 29

Era la segunda noche seguida que Artemisa se quedaba sentada en camisón en el suelo de la oscura sala de estar cuando todo el mundo se había retirado a descansar, con las rodillas pegadas al pecho y rodeándose las piernas con los brazos, mirando el rostro del difunto conde de Lampton.

Lo había estado observando en el enorme retrato familiar cuando debería haber estado durmiendo. Intentaba que su rostro le resultara familiar al mismo tiempo que esperaba lo contrario. Mientras él siguiera siendo un desconocido en su recuerdo, podía convencerse de que la viuda y el señor Layton estaban equivocados. Su «papá» seguía allí, en algún lugar, buscándola y queriéndola. Y ella podía seguir albergando esperanzas de que algún día la encontrara, de que la abrazara como lo había hecho en otras ocasiones y de que todos los sueños que había tenido respecto a él pudieran hacerse realidad.

Pero en el fondo de su corazón, sabía que no se equivocaban. Habían sabido demasiadas cosas que ella no les había contado. Y todo lo que ella había descubierto sobre el padre de Charlie coincidía con su «papá».

Cuando miraba sus bondadosos ojos y veía a su familia reunida a su alrededor en aquel enorme retrato, donde se percibía el amor y la unión de un modo casi palpable, Artemisa confirmaba que era el hombre que había estado buscando. Lo sabía, y eso le rompía el corazón en mil pedazos. Ya no quedaba nadie en el mundo que la quisiera como él lo había hecho. Él le había jurado que seguiría yendo a verla. Y ella siempre había dado por hecho que él cumpliría su promesa. Pero no fue así. La había dejado, igual que todos los demás.

—Charlie me ha dicho que te marchas del dormitorio por las noches. —La voz de su hermano rompió el doloroso silencio—. Está preocupado por ti, ¿sabes?

Artemisa no se volvió.

—Por favor, déjame sola, Linus.

—No puedo. —Se sentó en el suelo a su lado—. Verás, le prometí a nuestro hermano antes de que muriera que cuidaría de ti y de Dafne. Y no me gusta incumplir mis promesas.

Artemisa bajó la vista y clavó los ojos en la chimenea vacía. Ver el rostro de «papá» y saber que ya no estaba le resultaba demasiado doloroso. Pero tampoco tenía fuerzas para mirar a Linus y ver su compasión.

—¿Por qué no me contaste lo de «papá»? —preguntó.

Ella se encogió de hombros. Le dolía hablar de ello .

—Quizá podríamos haberte ayudado a buscarlo.

—Vosotros teníais un padre. Todos teníais un padre menos yo. —Tiró del encaje del camisón—. No lo habrías entendido.

—Quizá no del todo.

—De todas formas ahora ya es demasiado tarde —murmuró.

—Estás en una casa llena de personas que podrían hablarte más de él. Podría ayudarte.

—Nada me ayudará —negó, estrechándose las piernas con más fuerza.

Su hermano dejó algo en el suelo junto a ellos.

—La viuda me ha dado esto y me ha pedido que te lo entregue.

Artemisa volvió la cabeza lo suficiente como para advertir que se trataba de varias cartas selladas.

—Aunque no me lo ha dicho, me imagino que las escribiría el difunto conde, ya fuera para ti o sobre ti.

Ella apartó la vista; las lágrimas le resbalaban por las mejillas.

—Si lo prefieres, puedo dárselas a Charlie para que las guarde hasta que estés preparada, como hiciste tú por él durante la lectura del testamento de su padre.

Artemisa posó la frente sobre sus rodillas sin mirar todavía a su hermano.

—Cuando os vi juntos la primera noche que pasé aquí y de nuevo durante la lectura del testamento, me quedé mucho más tranquilo —confesó Linus—. Creo que podéis llegar a ser muy buenos el uno para el otro, que es algo que me preocupaba desde que me enteré de vuestro matrimonio forzoso.

—Todos los sueños que tenía han muerto desde que me casé con él —susurró.

—Lo dudo mucho —repuso su hermano con cierto tono de humor en la voz.

—Debería haberlo convertido en un ciervo como les dije que haría a las «cazadoras» —murmuró.

Linus la rodeó con el brazo. Artemisa se reclinó sobre él. Su hermano no podía ofrecerle mucho consuelo, pero aceptaría lo que él le ofreciera.

—¿Alguna vez se te ha ocurrido pensar que quizá Charlie no sea tu Acteón?

—Pues claro que lo es. —Notó el dolor que destilaba su propia voz—. Todo iba bien. Tenía a mis amigas. Tenía un futuro. Iba a encontrar a «papá». Charlie se presentó en mi vida como alguien inofensivo, igual que Acteón en la de la diosa Artemisa, y lo echó todo a perder.

Linus suspiró levemente.

—A veces tengo la sensación de que no paro de repetir las historias de la mitología, pero lo haré una vez más.

Ella se apoyó un poco más cómodamente en su hermano.

—La Artemisa del mito tuvo una historia excesivamente complicada con los hombres.

«El eufemismo del siglo», pensó ella.

—Muchos la traicionaron. Otros la abandonaron. Aprendió a protegerse, a rechazarlos a todos, a castigarlos por acercarse demasiado o por demostrar demasiado interés. No cabe duda de que algunos de los que se vengó merecían ser castigados.

—No se me ocurre ni uno solo que no lo mereciera —opinó ella.

—Eso depende de la versión de Orión y Artemisa que uno se crea —repuso Linus.

Su hermana suspiró con fuerza. El abrazo de Linus le resultaba reconfortante.

—Mi versión preferida del mito —continuó él—, ofrece un relato distinto de Artemisa. Ella y Orión eran amigos, en realidad eran los mejores amigos. Y ella, que parecía confiar en pocas personas más allá de su grupo de cazadoras, acabó confiando en él y valorándolo. En realidad, se cree que ella, que había jurado solemnemente no amar jamás a nadie, lo amaba. Lo amaba sincera y profundamente.

Artemisa cerró los ojos tratando de reprimir las lágrimas.

—Y llegó un día en que la hirieron, no físicamente, sino emocionalmente, y presa del dolor se convenció de que necesitaba demostrar lo leal, independiente y capaz que era. Lanzó una de sus legendarias flechas a un objetivo lejano, consciente de que, si lo alcanzaba, todo el mundo, incluso ella misma, dejaría de dudar de su fuerza e independencia, algo que valoraba por encima de cualquier cosa.

—¿Y lo alcanzó?

—Ella siempre alcanzaba su objetivo. Sin embargo, en esa ocasión, el objetivo que alcanzó con mortal puntería fue, sin ella saberlo, Orión.

Artemisa no recordaba esa parte. Tragó saliva para deshacer el nudo que se le había formado en la garganta.

—¿Y lo mató?

—En su determinación por demostrar su tenacidad y fortaleza, perdió al hombre que amaba. No cometas el mismo error que ella, mi querida Artemisa.

—No es lo mismo —replicó ella, apartándose de su hermano.

—Sí que lo es —la contradijo—. Él te ha llegado al corazón de un modo que jamás ha logrado nadie más.

Ella negó con la cabeza mientras se ponía en pie.

—Yo no quiero a nadie. Ni pienso hacerlo. Mi corazón no lo soportaría. Otra vez no.

Linus no la siguió cuando se marchó. Ella no quería que lo hiciera.

Nadie podía mitigar su dolor. Ya no había luz a la que aferrarse, y prefería recluirse sola en la oscuridad.

Todo era más sencillo cuando estaba sola.

Todo.

Capítulo 30

Artemisa resultaba completamente inaccesible. Se había encerrado por completo en sí misma. No hablaba con nadie y no salía de su dormitorio, excepto por la noche, cuando la casa estaba en calma. Charlie empezó a preocuparse todavía más cuando Linus le dijo que él tampoco había conseguido hacer mella en los muros que había vuelto a levantar con absoluta firmeza. Él había empezado a albergar esperanzas sobre el futuro que les aguardaba. Y de pronto se habían desvanecido.

Por suerte, sus hermanos le habían proporcionado una refrescante distracción. Sorrel había llegado al punto de necesitar una silla de ruedas. Sin embargo, se había negado obstinadamente a utilizar una silla de Bath. Según Philip, su esposa alegaba que no proporcionaban verdadera independencia. Eran grandes e incómodas y no se podían utilizar sin la ayuda de una segunda persona.

Todos se sumaron al empeño de convencerla de que una silla de ruedas era más una bendición que un castigo. Habían llegado a tener que bajar a su futura cuñada por una ventana con ayuda de cuerdas y estaban decididos a arrimar el hombro otra vez.

Charlie estaba sentado a una mesa con Corbin y Jason, inclinados sobre una pila de papeles en los que esbozaban ideas para modificar el artilugio y adaptarlo a las necesidades de Sorrel.

—Las sillas de Bath son como carruajes para ponis —expuso Corbin—. Y los carruajes para ponis no están ideados para un usuario autosuficiente.

Jason asintió.

—Uno de los problemas principales es la forma alargada. Si fuera más parecida a una silla normal sin la rueda de delante...

Charlie negó con la cabeza.

—Sin esa rueda no dejaría de volcarse. —Mientras hablaba hizo un boceto rápido—. Es como una ecuación desequilibrada: cuesta mucho conseguir la simetría. La rueda delantera evita que la silla gire sobre su propio eje mientras que el peso de esa extensión evita que se vuelque hacia atrás. Si dejáramos solo un eje quedaría desequilibrada.

—¿Y unas patitas en la parte de delante? —sugirió Jason, añadiendo con el lápiz su aportación al boceto de un solo eje de Charlie—. Lo bastante cortas como para que cuando ella se incline hacia atrás se despeguen del suelo y las ruedas puedan moverse.

—Podría volcarse hacia atrás —advirtió Charlie—. Con un solo eje no sería lo suficientemente estable. Es una cuestión de física.

Corbin se frotó la barbilla.

—Los cabriolés se vuelcan cuando no están enganchados.

—Exacto —corroboró Charlie—. Y mientras nuestro diseño tenga un solo eje, la silla de Sorrel también se volcará.

—Pero poner un segundo eje en la parte de delante, como en la silla Bath, hace que el artefacto sea demasiado incómodo para poder pasear con libertad por la casa, los pasillos y las estancias llenas de muebles. Eso la limitaría en lugar de liberarla.

—Hay una solución. Sé que la hay. —Charlie miraba a sus hermanos—. La variable que falta está en alguna parte, solo tenemos que encontrarla.

Corbin le posó una mano en el hombro.

—Ninguno de nosotros abandonará el proyecto, ni tampoco a Sorrel.

—Pues claro que no —añadió Jason decidido—. Somos la liga de liberación de prisioneros Jonquil. Nunca abandonamos a nadie. Nunca olvidamos a nadie.

El nombre del grupo familiar que acuñaron ellos mismos de niños y que recitaban siempre que acudían al rescate de alguno los reafirmó y entristeció un poco al mismo tiempo. Estaban ayudando a Sorrel, pero Artemisa estaba muy sola, lamentó para sí Charlie. Ella se sentía completamente abandonada y olvidada. Quería ayudarla, pero él solo no podía hacer nada.

Alguien llamó a la puerta de la biblioteca, cosa extraña, pues no estaba cerrada.

Charlie miró a Jason y a Corbin, pero ninguno de ellos se levantó a investigar. Él era el que estaba más cerca de la puerta y se dispuso a atender a la visita.

Cuando se acercaba al umbral, vio a Wilson, que aguardaba inmóvil y en silencio, con la cabeza calva en alto y un bastón negro en la mano.

Charlie se volvió hacia sus hermanos mayores.

—Bastón negro —anunció.

Ambos se rieron.

Todos los hermanos sabían lo que se esperaba de ellos, pues aquella era una costumbre muy antigua en su familia, adaptación de la ancestral ceremonia celebrada para llamar a la puerta del Parlamento.

Charlie cerró de un portazo, pues era lo que debía hacer.

Entonces resonaron tres golpes de bastón en la puerta. Esa era una parte importante de la ceremonia. Charlie volvió a abrir la puerta.

Wilson proclamó:

—Señor Corbin Jonquil, señor Jason Jonquil y señor Charlie Jonquil, por la presente se les solicita que acudan inmediatamente a la Cámara de los Pares.

Su versión de la convocatoria con el bastón negro a la Cámara de los Comunes en la ceremonia de apertura del Parlamento era un poco simplificada. Charlie había oído que Philip y Layton la habían reformulado cuando eran pequeños. La idea inicial se remontaba a cuando él era un bebé, o puede que ni hubiera nacido. Ser el pequeño de una familia tan numerosa significaba que se había perdido gran parte de sus aventuras.

Retomar el ritual del bastón negro era un poco pueril, pero estaba emocionado. No tenía muchas oportunidades de sentirse integrado entre sus hermanos. Y se aferraba a ellos siempre que podía.

Wilson le entregó el bastón a Charlie antes de marcharse. En la ceremonia real, los miembros de la Cámara de los Comunes seguían el bastón negro con todo el desinterés y algarabía posible sin perjudicar su dignidad ante la Cámara de los Lores. Los hermanos acudían a la casa del guarda, donde Philip y Layton se erigían en voces de la autoridad. Los dos poseían títulos, por lo que eran los nobles de la familia Jonquil.

—Me parece que nos vamos de excursión —anunció Jason, mientras él y Corbin pasaban junto a Charlie—. No te olvides de traer el bastón negro.

Cruzaron los jardines. Corbin estaba más callado que nunca, pero parecía disfrutar de lo lindo de su juego de la infancia preferido. Habían dejado abierta la puerta de la casa del guarda, anticipando la llegada a su particular cámara de los comunes.

Cuando entraron descubrieron que los otros hermanos ya habían llegado y estaban sentados. Harold, cerca de la puerta. Stanley, en una vieja y desgastada silla. Philip, Layton y Crispín aguardaban, en apariencia, muy divertidos.

Charlie dejó el bastón negro en la mesa. Nadie debía llevárselo de la casa del guarda, excepto cuando se empleaba para invitar a algún otro participante. Él fue el último en tomar asiento.

—Veo que la Cámara de los Lores está muy bien representada hoy —observó Charlie.

—No podíamos dejar que Crispín se sentara con vosotros —dijo Philip—. Ya sabes que es un barón elegante y formal.

—Lo de barón, sí —repuso Layton—, pero eso de elegante y formal... —Se encogió de hombros.

—Me remito a las palabras del conde —dijo Crispín con tono condescendiente—. Por favor, señoría, inicie la sesión.

—Gracias, excelencia. —Philip se volvió hacia Layton—. Futura señoría.

Stanley hizo un gesto llevándose los dedos a la boca, como reprimiendo un vómito, y Jason murmuró: «¡Que les corten la cabeza!».

—Os hemos convocado hoy aquí para comentar tres asuntos urgentes —anunció el conde—. El primero es referente a las dificultades actuales de mi mujer.

—No nos vamos a deshacer de ti por mucho que esté sufriendo Sorrel —bromeó Jason.

Los hermanos se rieron por lo bajo. Philip fingió sentirse gravemente ofendido.

—Permite que te ahorre el teatro —dijo Layton—. ¿A alguien se le ha ocurrido alguna versión mejor de la silla de Bath para Sorrel?

—Nosotros hemos estado trabajando un poco en ello esta tarde —dijo Jason—. Charlie ha señalado nuestros múltiples errores de cálculo y lo zoquetes que somos, pero todavía no hemos encontrado ninguna solución.

—No creo haber empleado la palabra «zoquetes» ni una sola vez. —Charlie expuso su objeción con dramática desaprobación.

Crispín se rio.

—Ese tono lo domina tu esposa a la perfección. Veo que está empezando a influir en tu forma de hablar.

—Y en tu sentido estético —añadió Philip—. Me alegro de ver que sigues progresando.

Estaba indiscutiblemente complacido de que la influencia de Artemisa fuera positiva y evidente, y esperaba que se pudiera decir lo mismo a la inversa. Ojalá supiera cómo animarla y ayudarla a sobrellevar el golpe recibido.

—Hemos descubierto que lo que hace que la silla de Bath sea tan incómoda es el eje delantero —dijo Jason—, pero nuestro intelectual hermano nos ha informado de que es precisamente ese elemento lo que le da estabilidad. No podemos desprendernos de él sin más.

—¿Y se podría poner el eje en la parte posterior de la silla? —preguntó Harold.

Charlie asintió.

—Pero solo conseguiríamos trasladar las incomodidades a la parte de atrás.

Philip se frotó las sienes.

—Sorrel está empezando a perder la esperanza. Tengo que encontrar la forma de devolverle lo que ha perdido antes de que se rinda del todo.

Ese sentimiento le resultaba dolorosamente familiar a Charlie.

Stanley se enderezó en la silla.

—Philip, ninguno de nosotros se va a conformar con levantar las manos y decir: «Qué pena, no vale la pena seguir intentándolo». Si tu Sorrel necesita una silla con la que pueda moverse con libertad, no nos detendremos ante nada para conseguírsela. Ya lo sabes.

—Somos los Jonquil —entonó Harold—. Nosotros salvamos a las personas.

Philip recuperó la compostura.

—Cosa que nos lleva al siguiente asunto a tratar por este parlamento: la felicidad de nuestra nueva hermana.

No había duda de que se refería a Artemisa.

—Estos últimos días ha estado alicaída y triste —continuó el conde—. Y aunque todos imaginamos que madre, el señor Layton y el hermano de Artemisa son conscientes del motivo de su estado anímico, nosotros no estamos tan bien informados. Y es fácil darse cuenta de que su felicidad es de vital importancia para Charlie.

Era absurdo negarlo. Por muy cabezas huecas que pudieran ser sus hermanos a veces, en eso tenían razón.

—Nuestro matrimonio no empezó como el de todos vosotros —comenzó Charlie—.No teníamos garantizada la felicidad del matrimonio por estar enamorados. Pero he empezado a conocerla mejor y... —¿Cómo podía expresar con palabras algo que apenas él comprendía?—. No soporto verla infeliz sin por lo menos intentar... No dejo de pensar en ella y... Haría cualquier cosa por...

Philip hizo un gesto con la mano.

—Sí, sí. Amas a tu esposa. No tienes que decir más.

«Amas a tu esposa».

—Parecía que les iba mejor —dijo alguien.

—Aunque a veces costaba verlo —opinó una tercera voz.

Charlie estaba demasiado ensimismado para fijarse en quién hablaba. «Amas a tu esposa».

—¿Y qué ha cambiado?

«Amas a tu esposa».

—Un momento hermanos. Parece que Charlie está sufriendo una embolia o una epifanía.

—Ella me gusta más que antes, en realidad me gusta mucho, pero no sé si la amo.

—La amas —respondieron todos al unísono.

Charlie se puso las manos en la frente.

—La odiaba hace solo tres meses.

—No es verdad —replicó Harold—. Ella te confundía y te frustraba, pero eso no es odio.

El joven Jonquil negó con la cabeza.

—Vuestras esposas no os vuelven locos.

Aquella afirmación fue acogida con resoplidos y carcajadas.

—Quizá no tanto como nosotros a ellas —admitió Jason.

—Pero os queréis —insistió el pequeño de los hermanos—. Y lo hemos sabido todos desde que os casasteis. Y eso es distinto.

Layton adoptó su habitual actitud comprensiva, bien conocida por todos.

—Nuestros padres no sabían que llegarían a quererse cuando iniciaron su vida en común, y estoy convencido de que cualquiera de nosotros aspira a la mitad del amor que ellos compartieron. Los principios no determinan el final de las cosas, Charlie.

—¿Pero cómo puedo lograr un final feliz?

—Deja que te ayudemos. —Corbin no solía hablar. Y cuando lo hacía, lo escuchaba todo el mundo—. Cuéntanos qué es lo que le está causando dolor y nosotros... nosotros haremos todo lo posible por... por aliviarlo.

Quizá le ayudara hablar de la situación. Y le ayudaría todavía más no sentirse solo en aquello.

—La madre de Artie murió cuando ella nació, y su padre era... digamos que la palabra «desapegado» se queda corta para describirlo. —Charlie se levantó y empezó a pasear por la pequeña y atestada casita—. Cuando ella todavía era pequeña, un caballero pasó por su pueblo. Por una serie de circunstancias, digamos que se adoptaron el uno al otro. Él pasó por allí unas cuantas veces más y la sintonía creció tanto que ella pensaba en él como en un padre. Artemisa ha estado buscándolo desde entonces. Mantenía la esperanza de superar el dolor que le produjo la falta de cariño de su padre encontrando al hombre al que llamaba «papá». Pensaba que gracias a su cariño llegaría a sentirse una persona digna de ser amada.

Charlie se frotó la nuca y continuó:

—Y yo le prometí que la ayudaría a encontrarlo. Si la hubierais oído contar la historia o visto el brillo de la súplica en sus ojos, no dudaríais de lo importante que era para ella volver a tenerlo en su vida. El caballero en cuestión era de la generación de madre, así que compartí con ella todos los datos de los que disponía y ella enseguida supo de quién se trataba.

Todos lo miraban con atención, cautivados por el relato.

—Era papá.

Se escuchó un murmullo colectivo entre exclamaciones de sorpresa.

—Pasaba por allí cuando regresaba de visitar a lord Aldric y se la encontró cuando estaba perdida.

—Era incapaz de darle la espalda a un niño —dijo Stanley.

—Después de aquello, papá cambió su ruta habitual cuando viajaba, ya fuera para ir a casa de lord Aldric o a la del señor Barrington, para asegurarse de pasar por el pueblo de la niña. Por lo que me han contado madre y el señor Layton, hizo todo lo que pudo por descubrir su nombre sin provocar alarma en la zona o asustar a la familia. Jamás lo consiguió, pero se preocupaba por ella, igual que lo hizo por Arabella, Sarah, Scott.

—Y por mí —añadió Crispín.

—Descubrir que el caballero en el que había puesto todas sus esperanzas estaba muerto todos estos años que ha pasado buscándolo ha sido devastador para ella —continuó Charlie—. Es como si le hubieran robado toda la esperanza y ya no le quedara nada.

No quiere hablar con nadie. Se ha encerrado en sí misma, aplastada por el dolor, y no sé cómo llegar hasta ella.

Por unos momentos todos se quedaron inmóviles y en silencio. ¿Se habían encontrado finalmente con el primer problema que aquella familia no conseguiría solucionar?

—Está llorando la pérdida de un sueño —dijo Philip—. Es un dolor muy profundo e íntimo. ¿No tiene otras metas a las que aferrarse?

Charlie lo pensó. Artemisa no había manifestado muchas esperanzas, objetivos o deseos. Lo de casarse por amor se daba por sentado, pero también le habían arrebatado eso.

—Una vez dijo que le gustaría que las mujeres de buena cuna pudieran tener su propia tienda. Ella y Rose, su doncella, son muy buenas diseñando y arreglando vestidos, siempre están enfrascadas en algún proyecto. Pero yo no puedo darle eso.

—¿Por qué no? —preguntó Jason.

—Las damas no pueden regentar tiendas. Su reputación quedaría destruida y no tendría clientes.

—En realidad, tanto damas como caballeros regentan tiendas —replicó Jason—. Simplemente lo hacen con ayuda de algún intermediario.

—¿De verdad?

—Mi cuñado Henley tiene experiencia en esas cosas. Seguro que puede informarte y darte consejos sobre posibles obstáculos —aseguró Crispín.

Los obstáculos eran numerosos.

—¿Es de confianza como para revelarle un asunto como ese?

—Sí —respondieron a un tiempo Philip y Crispín sin vacilar.

Charlie no quería emocionarse demasiado. La idea de poder ayudar a Artemisa a cumplir uno de sus sueños, en especial cuando ella jamás había imaginado que fuera posible, le produjo una inmensa alegría. Pero ¿y si se equivocaban? ¿Y si lo intentaba y solo conseguía volver a decepcionarla? Jamás se recuperaría de esa decepción.

—¿Qué más podemos hacer por ella? —preguntó Harold.

—¿Algún regalo para que se sienta aceptada entre nosotros? —sugirió Crispín.

—No hay dinero suficiente en todas las arcas de Lampton para conseguir que ella se alegre de formar parte de esta familia, que es un espanto para alguien con su gusto por la moda y la alta sociedad. Exceptuándome a mí, claro.

Los demás se rieron e intercambiaron miradas de resignación.

—¿Podríamos conseguirle un perrito? —sugirió Layton.

—¿Galletas de jengibre? —terció Jason.

Estaban de broma, pero Charlie sabía con total seguridad que se tomaban el asunto muy en serio.

—Que sea pudín de pan y caramelos de menta y tal vez empecéis a acercaros.

Todos lo miraron con curiosidad.

—El pudin de pan es su postre preferido —aclaró—. Y padre le compró un caramelo de menta en la tienda de golosinas del pueblo en más de una ocasión.

—A él le encantaban los dulces —dijo Corbin.

Y con una mirada nostálgica, Philip añadió:

—Probablemente le gustaba tanto entrar en la tienda de caramelos como a ella.

—Yo no recuerdo eso de él —admitió Charlie—. Quizá podría contárselo a Artemisa. Podría ayudar. —Se encogió de hombros—. Pero qué sé yo...

—No te preocupes —lo tranquilizó Layton—. No te decepcionaremos.

Charlie se sintió muy aliviado. Lejos de darse por vencidos, sus hermanos iban a ayudarlo. Mejor aún, iban a ayudar a Artemisa.

—¿Cuál era el tercer asunto? —le preguntó Jason a Philip—. Has dicho que había tres y solo hemos hablado de dos cosas.

Philip juntó las yemas de los dedos de ambas manos y los miró con la expresión digna de un capitán pirata autoritario y salvaje.

—Hermanos, creo que ha llegado la hora de hacer algo respecto a George Finley.

Capítulo 31

Por fin llegó el día en que los hermanos tomaron cartas en un asunto que probablemente deberían haber resuelto años atrás. Charlie pasó por el dormitorio a buscar los guantes y el sombrero antes de partir hacia Finley Grange.

No le sorprendió encontrar allí a Artemisa. Llevaba varias jornadas sin salir del cuarto durante el día.

Dejó el sombrero y los guantes en la mesita de noche —ambas prendas eran mucho más elegantes que las que utilizaba antes de que Wilson, el señor Layton y Philip se hubieran encargado de su transformación—, y se sentó en la cama junto a ella.

—Voy a ir a Collingham. ¿Quieres que te traiga algo?

Ella negó con la cabeza.

—No, gracias.

Le tomó la mano con delicadeza. Había estado muy distante los últimos días. Aunque no hablaba mucho y nunca acerca de la causa de su dolor, dejó que Charlie le diera la mano. Él se aferró a ese pequeño gesto y a la esperanza de que ella no fuera del todo inalcanzable.

—Quizá cuando vuelva podríamos ir a dar un paseo por el Trent o ir en un carruaje de ponis hasta Collingham —propuso.

—El señor Finley vive al otro lado de Collingham. Y a pesar de su... «amable» propuesta, no quiero acercarme a su casa.

Charlie se volvió hacia ella.

—¿A qué «amable propuesta» te refieres?

Ella suspiró con recelo.

—Me dijo, con un tono muy empalagoso, que era un caballero muy complaciente y que estaría encantado de ser el anfitrión íntimo de una dama casada.

Él tardó unos segundos en responder. Presa de un evidente asombro y bastante enfadado, dijo:

—¿Finley te hizo proposiciones?

—Y dejó perfectamente claro lo que opinaba sobre mi carácter, pues sugirió que yo era la clase de dama que aceptaría esa invitación desvergonzada. —Artemisa se estremeció un poco—. Solo tardé dos segundos en darme cuenta de que ese hombre es una serpiente. La cara que puso cuando le dije que sufría desvaríos a causa de la edad me dejó convencida de que volvería a intentarlo, aunque quizá no conmigo. Me temo que debe de propasarse con un montón de mujeres.

Por desgracia así era.

—Lleva acosando a Catherine muchos años. Es exasperante.

Artemisa miró hacia la ventana.

—El cielo está muy nublado. Espero que no os sorprenda la lluvia mientras estéis fuera.

—Philip jamás se quedaría a la intemperie si el tiempo puede estropearle el peinado. Y ahora que yo también voy tan elegante, también debería preocuparme eso. —Con su mejor imitación del hermano mayor, añadió—: ¿Cómo osa la naturaleza profanar la perfección?

La fugaz sonrisa de Artemisa resultó un poco triste. Parecía muy deprimida. Y él no sabía qué hacer.

—Piensa sobre lo de salir a pasear conmigo —propuso—. Si el tiempo no acompaña, siempre podemos ir mañana.

Ella asintió sin entusiasmo. Unos meses atrás, hubiera achacado su rechazo a un complejo de superioridad respecto a él. Qué poco la había comprendido entonces. En ese momento la conocía mejor y lo que veía era soledad, dolor y un corazón roto. Veía a una niña pequeña que se había sentido terriblemente sola y una dama que había sufrido demasiadas pérdidas.

Le dio un rápido beso en la mano antes de levantarse para recoger el sombrero y los guantes. Artemisa seguía mirando por la ventana; sus pensamientos estaban muy lejos de allí. Quizá la encontrara más animada cuando regresara.

Fue el último en llegar a los establos. Todos sus hermanos, junto a Crispín y Linus, estaban allí reunidos, con expresión jovial pero decididos a cumplir su cometido.

—Llegas tarde —dijo Harold simulando el tono que utilizaba en sus sermones.

—Estaba hablando con Artemisa —se excusó—. Una rareza últimamente. No podía marcharme sin más.

—¿Cómo está? —se interesó Layton.

Encogió un poco los hombros. No estaba bien, pero tampoco lloraba ni se lamentaba de su suerte alzando los puños al cielo. No culpaba a nadie de su suerte ni lo apartaba a él a empujones. Solo estaba dolorosa y angustiosamente triste.

—Me ha dicho algo relacionado con la misión que nos ocupa hoy.

Aquello captó la atención de ocho pares de ojos.

—El día que Finley se cruzó con Catherine, Marjie y Artemisa en el camino, dijo más cosas de lo que ellas nos contaron.

Crispín apretó los dientes. Stanley irguió su porte de soldado, que resultó incluso más intimidante.

—Al parecer invitó a Artemisa a su casa, y como ya imaginaréis, no precisamente para tomar el té. —Tomó aire tratando de tranquilizarse—. Ningún caballero que se precie haría una sugerencia tan descarada a una dama.

—Lo voy a matar —juró Linus.

—El asesinato no es una opción —le advirtió Philip. Todos percibieron que esa vez no bromeaba—. Pero no vamos a permitir que siga contaminando el vecindario con su putrefacción.

Montaron en los caballos y partieron hacia Finley Grange. Philip y Crispín iban en cabeza y los demás les seguían los pasos.

—¿Alguien le ha dicho a madre lo que vamos a hacer? —le preguntó Charlie a Layton, que montaba a su lado.

Negó con la cabeza y con una expresión que revelaba una pregunta no pronunciada: «¿Te has vuelto loco?».

—¿Papá tampoco lo hubiera aprobado?

A Charlie no le gustaba la idea de hacer algo que su padre desaprobaría.

—Le mencioné a lord Aldric que íbamos en misión punitiva a Finley Grange. Y me dijo que padre, en una ocasión, molió a palos al padre de Finley.

Eso sí que no se lo esperaba.

—¿Y por qué lo hizo?

—No me lo dijo. Pero nunca hubiera hecho nada tan drástico sin razón.

—¿Crees que lo que vamos a hacer nosotros le parecería justificado?

Layton se dio cuenta de lo mucho que su hermano necesitaba oír una respuesta sincera.

—Te puedo garantizar, Charlie, que si papá estuviera aquí y supiera el modo en que Finley ha maltratado a Catherine durante estos últimos años, las cosas que le dijo a Clara poco antes de que se casara con Corbin y la forma insultante con la que se dirigió a Artemisa, estaría encabezando esta comitiva justiciera personalmente. Por lo general era un hombre despreocupado y jovial, pero también temible y contundente cuando era necesario.

—Tanto tú como Philip sois así —dijo Charlie.

—No estaría de más que alguien le advirtiera a Finley que tú también lo eres.

Era uno de los mejores cumplidos que le habían hecho. Llevaba mucho tiempo tratando de hacerse un hueco entre sus hermanos. Pero, por lo visto, también necesitaba saber que era igual que ellos.

Linus se acercó cabalgando para dirigirse a Charlie.

—Ya sé que el conde ha dicho que la pena capital no estaba en la orden del día, pero ¿qué te parece si tú y yo le desobedecemos?

—Teniendo en cuenta lo que ese hombre le dijo a nuestra Artemisa... —Charlie dejó la frase en el aire. Ya sabía que Linus no tenía intención de asesinar a Finley. Él tampoco. Pero eso no significaba que no pudieran darse el gusto de fingir que lo harían.

—¿Cómo se encuentra hoy? —preguntó en antiguo lugarteniente Lancaster—. Estoy preocupado por ella.

—Yo también.

Siguieron cabalgando mientras los hermanos conversaban entre ellos. Linus permaneció junto a Charlie.

—Tu madre me dio unas cartas para Artemisa —dijo Lancaster—. Pero ella no las ha querido recoger. Todavía las tengo yo. Si te las doy a ti, ¿las guardarás hasta que esté preparada para leerlas?

—Claro. Ella también me está guardando la carta y el libro de mi padre.

—Yo no conocí a tu padre, pero siempre le estaré agradecido por el cariño con el que trató a mi hermana cuando ella estaba abrumada por la soledad y el rechazo, sin que ninguno de nosotros lo supiera. Tu padre fue un caballero extraordinario.

—Sí que lo fue. —Quizá no lo supiera todo sobre su padre, pero de eso estaba seguro—. Y por lo visto, le dio una buena somanta de palos al anterior señor Finley. Me parece que estamos haciendo honor a una tradición familiar.

—Una tradición en la que me honra participar.

Llegaron a Finley Grange, nueve pares de hombros firmes, nueve pares de ojos severos y decididos. Philip llamó a la puerta. Abrió el mayordomo.

—Venimos a ver al señor Finley —dijo el conde.

El desconcertado sirviente observó al grupo.

—¿Todos?

Crispín asintió.

—El asunto que nos ocupa es de suma importancia. Si considera usted que podría escabullirse cuando le diga que estamos todos aquí, le agradeceríamos que le diera los mínimos detalles sobre nuestra visita.

El hecho de que el mayordomo asintiera inmediatamente dejaba bien clara la escasa lealtad que Finley inspiraba en su personal. No había duda de que los trataba igual de mal que al resto de personas. Les hizo pasar y los guio hasta una sala de estar muy bien amueblada pero poco acogedora.

Los ángeles vengadores enseguida se sintieron a sus anchas, algunos arrellanados en sillas y un par de ellos apoyados en la repisa de la chimenea. Charlie se sentó junto a la ventana con los ojos clavados en la puerta de la sala de estar, esperando a que apareciera el rufián.

—Conozco esa mirada, Charlie —dijo Jason—. Iba en serio, no puedes matarlo.

El menor de los hermanos se encogió de hombros.

—Conozco al hacendado, se pondría de mi parte.

Hacía poco que Philip había sido nombrado hacendado del lugar. Su hermano negó con la cabeza divertido. Ninguno de ellos pretendía recurrir a la violencia física si podía evitarse.

Se oyeron pasos. Todos se volvieron hacia la puerta, aunque los que estaban sentados no se levantaron y los que se apoyaban en la repisa no se irguieron. Cualquiera que hubiera presenciado la escena habría advertido enseguida el nulo respeto que les inspiraba el hombre que entró en el salón.

—Me comunican que tengo visi... —La sonrisita de autosuficiencia de Finley se le quedó congelada en los labios. Paseó la vista por todos y cada uno. Tras unos segundos, recuperó la compostura—. ¿Qué les trae a todos por aquí?

Habían acordado dejar que Philip tomara la batuta, así que esperaron a que empezara él.

—Hemos venido a asegurarnos de que no se estaba usted deteriorando demasiado deprisa —espetó el conde—. Hoy en día se oyen demasiados rumores.

Finley frunció el ceño.

—¿Rumores?

Philip miró a Layton fingiendo compasión.

—Incluso repite las cosas. La situación es peor de lo que habíamos imaginado.

—Pobre hombre. —Layton chasqueó la lengua—. Deberíamos avisar al doctor Scorseby.

—No tengo tiempo para estas tonterías —replicó Finley, haciendo ademán de marcharse.

Linus se había plantado en la puerta bloqueando la salida.

—Haga tiempo.

—¿Quién es usted? —preguntó con tono despectivo.

—Linus Lancaster. Exlugarteniente de la Marina de su majestad. Cuñado del famoso duque de Kielder. Un hombre con soluciones para los problemas. Dispensador de justicia.

—¿Lancaster? —preguntó Finley, meditativo—. Su hermana pequeña...

—Ni la mencione —saltó Charlie como un resorte mientras se ponía en pie.

Volvió a mirarlos a todos. Si albergaba algún miedo, lo escondió tras un velo de condescendencia y arrogancia.

—Supongo, que alguno de ustedes me explicará cuál es entonces el asunto que les trae aquí.

Crispín se separó de la chimenea y se acercó a él con paso lento y decidido clavándole la mirada.

—El tema es su delicada salud, su incapacidad de dejarse ver en público y comportarse cortésmente con... cualquiera. Hemos venido porque estamos preocupados por usted.

No había ni un ápice de indulgencia en el tono de Crispín. Era duro e inflexible.

No cabía duda de que Finley sabía perfectamente de qué estaban hablando. Los hombres de bien no iban por ahí difamando a las damas. Cuando debían tratarse asuntos de esa índole, ambas partes se ceñían al código entre caballeros y hablaban en clave.

Corbin se acercó a Crispín. El hermano más callado rompió su habitual silencio con una advertencia:

—La zona que rodea Havenworth no es lugar para un hombre de... salud delicada.

Havenworth era la casa de Corbin.

—Yo puedo ir donde me plazca —repuso Finley.

Harold le puso la mano sobre el hombro con actitud fingidamente conciliadora.

—Si lo hace, avíseme con tiempo para que pueda administrarle la extremaunción.

Los observó con atención.

—¿Me están amenazando?

—¿Y qué razón podríamos tener para amenazarle? —preguntó Stanley con un tono de simulada inocencia.

—¿Celos? —se burló el tipo.

—George. George. George. —Philip negó lentamente con la cabeza, aparentando una actitud compasiva—. Hoy no has echado la siesta, ¿verdad? Porque nada de lo que dices tiene sentido.

Finley apretó los labios.

—Deje de decir payasadas. Sé perfectamente por qué están aquí.

—Porque nos preocupa su salud —repitió Crispín.

—Ya hemos tenido nuestras diferencias. —Finley volvió a pasear la vista por todos ellos—. Pero esta vez no están tan seguros. Y sé perfectamente por qué. —Clavó los ojos en Charlie—. Ella no llegó a rechazarme, ¿sabes?

—Dale, renacuajo —rugió Philip.

Charlie apenas necesitó el permiso de su hermano. Le dio un puñetazo a George Finley en la nariz y tiró al granuja al suelo. Layton lo ayudó a levantarse.

—Me has roto la nariz.

Finley sangraba.

—Tienes suerte de que no te haya roto nada más —repuso Linus, fulminando con una mirada que competía con la de Charlie al hombre que había insultado a la dama que tanto significaba para ambos.

Layton no lo soltó.

Philip apartó un poco a Charlie. En ese momento su hermano mayor daba miedo.

—Los miembros de esta familia estarán protegidos a toda costa de enfermedades como la tuya —le advirtió secamente—. Haremos todo cuanto sea necesario para protegerlos. Pero nuestra protección va más allá de nuestro círculo íntimo. Si sigues haciendo que las mujeres de este mundo se sientan inseguras, nosotros nos encargaremos de que este mundo sea un lugar inseguro para ti.

Estamos en todas partes, Finley, y tenemos más conexiones, más ojos y orejas y más cómplices de los que puedas imaginar.

Por primera vez desde que Charlie alcanzaba a recordar, el patán de su vecino parecía verdaderamente preocupado. La sangre le goteaba en la camisa y dejaba ver una expresión de angustia.

Linus se acercó a Philip, a escasos centímetros de Finley.

—Y ahora ha hecho enfadar a un miembro de la familia del duque de Kielder. Ya he visto lo que les hace a quienes lastiman o maltratan a las personas que le importan. Y no te equivoques, su cuñada más joven es un tesoro para él.

Finley pasó de estar preocupado a parecer aterrado.

—Los caballeros reunidos en esta sala han jurado no hacerte demasiado daño —intervino Lancaster—. El duque terrible nunca hace esa promesa. No existe ninguna ley que él no pueda quebrantar ni castigo que no pueda infligir sin total impunidad. Acabas de hacerte el enemigo más peligroso que podrías imaginar.

—Convalecencia, Finley —dijo Philip, dándole una condescendiente palmadita en el hombro—. Tu salud depende de ello. —Pasó de largo de camino a la puerta.

—Tendría que haberte dado una paliza hace años —dijo Crispín—. Pero ahora me parece que hay docenas de hombres que lo harían por mí encantados. O conmigo. Piensa bien lo que haces. —Volvió a golpear con el puño la nariz hinchada de Finley. El tipo hizo una mueca de dolor y lord Cavratt lo agarró por las solapas para continuar—: Una nariz solo se puede enderezar un número determinado de veces. —Le dio una palmadita en la cara, que fue más bien una bofetada, y siguió los pasos del conde.

Jason fue el siguiente en acercarse.

—Tengo contactos por todo Londres. Como vuelvas a poner un pie en la ciudad, todos los Jonquil y los Lancaster lo sabrán.

Corbin se detuvo frente al enemigo común. Se limitó a clavarle los ojos con una calma serena que resultó de lo más amenazante. Y sin decir una sola palabra también se marchó.

Layton seguía agarrando a Finley con firmeza, obligándolo a mirar a quienes se iban despidiendo uno por uno.

Stanley fue el siguiente.

—Y si estás pensando que el norte de Inglaterra puede ser un lugar seguro, debes saber que yo vivo allí junto a todos los hombres con los que serví. Seguro que ellos también estarán muy preocupados por tu estado de salud.

Finley asintió con un movimiento escueto y rápido.

Harold hizo un comentario despreocupado al pasar.

—Rezaré por ti. Parece que lo necesitas.

Charlie se acercó.

—Como haya una próxima vez, no vendré solo a romperte la nariz —susurró.

Layton terminó soltándolo de un empujón.

—Que tengas un buen día.

Se reunieron todos en la puerta de la casa.

Antes de la expedición, Philip había sido muy claro respecto a las medidas a tomar, y Charlie las había sobrepasado.

—Ya sé que dijiste que no veníamos a lastimarlo físicamente —dijo el hermano menor—, pero...

El conde le pasó la mano por encima de los hombros.

—Lo que ha dicho de Artemisa ha sido imperdonable. Tiene suerte de que le hayamos lastimado tan poco.

—¿Crees que va a dejar de molestar? —preguntó con dudas.

Linus se encargó de responder:

—No pienso ocultarle a su excelencia el duque lo que sé sobre el comportamiento del señor Finley. Teniendo en cuenta que tu familia lo estará vigilando y que penderá sobre su cabeza la amenaza del hombre más temido del reino, apostaría a que este sinvergüenza empezará a hacer algunos cambios significativos en su vida.

—Voy a haceros una última petición. —Philip los miró a todos—. Que nadie se lo diga a madre.

Todos aceptaron. La viuda no era una damisela frágil que no pudiera soportar las dificultades de la vida, pero en ese momento no necesitaba más cosas de las que preocuparse. Y ellos le ahorrarían ese trago.

Los hermanos montaron en sus caballos y emprendieron el camino de vuelta a casa. Philip cabalgaba junto a Charlie, cosa que les proporcionó una de las escasas oportunidades que tenían de conversar. Daba la impresión de que hacía años que no habían hablado en serio los dos solos.

—Creo que tengo una solución para la silla de ruedas de Sorrel —dijo el menor.

—Ah, ¿sí? —El conde estaba expectante.

—Ponerle una única rueda en la parte de atrás, pero cerca del armazón de la silla, para que no moleste cuando Sorrel se mueva. Y si además pivota, hará las veces de timón, cosa que conseguirá que la silla sea todavía más ágil.

Philip asintió.

—¿Y será estable? No me arriesgaré a hacer algo que pueda lastimarla.

—Necesitará algo donde apoyar los pies, no puede llevarlos colgando sin más. Si los reposapiés se colocan a la altura y con el ángulo adecuados, evitarán que la silla se vuelque hacia delante sin obstaculizar el movimiento.

—¿Crees que funcionará?

—Sí, siempre que se pueda hacer.

—Solo tenemos que pedirle a Sarah que le lleve los detalles al herrero —repuso Philip—. Él le hará todos los artilugios que le pida.

—Te quedaría a ti la tarea de convencer a tu obstinada esposa de que utilice la silla.

El conde resopló preocupado.

—Esa es la parte más difícil.

—Te deseo mucha suerte —dijo el pequeño de los Jonquil—. Yo me quedaré en ese mundo mucho más sencillo de las matemáticas puras.

—Me cuesta admitir que eres un genio de las matemáticas, renacuajo. Todavía me acuerdo de cuando comías barro en el jardín.

Charlie no se acordaba de eso, pero no le costó creerlo.

—¿Por qué has vuelto a llamarme renacuajo? No lo hacías desde que era niño.

—Solíamos llamarte así poco antes de que papá muriera. Y últimamente vuelvo a ver en ti más de aquel alegre hermano pequeño de entonces. —Le dedicó una sonrisa despojada de su habitual ironía—. Te ha venido muy bien tener a Artemisa en tu vida.

Aunque jamás lo hubiera creído posible hacía tan solo unos meses, Artemisa se había convertido en un puntal de su felicidad y sus esperanzas para el futuro. No podía imaginar la vida sin ella.

Y mucho se temía que la estaba perdiendo.

Capítulo 32

Ya había pasado una semana desde el día en que le arrebataron a Artemisa su sueño y se sentía cada vez más deprimida. Charlie se mostraba comprensivo y cariñoso con ella. Le había llevado flores cada mañana desde que ella había descubierto la identidad y el destino de «papá». No la había presionado para que saliera del dormitorio. No estaba preparada para hacerlo.

Él le había contado que todos los «caballeros», a excepción del señor Layton, se habían marchado ya, aunque toda la familia seguía allí. Quería que volviera a integrarse entre los suyos. Ojalá el profundo dolor que sentía no la debilitara tanto; merecía una amiga, una compañera y una esposa que no estuviera hecha añicos. Y ella no tenía fuerzas para ser esa persona. No tenía fuerzas para superar la aflicción.

Alguien llamó a la puerta de su habitación con delicadeza y Rose asomó la cabeza.

—Tienes visita.

—¿Quién es?

La doncella abrió la puerta del todo e hizo señas para que el visitante pasara.

«¡Adam!».

Artemisa se quedó de piedra. A su cuñado no se le conocía como el duque terrible porque sí. Él nunca la lastimaría ni sería cruel con ella, lo conocía lo suficientemente bien como para no preocuparse por eso, pero también sabía que no era precisamente empático. Ambos habían chocado más veces de las que habían estado de acuerdo. Y se podía poner muy impaciente cuando creía que alguien se dejaba llevar en exceso por las emociones o le faltaban agallas.

Rose volvió a desaparecer. Adam se volvió hacia Artemisa.

Ella se enderezó un poco e hizo acopio de valor. Se protegería tras un velo de indiferencia. Sin esa coraza, la más mínima crítica o un simple reproche podía destrozarla.

El duque se acercó y, para su sorpresa, la abrazó.

—Lo siento, Artemisa. Sé muy bien lo que es perder a un padre.

Ella se había preparado para la censura y eso podría haberlo sobrellevado, pero esa ternura procedente de un hombre conocido por ser implacable, desató todas sus emociones. Le devolvió el abrazo y se echó a llorar.

Él la estrechó para consolarla tal como hubiese querido que hiciera su padre en tantas ocasiones, precisamente como lo hizo «papá». La abrazó con ternura y cariño, dándole a entender que él la protegería y cuidaría.

—Ojalá me lo hubieras contado —le dijo con delicadeza—. Podría haberte ayudado a resolver el misterio.

—Ya estaba muerto cuando me convertí en tu cuñada. No podrías haber hecho nada.

—No, pero Perséfone y yo podríamos haber suavizado el golpe de su pérdida. Y yo conocía al difunto conde. Podría haberte hablado de él.

Ella negó con la cabeza.

—Saludar a los caballeros en sociedad no es lo mismo que conocerlos de verdad.

Adam se separó un poco de ella.

—Recoge el chal. Vamos a dar un paseo mientras te cuento una historia.

—El duque de Kielder no cuenta historias —replicó, limpiándose los ojos con el reverso de la mano.

—El duque de Kielder tampoco cruza corriendo el país, pero aquí estoy.

—¿Por qué estás aquí?

—Tu suegra me mandó una nota haciéndome saber que estabas deprimida y que necesitabas a tu familia.

¿Madre había hecho eso por ella?

—¿Pero cómo has llegado tan rápido desde Northumberland?

—Estaba en Lancashire, en casa de Dafne.

—Sales perdiendo al cambiar a Dafne por mí.

—Ahórrame la comedia. —Señaló la puerta—. Tengo la intención de ser muy sincero contigo. Y espero que me correspondas.

Enseguida estuvieron paseando por el jardín. No recordaba haber paseado nunca con Adam. Él no la hacía el vacío como su padre ni la trataba como un estorbo; no siempre habían congeniado, pero nunca la había tratado mal. Sin embargo, aquella cercanía no era habitual entre ellos.

—Mi padre murió cuando yo tenía siete años —dijo el duque sin preámbulos—. Me mandaron a un internado cerca de Harrow donde se hospedaban y recibían educación otros chicos que no eran lo suficientemente mayores todavía para enrolarse. Jamás me había sentido más solo. —Viniendo de Adam, que probablemente fuera la persona más reservada que conocía, era una confesión asombrosamente íntima—. Nuestro cuñado Harry y yo nos hicimos amigos cuando yo llevaba allí casi un año, pues a él también lo habían enviado allí poco antes, pero nada podía llenar el vacío que había dejado la muerte de mi padre.

—Esto no me ayuda —murmuró Artemisa, que había renunciado a la petulancia de sus conversaciones con su cuñado. La historia del duque le estaba rompiendo más el corazón y no estaba segura de tener la fuerza suficiente para soportar más dolor.

Pero Adam no se inmutó.

—Unas semanas antes de la muerte de mi padre, conocí a una pareja de recién casados que vinieron al castillo de Falstone para asistir a un baile. Ellos fueron especialmente amables conmigo. Recibí una carta suya poco antes de partir hacia Harrow en la que me expresaban sus condolencias y el deseo de volver a verme. Mi madre había recibido mucha correspondencia, pero no se quedó en el castillo mucho tiempo tras el funeral. Ellos fueron los únicos que me escribieron a mí, y siguieron haciéndolo. Mientras estuve fuera recibí noticias suyas con regularidad.

Artemisa jamás había oído nada de todo aquello.

—Cuando regresé al castillo Falstone durante las primeras vacaciones escolares que tuve, lo hice solo. Harry todavía no era amigo mío, y mi madre, como siempre, no estaba. Me llegó una invitación de parte de esta pareja enviada del cielo para que pasara con ellos unos días en su casa, que no estaba demasiado lejos. Se hicieron los preparativos oportunos y fui a Cumberland a pasar una temporada con ellos. Aquella dama hizo el papel de madre que yo tanto estaba necesitando en aquel momento. Y el caballero encontró el equilibrio perfecto entre la figura del hermano mayor y la de padre. No sé qué hubiera hecho sin ellos durante aquellos primeros años.

Entonces él también había hallado consuelo en la bondad de un padre adoptivo.

—¿Y siguió formando parte de tu vida?

—Algún tiempo después, la vida los alejó de la casa que habían habitado. Dejaron de estar tan cerca y no pude visitarlos o esperar que vinieran a verme. Ya no nos veíamos tanto, pero nunca me olvidaron. Seguía recibiendo cartas. Incluso vinieron a Harrow en más de una ocasión. El caballero también me visitó cuando yo estaba en Oxford, pues sabía de su etapa en la universidad que los padres solían pasar temporadas con sus hijos durante esos años de formación. Y él se aseguró de que yo no me sintiese privado de esa tradición.

»Cuando terminé la formación y empecé a hacer vida en Londres, mi padre sustituto, a falta de una descripción mejor, me propuso como miembro de su club y me presentó a las personas adecuadas. Cuando se acercaba el momento de que ocupase mi sitio en la Cámara de los Lores me enseñó los pormenores y las políticas que regían el organismo sin tratar de influir en mis opiniones.

—¿Entonces él también era miembro de la Cámara de los Lores?

Adam asintió.

—Y tenía una familia que nunca le recriminó el tiempo que pasó ayudándome. Su mujer también fue siempre buena y considerada conmigo, a pesar de que por aquel entonces yo ya era la persona arisca y desagradable que todo el mundo conoce.

Costaba imaginar a Adam de otro modo.

—Cuando me casé con tu hermana invité a toda su familia —siguió diciendo—. Me encargué personalmente. Fue la única invitación que escribí de mi puño y letra. El resto, como comprenderás, fueron decisión de mi madre y las envió ella misma.

—Entonces pudiste tener a tu segundo padre contigo el día de tu boda. —A Artemisa se le volvió a encoger el corazón—. A mí me hubiera gustado tener al mío.

—No, Artemisa, no fue así. No vinieron.

Ella lo miró sorprendida.

—¿Por qué no?

—Porque estaban de luto. El caballero que había sido un padre para mí en tantos sentidos, había fallecido ese mismo año.

—El mismo año que... —Empezó a atar cabos—. El heredero de Lampton vive en Brier Hill. Está muy cerca del castillo de Falstone.

Él asintió.

—Y el conde de Lampton tiene un asiento en la Cámara de los Lores.

El duque asintió de nuevo.

—Tu figura paterna era... mi «papá».

—Y era extraordinario. No me sorprende en absoluto que te sintieras tan unida a él y que él sintiera lo mismo por ti. Jamás he conocido a nadie como él. Su esposa y él me enseñaron a apoyar siempre a los más vulnerables. Ellos son el motivo de que yo viniera corriendo hace tres años para rescatar a la que pronto se convertiría en su nuera. Aunque me quejara de que me habían obligado a asistir a la fiesta en casa de la viuda, vine a apoyarla a ella y a defender la memoria de él.

—¿Y por eso toleras al actual conde? Ya sé que a veces te saca de tus casillas.

—Es un poco complicado, Artemisa. —Parecía un poco avergonzado. ¿Qué estaba ocurriendo?—. Lo conocí cuando él era solo un niño, aunque estoy seguro de que no lo recuerda. Bajo otras circunstancias, probablemente hubiéramos sido amigos.

—¿Y qué circunstancias propiciaron esa situación?

Era incapaz de imaginarlo.

Adam negó con la cabeza.

—Digamos que la vida nos dio demasiados golpes.

—Incluyendo el de que «papá»... —Fue incapaz de terminar la frase. Le costaba mucho aceptar que el hombre al que llevaba buscando tanto tiempo ya no estaba.

—Los padres de Charlie son la razón de que, cuando tu situación con él salió a la luz, no me limitara a acabar con su vida de un disparo. Veo mucho de ambos en él y eso me genera mucha más esperanza de la que soy capaz de expresar.

—Es muy bueno con los niños —reconoció ella, notando el tono de ternura en su propia voz.

—Igual que su padre.

Artemisa respiró hondo un par de veces, tratando de asimilar todo aquello.

—Y ahora Charlie también es muy bueno conmigo.

El duque asintió.

—El difunto lord Lampton era muy cariñoso con su mujer. Charlie habrá aprendido a ser un marido tierno, cariñoso y respetuoso.

—Últimamente he visto ese aspecto de él más a menudo. Y estoy intentando confiar, pero me cuesta.

El duque se paró en seco y se volvió hacia ella. La sostuvo con delicadeza de los brazos.

—Tú y yo no hemos tenido siempre un trato cordial, Artemisa. Nos parecemos tanto que hemos chocado durante años. Pero necesito que sepas que te quiero como a una hermana. Lo he sentido así desde que te oí decirle a Perséfone que era la mejor madre que has tenido. Reconocí en ti el mismo dolor y soledad, la misma sensación de indefensión que tuve yo. Quería ser para ti el apoyo que el conde fue para mí, pero no supe cómo hacerlo. Seguramente habré hecho un pésimo trabajo durante todos estos años.

A ella se le llenaron los ojos de lágrimas. Adam nunca se mostraba así de vulnerable, jamás mostraba sus emociones, y presenciar cómo lo hacía estaba removiendo las de Artemisa.

—¿Por qué nunca me habías hablado de la relación que tenías con ellos? —preguntó—. Cuando vinimos para la fiesta no dijiste nada. En la boda y durante la recepción tampoco dijiste nada. No hay ninguna duda de que los padres de Charlie fueron una parte muy importante de tu vida, pero nadie lo sabe.

—Cuando el conde murió yo me sentí perdido y no sabía cómo seguir adelante. Mi padre me había dicho en una ocasión: «Los duques no necesitan a nadie». Y me aferré a eso, me convencí de que era cierto. Necesitaba que lo fuera, porque no podía soportar la idea de llorar a otro padre. —Adam tragó saliva—. Me protegí de ese dolor fingiendo que no existía. La vida no nos concedió mucho tiempo para estar juntos; él tenía una familia numerosa a la que atender y yo muchas responsabilidades. Me convencí de que había imaginado el vínculo que existía entre nosotros, que había sido menos importante de lo que yo me había permitido creer. Si no pensaba mucho en lo que había perdido con su muerte, me convencería de que no me dolía tanto.

—Muros de protección —murmuró Artemisa, consciente de que ella también había erigido muchos.

—Me avergüenza reconocer que pasé varios años sin ver a la viuda —siguió diciendo—. Empecé a preguntarme si ella querría que la gente supiera que había tenido algo que ver con mi educación. Quizá no aprobara la persona en la que me había convertido. Quizá se avergonzara de que la gente supiera de nuestro vínculo.

Artemisa lo compadeció. Había conocido a Adam durante esos años a los que estaba haciendo referencia, y jamás hubiera adivinado que él pudiera sentir semejantes cosas. El duque había sido muy reservado.

—Dejé que fuera ella la que decidiera qué parte de nuestra historia quería contar —continuó su cuñado.

—Debiste de echarla mucho de menos —supuso ella.

—Muchísimo. Por eso entiendo perfectamente lo que has debido de sentir durante estos últimos trece años. —Adam la miró a los ojos—. Si me hubieras hablado sobre tu búsqueda, yo hubiera movido montañas por ayudarte. Ya sé que te cuesta abrirte, pero, por favor, confía en mí y confía en tu marido. Y te suplico que confíes en su familia, en especial en su madre. Te prometo que puedes hacerlo.

—Lo intentaré.

Le dio un beso fraternal en la frente, cosa que jamás había hecho. Apenas reconocía a su cuñado en ese momento. Estaba muy conmovida por aquella inexplicable transformación.

—Veamos. —Adam recuperó su habitual aspereza—. Tal vez hayas estado demasiado preocupada para advertirlo, pero por allí hay bastante caos, y me parece que lo mejor es que te sumes a él.

—¿Caos?

Se volvió hacia donde él le indicaba.

Su familia. Toda su familia. Perséfone y sus dos niños. Atenea y Harry con sus cuatro hijos. Linus y Arabella. Dafne y James con sus dos pequeños.

—Estábamos todos en Lancashire. Toda la familia esperaba que, cuando terminara lo que os había traído aquí, Charlie y tú vinierais a visitarnos. Pero cuando llegó la carta de la viuda, las hermanas Lancaster no atendieron a razones. Toda la familia había hecho las maletas y nos pusimos en marcha en un periquete, confiando en la generosidad de los Jonquil para alojarnos a todos.

—¿Han venido... por mí? —preguntó.

—Han venido porque te quieren.

—¿Tú también? —preguntó con un toque de humor en el tono de voz.

—Yo te tolero —murmuró.

Sabía lo se escondía tras su carácter. Lo intuía desde hacía años.

Oyeron unos pasos detrás ellos. Ambos se volvieron. La viuda estaba allí y se estaba acercando.

—Gracias por permitirnos venir sin previo aviso —dijo Adam—. Ni que decir tiene que también le daré las gracias a su nuera.

Ella le sonrió. Al verlos, Artemisa se preguntó cómo diantres había pasado por alto la mirada maternal de su suegra a Adam. Probablemente siempre había sido así, pero no se había dado cuenta en su anterior estancia en Lampton Park. Había estado tan encerrada en su soledad y su miedo durante tanto tiempo que se había perdido demasiadas cosas.

—Permita que nos unamos a su familia, excelencia —dijo la anfitriona—. No tengo palabras para decirle lo contenta que estoy de que estén aquí.

Un segundo después apareció Charlie con Hestia en brazos.

—Mira quién ha venido, Artie.

Artemisa todavía tenía el corazón encogido por ver como su sueño se derrumbaba, pero al ver allí a su familia, sabiendo que habían acudido a salvarla, y teniendo a Charlie al lado, tan leal e inquebrantable como siempre y animándola con una sonrisa, se dio cuenta de que podía respirar de nuevo.

Charlie balanceó un poco a Hestia, deteniéndose justo enfrente de Artemisa.

—Quiero presentar este angelito a Kendrick y Julia. Estoy decidido a conseguir que se hagan amigos.

—Dijiste que si alguna vez conseguíamos reunir a todas nuestras sobrinas y sobrinos, jugaríamos una gran partida de la gallinita ciega —le recordó—. Creo que... —Se le quebró la voz y se esforzó por seguir hablando—. Creo que a «papá» le hubiera gustado.

Él la rodeó con el brazo que tenía libre.

—Le hubiera encantado.

Se apoyó en él posándole la mano en el pecho.

Él la abrazó como si fuera el mayor tesoro del mundo.

—Te he echado de menos esta última semana, Artie. Has estado muy distante.

Ella cerró los ojos, disfrutando de su cercanía.

—Me duele mucho el corazón. Me temo que seguiré luchando contra ello durante bastante tiempo.

—Aquí estaré —le prometió—. No pienso dejarte.

Ella había pasado gran parte de su vida imaginando una historia de amor propia de una novela romántica, convencida de que eso era lo que quería. Sin embargo, en ese momento, aquel caballero, aquella sensación de saberse querida e importante, superaba con creces cualquiera de las versiones de aquella historia de amor inventada.

Capítulo 33

Un coro de voces Jonquil resonó en el jardín trasero de Lampton Park.

—¡Atrápanos! ¡Atrápanos!

Artemisa jamás había visto adultos tan emocionados en un juego infantil. No le costó mucho imaginar los idénticos ojos azules de aquellos diablillos brillando cuando jugaban de niños. Y tampoco le costó imaginar a su padre —su «papá»— participando de sus entretenimientos.

Estaban todos los Lancaster. También se había unido un vecino, que supuso que sería el hermano mayor de la esposa de Harold. Cerca de cuarenta personas corrían por el extenso jardín, riendo y persiguiéndose en medio de un gran alboroto. La viuda tenía en brazos a Hestia. El señor Layton había aupado a la pequeña Julia. Adam estaba sentado junto a Sorrel, que tenía a Kendrick sobre el regazo, y contemplaban el juego mientras conversaban.

Charlie era el alma del encuentro y lucía la sonrisa más amplia que Artemisa hubiera visto nunca en él. Saltándose las reglas del juego, los pequeños corrían hacia él, que fingía atraparlos, y se marchaban corriendo entre risas.

Seguía vistiéndose con mucho esmero. Estaba convencida de que su marido era el más apuesto de todos los caballeros presentes y el más arrebatador. Se juró allí mismo asegurarse de que siempre tuviera un chaleco de seda amarilla para ponerse, pues el que lucía en ese momento le favorecía una barbaridad.

Dafne y Atenea se situaron junto a ella, una a cada lado. Ambas parecían encantadas con el peculiar entretenimiento vespertino de las dos familias.

—Resulta muy sencillo imaginar a estos hermanos de niños, ¿verdad? —dijo Atenea—. Seguro que este fue un hogar feliz.

—El nuestro fue completamente deprimente —respondió Artemisa.

Atenea le pasó la mano por encima de los hombros.

—Ojalá hubiéramos podido ayudar a que te sintieras menos sola.

—Os aseguro que ahora ya no me siento sola —afirmó con un suspiro dramático y sin molestarse en ocultar su diversión.

Incluso Dafne, a la que nunca le había gustado esa tendencia a la actuación de Artemisa, sonrió.

—No sé cómo lo está haciendo Adam para sobrevivir a esta fiesta improvisada.

Artemisa no sabía si el duque querría que ella compartiese la confesión tan íntima que le había hecho. Así que no reveló que Adam estaba encantado de volver a estar con la viuda y dijo:

—Perséfone se está divirtiendo mucho, por eso lo soporta.

—Aunque nadie se lo está pasando mejor que tu marido —le comentó Atenea a Artemisa—. Me parece que Charlie Jonquil es un firme candidato a ser el tío preferido en más de una familia.

—Es bastante extraordinario, ¿verdad?

Dafne la rodeó por la cintura. Sus dos hermanas estaban allí, abrazándola y sonriendo con ella. Lo había necesitado toda su vida, pero no se había dado cuenta hasta hacía muy poco de que ella misma las había mantenido alejadas.

—Charlie no tiene nada que ver con el marido que habría imaginado que elegirías —aseguró Dafne—. Siempre supuse que te emparejarías con un joven taciturno y un poco... infeliz.

—¿Esperabas que me casara con lord Byron? —preguntó entre risas.

Ambas hermanas respondieron muy serias y al unísono:

—Sí.

—Supongo que tiene sentido —admitió—. Me parece que la casualidad eligió mejor que mis fantasías.

—Vuestras personalidades encajan bien, a pesar de haberos peleado tanto —dijo Atenea—. Él te ilumina. Y por Dios, Artemisa, cómo te mira...

¿A qué se refería?

Harry había llegado hacía solo unos segundos y, por lo visto, a tiempo de oír el comentario de su esposa.

—Charlie es un embaucador. El resto de maridos nos estamos esforzando al máximo para salir del paso sin que él nos avergüence. —Tomó la mano de su mujer. Pero antes de llevársela, le dijo a Artemisa—: Ve con él. Ya me he dado cuenta de que está esperándote.

Segundos más tarde, solo Dafne y ella permanecían en aquel rincón del jardín.

—Harry tiene razón —admitió su hermana—. Charlie se lo está pasando en grande, pero no deja de mirarte.

—¿A eso se refería Atenea cuando ha mencionado cómo me mira?

Dafne negó con la cabeza.

—Dejaré que lo descubras tú sola. Pero para los demás es terriblemente evidente.

A continuación le dio un pequeño empujoncito para que fuera al campo de juego. Su hermana no solía bromear y era muy reservada, incluso con su familia. La vida no había sido fácil para los Lancaster, pero estaban empezando a sanar del dolor que habían sufrido durante aquellos años tan duros.

Artemisa se internó entre el alboroto, tratando de no tropezar con alguno de los diminutos participantes.

«¡Atrápanos! ¡Atrápanos!», gritaba Charlie a Philip, que en ese momento era quien llevaba el pañuelo en los ojos. Crispín trató de esconderse detrás de Charlie, pero este se escabulló. Harry y James, ambos cuñados de Artemisa, habían empezado a silbar en plena partida, cosa que había provocado que el conde con los ojos vendados gritara «¡falta!» en más de una ocasión.

Un maravilloso caos, tal como había pronosticado Charlie.

Cuando vio que ella se acercaba, sonrió. Parecía encantado de tenerla cerca. Le tendió la mano sin vacilar ni un segundo. Ella la acepto y él le entrelazó los dedos, elevó la mano y le besó la muñeca.

De pronto aparecieron Layton y Linus, atraparon a Charlie y se lo llevaron.

—Atrapa a Charlie —le gritó Layton a Philip—. ¡Por favor! Se ha vuelto a poner empalagoso.

—Me alegro de tener los ojos tapados —repuso el conde.

Todos se echaron a reír.

Alice se agarró a la pierna de su tío menor y empezó a tirar de ella con la evidente intención de liberarlo. Stanley la tomó en brazos y le dijo algo que pareció apaciguarla.

Era una reunión muy alegre. Artemisa se había imaginado muchas veces formando parte de la familia de «papá». Y ahora era una más.

Entregándose al absurdo de la situación, adoptó su actitud de diosa y empezó a avanzar con mucha ceremonia hacia donde tenían preso a Charlie.

Alzó la barbilla con dignidad y miró a Layton, Linus, Stanley y James, que interpretaban el papel de carceleros.

—Yo soy Artemisa —declaró con todo el dramatismo del que era capaz—. Diosa de la casa y asesina. Soltadlo o acabaré con todos vosotros.

Alice la observaba con los ojos abiertos como platos. Artemisa le guiñó un ojo y la niña le sonrió.

—¿Vas a salvar al tío Chorlito? —le preguntó la pequeña.

—Claro.

Charlie la observaba divertido, pero había algo más en su mirada. Algo reconfortante que le aceleraba el corazón.

Sus captores lo liberaron entre risas y bromas. Layton le dio una palmada en el hombro y le sugirió que recompensara a su esposa «lo antes posible».

Charlie se encaminó hacia ella sin vergüenza alguna y sin reírse. La calidez de su mirada se había convertido en un ardor inconfundible. Artemisa no apartó la vista.

La rodeó con los brazos y se acercó a su rostro ruborizado sin dejar de mirarla a los ojos.

—Me has salvado, Artie —susurró tan pegado a ella que su aliento le acariciaba los labios—. ¿Cómo puedo recompensarte?

—Eres matemático, Charlie —contestó—. Encontrarás una solución.

—También soy un Jonquil, y acostumbramos a hacer mal estas cosas.

Ella le rodeó el cuello con los brazos, advirtiendo que ya no le importaba el juego que continuaba a su alrededor ni el hecho de que quizá le estuviera arrugando el cuello de la camisa y el pañuelo. Lo único que deseaba en ese momento era que la abrazara, que siguiera mirándola de aquel modo y seguir sintiendo las cosquillas de su aliento en los labios.

—¡Atrápanos! ¡Atrápanos! —gritó Harold al pasar por su lado.

Artemisa alargó el brazo apuntándolo.

—Muerto —espetó.

Charlie se rió.

—Buen tiro, querida.

Su marido la hizo volverse de nuevo hacia él agarrándola con firmeza por la cintura.

Ella reía mientras se movían en círculo. Charlie siempre conseguía hacer reír al sobrio Oliver y también la hacía muy feliz a ella. Los Jonquil siempre conseguían hechizar a cuantos les rodeaban.

Pero Charlie era especial. No se limitaba a entretener a quien estuviera con él. La veía y le prestaba atención. No se había dejado engañar por la trabajada máscara que llevaba desde que se conocieron. Había visto lo que escondía tras el muro, sin conformarse con contemplar el papel que interpretaba.

Artemisa seguía rodeándole el cuello con los brazos.

—Gracias, Charlie.

—¿Por qué, Artie?

—Por verme.

—Es imposible no verte, querida.

Caroline se lo llevó de repente. Era algo que ocurría constantemente en Lampton Park. Aunque a Charlie le había costado darse cuenta durante aquella lejana fiesta, el amor que su familia sentía por él y lo mucho que necesitaban de su compañía era evidente para cualquiera. A Artemisa le encantaba estar allí, rodeada de hermanos, cuñados y sobrinas y sobrinos. Pero por primera vez desde que abandonaran Brier Hill y dejaran atrás la tristeza que los había embargado allí, estaba ansiosa por regresar.

De pronto aquella casa le iba a parecer muy distinta.

De pronto estaba convencida de que se iba a sentir en su casa.

Capítulo 34

harlie observaba a Artemisa, que paseaba por el jardín trasero algunos días después de la llegada de su familia. Se reía con sus hermanas y en su rostro se dibujaba una expresión de sincera felicidad. El sol se reflejaba en sus rizos. Jamás la había visto esbozar sonrisas tan tiernas y espontáneas. Era feliz y él se sentía muy bien.

Las damas de la familia Lancaster llegaron a la puerta de la terraza donde estaba y lo saludaron una a una. Aquellos últimos días, había empezado a sentir que la familia de Artemisa también era la suya. Se sentía arropado y querido entre ellos.

—Ya sé que tener aquí a tanta gente es un poco caótico —dijo Artemisa—. Estoy muy agradecida de que Philip y Sorrel lo hayan permitido.

Charlie negó con la cabeza.

—Esta casa siempre ha sido más alegre cuando ha habido más bullicio.

Ella le dio la mano y entró con él en la casa.

—He pasado mucho tiempo tratando de convencerme de que no necesitaba una familia y por fin me doy cuenta de no es así.

—Y yo hacía mucho tiempo que había dado por hecho que mi familia no me necesitaba y me estoy empezando a dar cuenta de que no es cierto.

Artemisa le sonrió.

—Oh, Charlie, están encantados de que estés aquí. Hasta la persona menos observadora del mundo se daría cuenta de eso.

—Hay algunos miembros de esta vasta y compleja familia que están requiriendo tu compañía en este preciso momento —dijo Charlie—. Me han mandado a buscarte.

—¿Quién ha preguntado por mí?

—Prefiero que sea una sorpresa.

Ella se rió un poco.

—Abusas demasiado con esto de mantenerme en suspense, ¿sabes?

—¿Eso es una queja?

Ella le dio un suave empujón con el hombro.

—En absoluto.

Charlie la llevó a la biblioteca. Sus cuñados y Linus estaban allí, además de Philip y el señor Layton.

Artemisa los observó a todos con evidente curiosidad.

—Qué reunión más inesperada.

—A la que por suerte he llegado a tiempo —admitió el conde—. Cosa que no se puede decir del señor Layton. Y me parece que eso me convierte en el rey del día.

—El señor Layton siempre ha sido el rey —terció Adam, sentado en una silla próxima. Su habitual aire malhumorado no logró ocultar el tono de broma. No era recomendable hacer enfadar al duque ni tomarlo a la ligera, pero Charlie cada vez lo conocía mejor y ya no le imponía como hacía algún tiempo.

—Toma asiento y ponte cómoda, Artemisa —dijo el señor Layton—. El extraño conde, enfrascado en la comedia, tal vez no encuentre tiempo para invitarte a hacerlo.

Philip adoptó una expresión solemne.

—El hermano Adam no me reconocería si dejara la comedia.

—Deja de llamarme así —murmuró el duque.

—No puedo llamarte hermano Bob.

El conde jamás dejaba pasar una oportunidad.

—Será mejor que vayas al grano, Charlie —sugirió Linus—, antes de que estos dos vuelvan a darse de bofetadas.

—No podemos empezar hasta que llegue Rose.

Aquello sorprendió a Artemisa.

—¿Rose también viene?

Charlie asintió.

—Y Wilson.

Enseguida advirtió el creciente interés en su expresión. La doncella y su tío llegaron antes de que Artemisa pudiera indagar más. Las dos mujeres se sentaron juntas en un sofá, observando a los allí reunidos con intriga.

Wilson, que ya estaba informado del motivo de la reunión, se sentó junto a Philip y el señor Layton y aguardó.

Charlie también tomó asiento en un silla situada junto a Artemisa.

—Artie, una vez me dijiste que te gustaría que las damas pudieran regentar tiendas de ropa y talleres de modistas, porque tú y Rose —dijo mirando a la otra mujer involucrada en el plan que estaba a punto de proponer— lo haríais de maravilla. Me gustaría que hubiera una forma de conseguirlo. He visto los diseños que confeccionáis en vuestro taller de Brier Hill. Y el señor Layton está convencido de que tu trabajo no tendría nada que envidiar al de los mejores modistos.

Artemisa miró a su alrededor claramente confusa respecto a lo que estaba sucediendo y un poco nerviosa, según intuyó Charlie por su expresión. Su esposa intercambió una mirada interrogante con Rose.

—He hablado acerca de tu deseo aparentemente inalcanzable con Philip y Jason. Ellos, a su vez, lo consultaron con el señor Layton y Wilson, que sin duda son expertos en el mundo de la moda.

Artemisa se había quedado inmóvil. Se sentía como cuando la viuda le había revelado la identidad de aquel «papá» que había alentado su esperanza y sueños de niña. Estaba aterrorizada ante la posibilidad de que pudieran decepcionarla.

Charlie le tomó la mano y susurró:

—Confía en mí, Artie.

Ella respiró hondo al mismo tiempo que asintió.

—James —dijo Charlie, señalando al marido de Dafne— tiene experiencia protegiendo la reputación de alguien frente a la sociedad durante cualquier tipo de intercambio comercial. Y tu cuñado Harry, también aquí presente, ha conseguido montar un negocio rentable prácticamente de la nada. Linus ha venido básicamente porque es ruidoso.

—Me parece que todos habéis estado maquinando a nuestras espaldas —supuso Artemisa.

Charlie le besó la mano con ternura.

—Tenemos una propuesta para vosotras dos. Y no os debe asustar escucharla.

Ella le agarró del brazo.

—¿De qué se trata? —preguntó sin dirigirse a nadie en concreto.

—De un taller de modista en la calle Bond —anunció el señor Layton—. Sé de una propiedad que se puede adquirir por un precio razonable. Además, conozco un diseñador que no solo posee un talento impresionante, además es tan digno de confianza como un faro en plena tormenta.

—¿Y eso qué tiene que ver con nosotras? —preguntó Rose.

—Ese modisto confeccionaría, en su taller, los vestidos que vosotras diseñarais con la inestimable contribución de Wilson —dijo James—. Un intermediario esencial para evitar el escándalo.

Artemisa se incorporó un poco y Rose entornó los ojos.

El señor Layton retomó el hilo.

—Haríamos correr la voz de que esta nueva tienda, regentada por una misteriosa propietaria, cuyo nombre os podéis inventar, se especializa en diseñar vestuarios enteros para personas con gusto por la moda, así como trajes y vestidos únicos para quienes quieran causar sensación sin acabar pareciendo un cromo.

—¿Tendríamos nuestra propia tienda?

Artemisa apretó al brazo de Charlie y miró a su alrededor en busca de confirmación.

—Hay cierto riesgo —reconoció Harry—, pero promete ser muy rentable. Suponiendo, claro está, que su excelencia no se presente por allí amenazando con decapitar a vuestros clientes.

Como siempre, el duque ignoró la puya. Charlie dedujo que era una vieja broma que compartían ellos dos.

—¿De verdad creéis que funcionará?

Artemisa se debatía entre la esperanza y la cautela. Alargó el brazo que tenía libre y le tomó la mano a Rose. Su amiga y doncella parecía igual de cautelosamente esperanzada.

Todos los caballeros asintieron.

Ella miró a Rose.

—Una tienda —susurró.

—Apenas puedo creerlo.

—Evidentemente, no inauguraríamos hasta que no estemos seguros de que las dos podéis hacerlo sin miedo a las represalias o cualquier otra dificultad —puntualizó Adam—. Pero es más que posible, Artemisa y señorita Narang. Está a vuestro alcance.

Rose no acostumbraba a dejarse a llevar por las emociones y siempre se mostraba impasible. Sin embargo, en ese momento negaba con la cabeza y parecía completamente abrumada.

Artemisa miró a Charlie.

—Tendríamos que estar en Londres casi la mitad del año. Sé que no te gusta la ciudad. Yo quiero estar donde tú seas feliz.

—Querida, yo quiero estar allí donde tú estés feliz. Y yo seré feliz dónde estés tú.

—Si seguís así, voy a vomitar —espetó Harry, arrancando las risas de todos.

Rose y Artemisa se enfrascaron en una conversación con Adam y James, que detallaron las perspectivas y posibles riesgos del plan. Charlie disfrutó viendo a Artemisa tan animada. La misma joven que se había pasado la vida ocultando su dolor tras una máscara de indiferencia se mostraba por fin abiertamente optimista.

El señor Layton se sentó junto a Charlie.

—Es maravilloso verla feliz.

—Ya lo creo.

—Tu padre estaría orgulloso de ti, Charlie. Espero que lo sepas.

El joven Jonquil se encorvó un poco en el asiento, pero no por un sentimiento de frustración o derrota, como le ocurría tantas veces.

—Tú lo conocías mejor que yo. Creo que también Wilson lo trató durante más años que yo.

El experto en moda asintió.

—Hace treinta años que Wilson conoce a los «caballeros». Era más joven que tú cuando lo conocimos.

—Creo que me hubiera gustado mucho conocer a Wilson de joven.

El señor Layton se rio.

—Los «caballeros» vivimos grandes aventuras juntos, aunque éramos tan distintos entre nosotros como la noche y el día.

—¿Por qué ninguno de vosotros ha formado parte de nuestras vidas hasta ahora? —preguntó Charlie—. Se me hace muy raro que hayáis tardado tanto en venir.

—Tu padre nos lo pidió en su testamento—. Él conocía nuestra tendencia a inmiscuirnos y arreglarlo todo, tanto si era necesario como si no. Y él quería asegurarse de que tu madre educaba a sus hijos como mejor le pareciese, que os beneficiarais de su influencia. Y la mejor forma de asegurarse de ello era pedirnos que mantuviéramos las distancias hasta que fuerais adultos.

—¿Entonces no habéis visto a mi madre en treinta años?

El señor Layton chasqueó la lengua.

—Pues claro que sí. La hemos visitado en ocasiones cuando vosotros estabais en la escuela. Le hemos escrito y ella nos ha escrito a nosotros. Cuando viajábamos a Londres en algún momento nunca dejábamos de visitarla. Te aseguro que no la hemos descuidado, pero tampoco hemos pasado por alto las instrucciones de tu padre.

—¿Y no teníais ni un poquito de curiosidad por saber cómo nos iban las cosas a mis hermanos y a mí?

El señor Layton le observó un momento.

—Me parece, Charlie, que tus hermanos no siempre han tenido el acierto de incluirte en sus conversaciones.

Aquello era un eufemismo.

—Soy el pequeño. Y los niños se quedan al margen de las conversaciones de los adultos.

—Bueno, en todo caso tienes que saber que jamás os abandonamos. —El caballero se acomodó, como anunciando una larga charla—. Niles, el señor Greenberry, tiene un hijo que sirvió en el ejército junto a tu hermano Stanley. Y no fue una coincidencia. Cuando el duque de Hartley estaba buscando un vicario, lord Aldric le sugirió a Harold. Cuando Jason se estaba planteando pedirle a un francés que le acompañase al continente para que hiciera las veces de tutor del hermano de su esposa, habló con Henri, pues él tiene muchos contactos entre los emigrantes franceses.

Al parecer, no eran las únicas conexiones, pensó Charlie. Lyton continuó:

—Cuando Philip necesitaba un médico que proporcionara rodilleras y todo tipo de aparatos de ortopedia para Sorrel, habló con Kes, el señor Barrington, pues él tiene mucha experiencia en ese campo. Yo dispongo de una propiedad cerca de Fallowgill y le hice llegar informes detallados acerca de su situación a Philip cuando más lo necesitaba, cosa que también me dio la oportunidad de ayudar a Stanley y Marjie cuando se instalaron allí. Niles tiene mucha experiencia con la crianza de caballos y ayudó a Corbin cuando este se inició en el mundillo en Havenworth. El cuñado de Kes es abogado y está vinculado a Lincoln's Inn, por lo que pudo ayudar a Jason a iniciar sus estudios allí. Cuando el amor de toda la vida de Corbin se enfrentaba a un terrible peligro, lord Aldric empleó sus muchos contactos para desenmascarar al caballero que la atormentaba, empleando la alta posición social de su sobrino para dejarlo fuera de juego. Y todos nosotros nos hemos visto a menudo con Philip, Layton y Crispín cuando han asumido las riendas de sus respectivas propiedades.

—¿Estuvisteis detrás de todo eso?

—Vuestro padre os hubiera apoyado en todos vuestros proyectos, hubiera estado allí para compartir vuestras preocupaciones y ayudaros a tomar decisiones. Él hubiera librado vuestras batallas con vosotros. Poder hacerlo en su nombre ha sido un verdadero honor.

—Todos mis hermanos parecen haberos conocido, pero yo...

Le costaba asimilarlo: ¿Cómo podía ser que para él fueran unos completos desconocidos cuando el resto de la familia tenían tanto vínculo con ellos?

—Harold tampoco nos conoce tan bien como los demás. En cuanto a ti, deberíamos habernos presentado antes. Cuando nos dimos cuenta ya te habías convertido en un hombre adulto.

—¿Puedo preguntarte otra cosa? —Tenía mil dudas.

—Claro.

—¿A mi hermano Layton le pusieron el nombre por ti?

—Así es —confirmó—. Muchos de los «caballeros» eligieron el nombre de sus hijos en honor a otros. Siempre hemos sido como hermanos, una familia que va más allá de los lazos de sangre y de nacimiento. Haríamos lo que fuera por los demás.

—Ese es el legado de mi padre —dijo Charlie—. Me estoy dando cuenta de que sus hijos harían lo que fuera los unos por los otros. Crispín ya es uno de los nuestros, claro, y ahora Linus. Me parece que incluso el duque se uniría a nuestra causa si se lo pidiéramos.

El señor Layton señaló al resto de los «caballeros» que había en la habitación.

—Igual que apostaría a que lo harían el señor Windover y lord Techney.

Charlie no lo dudó ni un segundo.

—Imagina lo que hubiera pasado si hubieran estado todos aquí cuando hicimos esa visita poco amistosa a Finley.

—¿Finley? —Pareció reconocer el apellido—. ¿Por qué fuisteis a verlo?

—Porque estaba acosando a Catherine otra vez, y había tratado mal a Marjie. Y él... —Tragó saliva tratando de aliviar la rabia que le trepaba por la garganta—. Le hizo una propuesta insultante a Artemisa, insinuando que era la clase de mujer que la recibiría encantada.

El señor Layton apretó los dientes.

—Qué canalla.

—Le advertimos que no se dejara ver con frecuencia. Espero que obedezca.

—Lo hará. —Se tiró de los puños de la camisa—. Le escribí una carta cuando estaba acosando a la que se convertiría en tu cuñada, Clara, hace ya algunos años. Le advertí que mostrar ese comportamiento con las damas de la alta sociedad estaba llegando a oídos de sus maridos, padres y hermanos. Se fue a vivir al campo, pero veo que ha sido incapaz de enmendarse. Por lo visto, ha decidido seguir con el acoso aquí.

—¿Y crees que ahora dejará de hacerlo?

—Los «caballeros» descubrimos algo acerca de su familia hace varios años. Guardamos ese as en la manga por si era necesario.

El señor Layton se puso en pie con un repentino aire intimidante.

—¿Qué vas a hacer? —preguntó Charlie.

—Ese hombre ha estado molestando a las hijas de tu padre. Voy a destruirlo —aseguró, abandonando la estancia.

«Ha estado molestando a las hijas de tu padre».

Charlie llevaba mucho tiempo viviendo con la sensación de que su padre los había abandonado, que no había estado allí para él cuando lo había necesitado como había prometido. Pero sí que había estado.

Había estado allí mediante las discretas acciones de los «caballeros» en su nombre.

Había estado allí mediante aquellos que había acogido en su familia.

Había estado allí mediante el amor y el apoyo inquebrantable de su madre.

Y estaba allí, vivo en cada uno de los hermanos Jonquil.

Estaba allí.

Y siempre lo estaría.

Capítulo 35

Viendo a los hermanos Jonquil en compañía de sus hijos, sobrinas y sobrinos, Artemisa veía el innegable reflejo de su «papá» en cada uno de ellos. Lo añoraba y lamentaba su pérdida, convencida de que siempre sería así, pero le consolaba un poco la sensación de estar unida a él y de que él estaba presente en todo lo que la rodeaba.

Aquella era la última noche que todos los hermanos Jonquil y sus allegados pasarían en Lampton Park. La primera tanda del éxodo había comenzado un par de días antes con la partida de todos los «caballeros», a excepción del señor Layton. Se habían marchado justo cuando llegaron las hermanas de Artemisa. El que aún quedaba pensaba marcharse por la mañana junto a las familias de Stanley, Jason y Corbin. Los Lancaster también partirían por la mañana, cada uno a su respectiva casa, tras prometer que volverían a reunirse muy pronto.

Charlie y Artemisa no podían aplazar su marcha para siempre. Ella rezaba para que no le fallase la intuición y que Brier Hill no fuera ya ese lugar hostil de las primeras semanas de convivencia. Estaba sentada en el sofá del salón agarrada de la mano de su marido. Entre ellos había surgido una hermosa ternura en aquella casa rebosante de amor.

—Propongo que pasemos la última noche jugando a verdad o reto —propuso Philip, poniéndose en pie como si estuviera anunciando un decreto real.

Todos aceptaron enseguida la sugerencia. Artemisa se puso un poco nerviosa. Ya habían jugado a aquello en una ocasión y no había resultado una experiencia agradable para ella.

—Por favor, prométeme que irá bien —le susurró a Charlie.

—Confía en mí, querida.

Ya le había pedido lo mismo antes, cuando les habían planteado a Rose y a ella la oportunidad de hacer realidad un sueño que creían imposible. No había dudado de él entonces y tampoco quería dudar en ese momento.

Alguien consiguió un sombrero y escribieron los nombres de todos los participantes en trocitos de papel.

—¿Cuál es la prenda? —preguntó Sorrel.

—La misma que la otra vez —dijo Layton—, pero con un pequeño cambio. Todas las parejas a las que les toque jugar juntas siguen teniendo la opción del beso. Pero el resto, en lugar de decir algo bueno acerca de la persona con la que le ha tocado, tendrá que compartir algún recuerdo sobre cualquiera de los participantes.

Todos estuvieron de acuerdo.

El primero en salir fue el nombre de Layton y Harold fue el elegido para hacerle una pregunta o plantearle un reto.

—¿Cuál era tu juego preferido con papá?

—Él y yo disfrutábamos mucho jugando a bádminton. En una ocasión llegamos a darle doce veces seguidas al volante. Se emocionó mucho. Recuerdo que le iba diciendo a todo el que se encontrara por la casa: «¡Una docena! ¡Una docena entera!». Estaba más emocionado que yo.

Su madre se rio en silencio.

—A Lucas le encantaba jugar.

A Clara le tocó entonces hacerle una pregunta o proponer un reto a Harold. Con esa vocecita suya tan delicada le formuló una pregunta a su cuñado:

—¿Cuál era el caramelo preferido de tu padre?

—Él nunca salía de una tienda de caramelos sin...

—Caramelos de menta —respondieron los hermanos mayores y su madre al unísono.

«Caramelos de menta». Artemisa había elegido los caramelos de menta en dos ocasiones cuando había visitado con él la tienda de golosinas de Heathbrook. Era uno de sus recuerdos más preciados.

Le tocó el turno a la viuda, emparejada con *lady* Marion.

—¿De qué actividad disfrutaba especialmente su difunto marido que pueda sorprendernos?

—Harold no se va a sorprender —admitió—, pero a Lucas le encantaba escalar. Le gustaba mucho subir montañas y saberse en la cima del mundo. De joven, escaló por toda Europa. El entorno de Brier Hill nos encantaba a los dos. Pasamos muchas horas muy felices paseando por esos caminos y contemplando el valle que se extendía a nuestros pies.

¡Escalador! Artemisa jamás lo hubiera sospechado.

A continuación fue el turno de Arabella y Mariposa, y la esposa de su hermano Linus eligió responder la pregunta.

—El difunto conde tenía varios hijos, pero tú fuiste como una hija para él. ¿Qué sentía él por sus hijas?

Arabella respondió mirando a Artemisa.

—Aunque nosotras no estuviéramos con él de la misma forma que sus hijos varones, amaba a sus hijas: su pequeña, que murió poco después de nacer; yo, una especie de hija adoptiva que vivía muy cerca, y su pequeña «princesa», que estaba lejos pero jamás abandonaba su pensamiento. Nos quería mucho a todas.

Aquella era la primera vez que oía que Lucas y Julia habían perdido una hija.

—Nunca me trataba como si fuera menos importante para él que sus hijos, ni menos capaz e inteligente —continuó Arabella—. Siempre me involucraba en lo que hacía con sus hijos, en sus juegos caóticos y sus entretenimientos. Dudé si él me olvidaría cuando me marché. Pero jamás lo hizo. Él nunca se olvidó de ninguna de nosotras.

Artemisa se reclinó sobre Charlie. Él la rodeó por los hombros.

—Lo están haciendo por mí —susurró.

—Quieren que lo conozcas —repuso él—. Quieren que él sea algo más para ti que una colección de momentos difusos e incertidumbres.

Siguieron jugando. Los Jonquil compartieron recuerdos de su padre. Sus nueras desgranaron peculiaridades sobre el clan familiar, con frases muchas veces repetidas: «Hay que tener siempre la medicina para el dolor de cabeza después de pasar una tarde con todos a la vez», o «Cualquier miembro de la familia puede ser objeto de burla por parte de los demás, pero jamás se permitirán los insultos y el maltrato a nadie ajeno a los Jonquil».

Le llegó el turno a Adam, a quien tocaba aceptar una pregunta o un reto de Linus. El duque terrible se puso en pie y se unió a su cuñado en medio del círculo con semblante estoico y porte firme, como de costumbre. No vio nada en su expresión que diera a entender que estuviera disfrutando del juego y, sin embargo, Artemisa sospechaba que lo había aceptado de buen grado.

—Puedo hacerte una pregunta terriblemente personal o proponerte un reto muy bochornoso —le advirtió el antiguo lugarteniente.

Adam resopló con fuerza, casi rugió.

—Me decantaré entonces por la prenda: compartir un recuerdo que tenga que ver con alguna de las personas presentes.

Linus agachó la cabeza y volvió a su asiento. Adam miró a su alrededor.

—Prefiero no compartir los recuerdos que conservo del actual lord Lampton.

—Me duele escuchar eso, hermano Adam —replicó Philip.

—Ten cuidado —le advirtió Stanley—, no vaya a ser que te haga daño de verdad.

—Estoy decidido a cambiar la dinámica —empezó el duque—, y compartir un recuerdo sobre la viuda.

«¿Sobre madre?», se sorprendió Artemisa.

—Yo tenía solo ocho años. Acabábamos de enterrar a mi padre y mi madre, como siempre, estaba de viaje solo Dios sabía dónde.

Yo estaba prácticamente solo en el mundo cuando el anterior lord Lampton y su esposa me invitaron a Brier Hill a pasar con ellos unas semanas.

Se volvió hacia la viuda, aunque ella ya conocía aquella historia.

—Fue, sin ninguna duda, la mejor temporada que pasé después de perder a mi padre —prosiguió Adam—. En su casa me sentí querido y aceptado. Ellos reconstruyeron bajo mis pies los cimientos que se habían desmoronado con la pérdida. *Lady* Jonquil, como la llamaban entonces, fue como una madre para mí cuando más la necesitaba y continuó siéndolo mucho después de que todos los demás se hubieran lavado las manos respecto a las obligaciones que pudieran tener para con un niño que no era suyo. Y todavía no le he dicho, no he sabido hacerlo, lo importante que ha sido en mi vida. Me temo que he pagado sus atenciones hacia mí con una desconsideración inexcusable.

La mujer se levantó y, con una cariñosa expresión en el rostro, se acercó directamente a él, que la miraba con una mezcla de esperanza y desazón.

—Cuando mi padre murió, vosotros dos me salvasteis —dijo el duque, respirando hondo—. Cuando Lucas murió, yo debería haber venido volando sin dudarlo. Debería haber estado contigo.

Una lágrima resbaló por la mejilla de Perséfone.

—Te he fallado —añadió Adam—. Te fallé y él se habría sentido muy decepcionado conmigo, como debiste de sentirte tú.

—Oh, mi querido niño. —La viuda le tomó de las manos—. ¿Crees que no te conozco lo suficiente como para saber cómo lloras la muerte de un ser querido? ¿Que no sé que prefieres aislarte cuando estás dolido? Ya sabía que no vendrías. Y lo comprendí. Te eché de menos, pero lo entendí.

El duque y la madre de la familia tenían un vínculo de cariño que Artemisa no hubiera imaginado, incluso después de haber oído la historia que él mismo le había contado.

—Me convencí de que no te habías encariñado tanto conmigo, que nunca lo habías hecho. —Adam negó con la cabeza—. Y esa mentira alivió parte del dolor.

—Siempre tuviste un corazón tierno —dijo ella, esbozando una sonrisa maternal.

¿Un corazón tierno? Artemisa lo había intuido al verlo con su mujer y sus hijos, y lo había sentido fugazmente durante el paseo que habían dado juntos por el jardín. Pero oír que aquella mujer le atribuía el don de la ternura le resultaba sorprendente.

—Me sentía tan perdido... —reconoció el duque—. Me había resignado a vivir anclado en la tristeza. Sin Lucas yo... estaba perdido.

—Me preocupé mucho cuando me enteré de que habías aceptado un matrimonio por compromiso —dijo la viuda—. Temía que eso significara que habías decidido encerrarte en ti mismo para siempre. Pero entonces me invitaste a tu boda y supe que no lo hubieras hecho si no albergaras en tu corazón un atisbo de esperanza de que tu matrimonio pudiera funcionar.

—Te busqué. —Bajó la voz hasta adoptar un inusual tono apagado e inseguro—. Sabía que no podías asistir mientras estuvieras de luto. Pero cuando tampoco acudiste pasado ese tiempo empezó a preocuparme que mantuvieras las distancias porque... te abochornaba la idea de haber ayudado a criar a alguien de quien te avergonzabas.

Adam, el duque terrible, el hombre más temido del reino, estaba destapando su vulnerabilidad en una habitación llena de gente.

La antigua condesa le puso las manos en las mejillas y él no protestó. Solo Perséfone y sus hijos podían tocarle las cicatrices, no se lo permitía a nadie más. Su cuñada observaba la escena con los ojos abiertos como platos y la boca entreabierta. Nunca había visto a aquel Adam.

—Mi valiente Adam —dijo la viuda.

—Siempre me llamabas así —susurró él.

—Y tú solías llamarme «mamá Julia».

A Artemisa le pareció ver el brillo de una lágrima en los ojos del duque.

—Yo nunca me he avergonzado de ti y jamás podría hacerlo —aseguró la mujer—. Te he observado desde la distancia y he visto la influencia de mi Lucas en tu vida. A él también le hubiera preocupado verte aceptar un matrimonio concertado sabiendo lo infelices que fueron tus padres en el suyo y lo mucho que nos costó congeniar a nosotros. Pero tú seguiste su ejemplo y amaste y respetaste a tu esposa, esforzándote para construir una vida junto a ella que ha resultado ser feliz y llena de esperanza. Y esa es su influencia.

—Y la tuya —aseguró él.

La viuda se volvió y miró a Perséfone.

—Tú amaste a mi querido Adam cuando estaba solo. Tú viste la bondad que había en él mientras se esforzaba en ocultarla. Y por eso te querré durante el resto de mi vida.

Perséfone se enjugó una lágrima. Igual que muchos de los presentes. Artemisa tampoco fue inmune a la emoción del momento.

La antigua condesa volvió a mirar con dulzura a Adam.

—Hace más de treinta años te trajimos a casa porque te queríamos. Y éramos familia porque...

—Porque la familia se elige.

Su excelencia completó la frase que, sin duda, era un dicho habitual entre ellos.

—Esa lección, que aprendiste hace ya tantos años, ha creado la hermosa familia que tienes ahora. Tus cuñadas y tu cuñado son tu familia, pero no porque correspondiera, sino porque tú los elegiste. Y ahí es donde veo la influencia de Lucas en tu vida. —Le buscó las manos y las estrechó con ternura y firmeza—. A él se le rompió el corazón cuando no pudo salvar a su «princesa». Pero encontró la forma de llegar hasta ti, y los cimientos que mi esposo construyó hace treinta años la salvaron. Y a través de ti, mi querido Adam, también consiguió salvarla a ella. Tú la salvaste. Él estaría más que orgulloso de ti. Nunca lo dudes.

Al duque se le llenaron los ojos de lágrimas. Artemisa nunca había esperado ver algo así.

—A veces me parece una crueldad que él no haya estado aquí —dijo Adam—. Si hubiera seguido en nuestra vida estos últimos trece años habría sido... perfecto.

—Los milagros no son fruto de la perfección, Adam. A menudo pasamos por alto las razones por las que ocurren las cosas. Es posible que Lucas no fuera el responsable directo de los milagros que nos han traído hasta aquí, pero él asentó los cimientos. Él es el motivo de todo esto. —Hizo un gesto señalando a los presentes—. Y lo hizo amando, preocupándose y sirviéndonos cada día. Las pequeñas cosas cambian el curso de la vida más que las casualidades.

—Quisiera tener la oportunidad de darle las gracias por todo lo que significó para mí y todo lo que me enseñó —dijo el duque.

—Yo creo que él está con nosotros de más formas y más a menudo de lo que pensamos. —La mujer sonrió con delicadeza—. Y si hay algún modo de influir en nuestras vidas desde el cielo, no me cabe ninguna duda de que lo está haciendo.

—Seguro que se empeñaría en ello —admitió Adam con una sonrisa que transformó su habitual rictus serio.

La viuda le dio un beso maternal en la mejilla libre de cicatrices.

—Así es. Y estaría encantado de saber lo que has sido para esta familia —dijo señalando a los Lancaster— lo que él estuvo orgulloso de ser para ti: un hermano y un padre, una fuente de apoyo y amor.

Artemisa había chocado con su cuñado tan a menudo y de un modo tan frontal que no se había parado a pensar demasiado en el papel que él había tenido en su familia. Lo entendió al oír la sincera confesión del duque, La vida de los Lancaster en los últimos trece años había sido exactamente como la había descrito la antigua condesa. Adam se había convertido en su inesperada pero inquebrantable figura paterna. Y Perséfone era el pegamento que los mantenía unidos.

—Lamento haber mantenido las distancias durante tanto tiempo —se disculpó el duque.

—Yo sabía que volverías a mí cuando estuvieras preparado. Esperaba que fuera en la fiesta que dimos en casa, pero todavía no era el momento. —Le volvió a tomar la mano—. Lucas te dejó una carta con la parte final de su testamento que acabamos de levantar.

—Ah, ¿sí? —dijo entre emocionado y sorprendido.

—Tú fuiste el primer niño que tuvimos en casa, Adam. Claro que te dejó una carta. Yo tenía instrucciones de guardarla hasta que llegara el momento adecuado de dártela. Y lo haré antes de que te marches para que puedas leerla cuando estés preparado.

—Gracias, mamá Julia.

El duque pareció recordar de pronto que había más personas en la sala y recuperó la compostura. Apretando los dientes con una expresión insondable en el rostro, regresó con la viuda a las sillas.

Perséfone le agarró del brazo y la antigua condesa le dio unas palmaditas en la mano como lo hubiera hecho una madre. Qué sorpresa se llevarían los miembros de la alta sociedad si pudieran ver al infame duque de Kielder reconfortado por gestos tan íntimos. Artemisa también se hubiera asombrado hacía solo unos días. Todo había cambiado entre ellos desde que habían dado ese paseo juntos por el jardín. Probablemente él nunca iba a ser un hombre abiertamente cariñoso ni efusivo en público, pero había dejado ver una sutil ternura inaudita en él. Estaba empezando a entender por qué Perséfone lo consideraba un hombre tierno ante el estupor de los demás.

Stanley fue el siguiente participante, pero en lugar de aceptar una pregunta o un reto de Catherine, eligió compartir con todos un recuerdo sobre su hermano pequeño.

—Cuando Charlie nació, todos le llamábamos Charles, pues era su verdadero nombre. Pero yo jamás vi que papá le llamase de otro modo que no fuera Charlie. Jamás vaciló. Y con el tiempo los demás empezamos a llamarle del mismo modo.

Eso explicaba su rechazo a que ella lo llamase por su nombre de pila. Como muchas otras cosas, era por influencia de su padre.

A continuación les tocó el turno a Sorrel y Philip. Él pidió permiso para aceptar el reto y pagar la prenda. Sorrel negó con la cabeza ante las payasadas de su marido, pero aceptó.

Tras el beso, la duquesa propuso el reto:

—Debes entregar al nuevo miembro de la familia el regalo que hemos elegido para ella.

Philip inclinó la cabeza.

—Será un placer. —Se volvió hacia Artemisa y sacó del bolsillo un paquetito envuelto—. Nosotros —dijo señalando a los Jonquil— queremos que tengas esto.

Ella aceptó la cajita. El papel decorado a mano era precioso y el lazo con el que lo habían sujetado combinaba a la perfección. Casi daba pena abrirlo.

Con cuidado de no romper el papel, deshizo el lazo y retiró el envoltorio. Dentro había una miniatura un poco mayor que su mano. El retrato era de un caballero que se parecía un poco a Charlie y mucho a Philip, pero guardaba parecido con todos los hermanos Jonquil.

Ella lo reconoció enseguida.

—«Papá» —susurró.

—En ese retrato es más joven que cuando lo conociste —dijo Philip—, pero todos recordamos perfectamente esa expresión traviesa en sus ojos. Casi siempre tenía ese gesto. Queremos que conserves esta miniatura para que recuerdes su aspecto y lo feliz que era siempre.

Artemisa alternó la mirada entre el conde y Charlie.

—No sé si puedo aceptarlo. Debería quedarse en la familia.

—Tú eres de su familia —replicó la viuda—. Ya lo eras hace mucho tiempo, y todos estamos de acuerdo en que deberías quedártela tú.

—No puedo. De verdad, no puedo —respondió con la voz entrecortada de la emoción.

No fue uno de los Jonquil quien se acercó a ella, sino Perséfone. Su hermana se arrodilló delante de Artemisa y le tomó la mano que tenía libre.

—Yo he llegado a conocer a tu «papá» a través de Adam y de la familia Jonquil, y puedo asegurarte sin ninguna duda que él querría que te quedaras ese recuerdo. Querría que lo recordaras y tuvieras presente lo mucho que te quería.

—Pero yo no soy hija suya de verdad —dijo, admitiendo una verdad que le resultaba dolorosa.

—Tampoco eres hija mía, Artemisa, pero te he criado como si lo fueras. Te quiero más que a una hermana. Has estado a mi cuidado desde que naciste y te he amado más que a nada.

—Eres la mejor mamá que he tenido —respondió ella en voz baja.

Perséfone la abrazó.

—Recuerdo perfectamente el día que lo dijiste en el castillo de Falstone.

—Aquel día se me rompió el corazón —reconoció la hermana menor—. Me sentía muy sola.

—Ya no estás sola, mi pequeña Artemisa. Siempre tendrás a tu familia Lancaster y ahora también tienes a la familia Jonquil. —Se retiró un poco para poder mirarla a los ojos—. Y siempre lo tendrás a él. —Le cerró la mano en la que sostenía el retrato—. Quédate este recuerdo suyo. Guárdalos a él y el retrato cerca del corazón.

Artemisa clavó la vista en la miniatura y observó aquellos queridos ojos. Llevaba mucho tiempo esforzándose por recordar el aspecto de su «papá». Y después de haber contemplado durante tantas horas el cuadro que colgaba sobre la chimenea y en ese momento el pequeño retrato, le costaba entender que hubiera llegado a olvidarlo. Su rostro volvía a resultarle tremendamente familiar.

—Él me quería —susurró.

—Así es. —Perséfone se incorporó—. Y ahora también eres amada. No lo olvides.

Artemisa esbozó una sonrisa temblorosa.

—Lo intentaré.

Cuando la hermana mayor regresó a su asiento, retomaron el sombrero lleno de nombres. Sacaron el de Artemisa. Y a continuación salió el de Charlie.

Le confió su preciosa miniatura a Marjie, que estaba sentada a su lado, y se reunió con él en el centro del círculo delante de todos.

Se volvió hacia él asolada por los recuerdos de aquella misma situación hacía solo unos días. Él la había humillado, había afirmado que la idea de besarla era tan aborrecible que prefería hacer cualquier otra cosa. Pero desde entonces habían cambiado muchas cosas entre ellos. Estaba completamente convencida de que todo sería diferente esa noche. Le formularía una pregunta fácil de contestar y de cuya respuesta todos pudieran reírse. Y nadie se sentiría humillado ni rechazado.

Charlie la rodeó con el brazo.

—¿Qué debería elegir, Artie?

—¿Qué te gustaría elegir? —preguntó ella, mientras le tocaba con el dedo uno de los botones de la camisa.

—Podría ser interesante oír qué pregunta me harías. —La estrechó con un poco más de fuerza—. Y sé que disfrutaría mucho descubriendo el extraño reto que me plantearías.

—Soy muy creativa.

Le posó la palma de la mano en el pecho.

Charlie la rodeó con el otro brazo y la estrechó con tanta fuerza que ella percibía la calidez de su cuerpo a través de la ropa.

—También eres muy tentadora.

La voz de Charlie sonaba ronca y sus arrebatadores ojos azules parecían arder enfebrecidos, provocando las mismas llamas en el interior de Artemisa.

Se acercó a ella, que alzó la cabeza recortando la distancia entre las bocas.

—Elijo la prenda, Artie.

La besó. Y no fue un rápido beso en la mejilla o en la mano como ella pensaba que iba a hacer en el juego anterior. Sus cálidos y suaves labios se posaron sobre su boca con ardor y ternura.

Artemisa le pasó las manos por encima de los hombros y le rodeó el cuello. El corazón le latía acelerado ante la ardiente promesa de una vida llena de amor.

Y pegado a sus labios, Charlie susurró.

—Siempre elegiré la prenda.

Capítulo 36

Artemisa empujaba la silla de ruedas que habían diseñado los hermanos Jonquil y que Philip había encargado al herrero local. Entró en la pequeña sala de estar de la parte delantera de la casa. Le habían encomendado la tarea de convencer a Sorrel para que usara el artefacto y no pensaba fracasar en su empeño. Quería demasiado a esa familia como para decepcionar a nadie.

La condesa dejó de mirar por la ventana y clavó los ojos en ella mientras se aproximaba. Cuando vio la silla, apretó los labios. Después de vivir tantos años con Adam, Artemisa había aprendido que para enfrentarse a una persona obstinada, para convencerla de algo que rechazaba, lo mejor era cortar las objeciones de raíz.

—¿Te acuerdas de cuando estábamos en esta misma sala el día que los amigos de madre llegaron y te pregunté si te apetecía salir a dar un paseo conmigo? —Artemisa se sentó en la silla de ruedas convencida de que su diseño evitaría que acabara en el suelo—. Me dijiste que preferías quedarte con las demás. No me eché a llorar, cosa de la que todavía estoy muy orgullosa, pero el rechazo me resultó muy doloroso.

Sorrel mudó el gesto, que pasó de la confusión inicial al remordimiento.

Artemisa prosiguió con su discurso:

—Al final comprendí que quizá tuvieras otros motivos para renunciar a un agradable paseo conmigo por el jardín. Tal vez tuviera que ver con los condicionantes físicos y no con que te repugnara la idea de pasar un rato conmigo.

Artemisa conservaba una expresión neutra y la mirada clavada en el objeto del soliloquio, tal como había visto a hacer a Adam en tantas ocasiones. Como también había aprendido de su cuñado, no pensaba admitir respuesta alguna hasta que hubiera terminado.

—Pero entonces, mi querida cuñada, tu marido y el mío, con un poco de ayuda de sus hermanos y la experiencia de un herrero, diseñaron esta increíble silla, que te ayudará a superar los impedimentos que seguramente te llevaron a no aceptar mi invitación entonces. —Apoyó el codo en uno de los reposabrazos de la silla y la sien en la mano—. Sin embargo, no puedo evitar preguntarme cuál de las dos opciones es la correcta. ¿Rechazaste mi oferta porque no tenías los medios adecuados para dar ese paseo? ¿O rechazaste mi endeble solicitud de amistad porque me odias y preferirías que no formara parte de tu familia?

Sorrel esbozó una sonrisita maliciosa.

—Se te da bastante bien...

Artemisa encogió un hombro.

—Me crio el duque terrible. Un buen maestro.

—No me gustan las sillas de ruedas.

Artemisa se dio unos golpecitos en la barbilla con el dedo fingiendo devanarse los sesos.

—Me parece que yo no te he preguntado eso.

Sorrel suspiró y dijo:

—No necesito una silla de ruedas.

—Entonces me rechazaste porque me odias. —Agachó los hombros, fingiendo estar profundamente herida con todo el dramatismo que pudo—. Me lo temía desde el principio. ¡Oh, Dios mío! ¡Qué desgracia!

Se dio media vuelta sin levantarse de la silla de ruedas, que dirigió hacia la puerta.

—¿Puedes mover la silla tu sola? ¿No necesitas que la empuje nadie?

Siguió alejándose a paso de caracol.

—¿Y qué más da? Tú no la necesitas ni la quieres. Solo me odias y punto.

Escuchó el frufrú de la falda de Sorrel a su espalda y, a continuación, el sonido del bastón en el suelo. Su cuñada la detuvo antes de que llegase a la puerta, aunque Artemisa no tenía la menor intención de marcharse.

—¿Puede desplazarla el propio usuario? —preguntó. Miraba la silla con evidente interés.

—Tu marido insistió en que fuera así. Tu joven cuñado ha pasado muchas horas rumiando la forma de conseguirlo. Y lo han logrado.

—No puedo bajar o subir escaleras.

Le lanzó una ligera mirada de reproche.

—Los Jonquil son inteligentes, pero no hacen milagros.

Sorrel se apoyó con fuerza en el bastón mientras observaba con atención el artilugio que tenía delante. Artemisa se dio cuenta de que estaba a punto considerar, al menos, la posibilidad de que aquella silla fuera una bendición en lugar de un castigo. Solo necesitaba el empujón adecuado.

—Tu marido y tus hijos están en la terraza de atrás. —Se levantó de la silla—. Seguro que les encantará que vayas a verlos.

—Me sentiría... tonta, a falta de una palabra más precisa.

—Un hombre muy sabio me dijo una vez que nadie debería subestimar el valor de hacer un poco el tonto.

Sorrel la miró con recelo.

—¿Mi marido?

Negó con la cabeza.

—Su padre. E imagino que si él estuviera aquí, te abrazaría, porque él daba los mejores abrazos, y te diría que es perfectamente aceptable estar triste, llorar o tener miedo. Te diría: «Estoy orgulloso de ti y quiero que seas valiente». Y después te diría que te quiere. Y lo diría de corazón.

Por primera vez desde que había descubierto la verdadera identidad de su «papá», se dio cuenta de que hablar de él no le rompía el corazón en mil pedazos. Con el tiempo quizá disfrutara haciéndolo.

—Ojalá me hubiera encontrado igual que te encontró a ti —dijo Sorrel—. Necesitaba un padre como él.

—¿No te parece curioso que tantas de sus nueras procedan de hogares con dificultades?

La condesa suavizó la expresión y la miró con cierta ternura.

—Eso es porque educó a sus hijos para que fueran como él. Podemos acercarnos a esta familia con nuestra fragilidad y ellos no se asustan, no vacilan, simplemente aman. Y su madre los educó para que valorasen y respetaran a las mujeres de su vida, por eso nos tratan con tanta consideración y no nos hacen sentir inferiores.

—La verdad es que es bastante impresionante.

Artemisa no se había reparado en ello hasta hacía muy poco.

Sorrel respiró hondo y se irguió.

—Creo que será mejor que aprenda cómo funciona este cacharro.

—Confío plenamente en ti. —Le ofreció una breve explicación sobre el ingenioso artefacto—. Una silla con un solo eje sería inestable y con un segundo par de ruedas sobresaliendo de la parte delantera resultaría tan incómoda como una de Bath. Por lo que tengo entendido, lo que se les ocurrió fue colocar las ruedas en la parte de atrás.

Sorrel miraba la silla, pero todavía no se había sentado en ella. No tenía mucho aguante para estar de pie. Su cuñada esperaba que se decidiera rápido.

—Charlie hizo muchos cálculos y se acabó dando cuenta de que se podía poner una única rueda en la parte de atrás y casi debajo de la silla para evitar que se volcara para atrás.

Sorrel la miró con preocupación.

—¿Y si se vuelca para delante?

—Para eso son las patitas. —Artemisa golpeó con el pie los pedacitos de madera. No llegaban al suelo, pero evitarían que la silla se venciera completamente hacia delante—. Charlie dio un montón de explicaciones matemáticas que, en resumen, se traducen en que la silla se equilibra hacia atrás y que probablemente nunca haya que usar esas patitas, pero en cualquier caso bastarían para evitar la caída.

Sorrel respiró hondo mientras miraba el artilugio con más miedo que convencimiento. Sin embargo, parecía dispuesta a probar. Era una dama enfrentándose a un demonio que la había aterrorizado durante años.

—¿Y es muy difícil de mover?

—En absoluto. Tengo los brazos un poco cansados de practicar, pero estoy segura de que con el tiempo te acostumbrarás.

Sorrel asintió. De pronto, parecía decidida. Le dio el bastón a Artemisa y se sentó en la silla. La había rechazado, pero podría proporcionarle cierto grado de libertad. No tenía mucho estilo maniobrando, aunque demostraba empeño y perseverancia.

Enseguida alcanzaron las puertas francesas que daban acceso a la terraza. Artemisa se puso delante de la silla de Sorrel y abrió ambas hojas para que pudiera pasar con facilidad.

Al otro lado aguardaban Philip y Charlie, acompañados del pequeño Kendrick y Julia. Los cuatro se volvieron hacia las recién llegadas. El semblante sonriente de Philip estuvo a punto de arrancarle las lágrimas a Artemisa. Era la viva imagen del amor más sincero.

Miró a Charlie y advirtió que estaba tan contento como ella.

—Te estábamos esperando —le dijo el conde a su esposa.

—Pues aquí estoy —repuso ella.

Philip aupó a sus hijos y los sentó en el regazo de su madre. Después se inclinó hacia delante y le dio un fugaz beso juguetón.

—Me parece que ha llegado el momento de vivir una aventura.

—Me parece que ya era hora.

El conde se situó detrás de la silla. Miró a Artemisa. Articuló un «gracias» antes de agarrar la parte trasera de la silla de su mujer.

—Sujeta a los pequeños, general Sorrel. Vamos a comprobar qué velocidad puede alcanzar este vehículo.

Philip empujó la silla por la terraza hacia la bajada que había al final. Las risas de los niños se sumaron a las de su padre. Y al poco, Sorrel también se reía con ellos. La familia pronto alcanzó el camino de baldosas que había al otro lado y se dirigía hacia uno de los laterales de la casa.

—Nunca se debe subestimar el valor de hacer un poco el tonto —dijo Artemisa en voz baja. Los hijos de «papá» encarnaban el espíritu de aquellas palabras. Y ella los quería todavía más por eso.

—No sé cómo lo has conseguido, Artie, pero tengo la sensación de haber presenciado un milagro.

Charlie la rodeó con los brazos.

Ella se acurrucó contra él.

—No lo he hecho yo sola. Tu padre me ha ayudado.

—Me asombra lo mucho que sigue haciéndolo—admitió él—. Estos últimos años tenía la sensación de que nos había abandonado, pero me estoy empezando a dar cuenta de que está más presente de lo que creemos.

Capítulo 37

La despedida de Lampton Park había sido mucho más emotiva de lo que Artemisa había imaginado. La viuda la había abrazado con el mismo cariño e idéntica fuerza con la que lo hubiera hecho una verdadera madre. Sorrel había insistido en que volviera a visitarla pronto. Philip, que había relajado la intensidad de su papel de dandi presuntuoso, había celebrado sinceramente que la «princesa» de su padre hubiera vuelto a casa. Y ella había llorado al oírlo, sin poder evitarlo.

El viaje hasta Brier Hill les llevaría varios días, como a la ida. La primera noche pararon en la misma posada en la que habían cenado de camino a Lampton Park. La propietaria los reconoció y les dio la bienvenida, ofreciéndoles la posibilidad de subirles la cena a la habitación sin necesidad de que la pidieran.

Hablaron tanto de cosas importantes como de otras intrascendentes mientras disfrutaban de una copiosa comida. Se sentían mucho más relajados que en la anterior estancia en aquel dormitorio.

Cuando se llevaron la bandeja y encendieron las velas, Artemisa se sentó en el banco junto a Charlie y se apoyó cómodamente en él, que respondió rodeándola con el brazo. Era una postura que adoptaban con frecuencia, un gesto de cariño con el que se sentían muy cómodos.

—¿Crees que a «papá» le hubiera gustado saber que nos hemos encontrado? —Artemisa pensaba en ello a menudo.

—Creo que le hubiera encantado. —La estrechó con más fuerza y subió los pies desnudos a la otomana. Le gustaba mucho ir descalzo. Era una peculiaridad adorable, aunque no fuera especialmente elegante—. Linus me ha dado las cartas que le confió madre, las que no te sentiste preparada para leer cuando él intentó entregártelas. Creo que deberías leerlas, Artie.

Se acurrucó contra él.

—¿Quién las escribió?

Linus ya le había comunicado su teoría al respecto, pero ahora ya estaba preparada para saberlo con seguridad.

—Tu «papá».

Ya lo había imaginado.

—¿Y a quién?

—En el destinatario figura «Mi princesa». Madre nunca supo a quién debía dárselas, pero las guardó todo este tiempo por si acaso algún día llegaba a descubrir la identidad de la pequeña con la que se había encariñado tanto.

—Me escribía a mí —concluyó emocionada.

—Mi padre escribía muchas cartas. No nos ha sorprendido que nos dejara estas como última muestra de amor.

Recordaba perfectamente lo mucho que a Charlie le había costado aceptar ese último gesto del antiguo conde.

—¿Tú ya has leído la tuya, Charlie?

—No.

No parecía tan triste como el día que se había leído el testamento. Ella se incorporó.

—Leeré las cartas de «papá», si tú lees las que te escribió a ti.

Charlie la besó con delicadeza bajo la barbilla.

—Me haces mucho bien, Artemisa Jonquil.

—Nos hacemos bien el uno al otro.

Charlie agarró las cartas de Artemisa que llevaba en la bolsa de viaje mientras ella sacaba de la suya la carta y el libro destinados a él. Volvieron al banco y los intercambiaron.

Artemisa pasó los dedos por la tinta descolorida. «Mi princesa». Ella se había preguntado durante años si él la habría olvidado. Y aunque todavía lamentaba su pérdida, sintió cierto consuelo al saber que había pensado en ella.

Suspiró decidida, desató el lazo y rompió el sello de la primera carta.

Mi princesa:

Estoy muy preocupado por ti y no se me ocurre otra cosa que hacer que escribirte una carta que quizá nunca llegues a leer. ¿Se te curó la herida de la rodilla? ¿Tus hermanas te han vuelto a perder? ¿Tu padre ha empezado a prestarte la atención que necesitas?

Yo he pasado el día jugando con mis hijos y no dejaba de imaginarte con ellos. Tenemos una vecina, Arabella, que no es mucho mayor que tú. Sería una estupenda compañera de juegos para ti y podrías considerarla como una hermana más. Yo me encargaría de que siempre tuvieras todos los caramelos que quisieras, aunque mi querida esposa seguro que me regañaría.

No sé cómo indagar acerca de tu identidad sin provocar la alarma de tus familiares y vecinos. Y como desconozco tu nombre y tu dirección, no sé cómo ayudarte.

Cuando vuelva a pasar por Heathbrook, volveré a buscarte. Si el destino nos sonríe, volveré a verte allí y tú volverás a llamarme papá, y me tranquilizará mucho saber que mi princesa está bien.

Con todo mi amor,
tu papá.

Aquella debía de haberla escrito tras su primer encuentro. Había sido muy amable con ella y, como bien demostraban sus palabras, también la había querido desde el primer día. Alguien la tenía muy presente y se había preocupado por ella desde el principio.

Artemisa rompió el siguiente sello y no solo encontró otra carta, dentro había también un trocito de lazo verde azulado oscuro.

Mi princesa:

Te he vuelto a encontrar. Espero haberte demostrado la alegría que he sentido al volver a verte y cómo se me ha henchido el corazón al ver cómo flotaban tus rizos dorados mientras corrías a mi encuentro.

Me he sentido muy tentado de preguntarte tu nombre para poder encontrar tu casa, pero he tenido miedo de que tu familia se alarmara y no me dejara volver a verte. Ellos no me conocen y espero que sean lo suficientemente protectores contigo como para preocuparse, aunque en realidad no tengan motivos.

Hoy llevabas el mismo vestido que la última vez que te vi. Y aunque se te veía limpia y con la ropa bien remendada, enseguida me he dado cuenta de que estaba desgastada y descolorida, pues probablemente la llevara alguna hermana mayor antes que tú. Le pregunté a mi amigo Digby qué color de lazo podría destacar con un vestido rosa palo. Él me sugirió este tono de azul verdoso, y es un hombre digno de confianza en lo que a estos asuntos se refiere.

Si vivieras más cerca, te invitaría a ir de pícnic cerca del río con mis hijos y mi esposa. Me parece que tú y mi hijo pequeño, Charlie, sois de la misma edad. A veces se siente solo. Me encantaría poder presentaros, pues me da la impresión de que tú te sientes tan sola como él.

Sigo pensando y rezando por ti. Espero que alguien esté cuidando de ti y que te ayuden a sentirte a salvo.

Con todo mi amor,
tu papá

Dejó el lazo sobre el regazo mientras leía la siguiente carta.

Mi princesa:

Tras algunas pesquisas he descubierto que no vives en Heath-brook, sino en algún lugar cercano. Eso me dificulta todavía más la tarea de encontrarte.

Volví a verte la última vez que estuve allí. Me gustaría no vivir tan lejos. Mi amigo Digby ha accedido a buscarte siempre que pase por la zona. Le he asegurado que tus abundantes rizos dorados son inconfundibles. Espero que si alguna vez llegas a conocerlo te des cuenta enseguida de que puedes confiar en él.

Me he prometido que siempre llevaré caramelos de menta cuando pase por Heathbrook ahora que sé que te gustan tanto como a mí. A mi Charlie también le gustan. Estaría encantado de que os conocieseis.

Sigo pensando y rezando por ti.

Con todo mi amor,
tu papá

Tragó saliva tratando de aliviar el nudo en la garganta.

—Estás llorando —dijo Charlie, intentando consolarla estrechándola con el brazo.

Ella se llevó la última carta que le quedaba al corazón.

—Me siento muy agradecida de que me haya escrito estas cartas. Y te ha mencionado en más de una ocasión.

—Ah, ¿sí?

Asintió.

—Dice que le hubiera gustado presentarnos porque estaba seguro de que nos hubiéramos tomado cariño.

Charlie le besó la frente.

—No se equivocaba.

—¿Has leído la carta que te escribió? —le preguntó.

—Todavía no.

—Pues deberías. No es tan triste como temía.

Él seguía abrazándola con ternura.

—Termina las tuyas y después yo leeré la mía.
Artemisa se recostó en él y leyó en voz alta la última carta.

Mi princesa:

No soy dado a las premoniciones, pero sí un hombre con buena memoria. Recuerdo perfectamente las afecciones que asolaron a mi padre hacia el final de su vida y estoy empezando a detectar en mí los mismos padecimientos. Me temo que no volveré a verte.

Inspiró profundamente para intentar sobreponerse a las emociones y continuó leyendo:

Te escribo esta última carta, pues no soporto la idea de dejarte al margen del esfuerzo que estoy haciendo en ese sentido. A pesar de lo mucho que me he preocupado por ti, últimamente me he sentido mejor al respecto. Espero y deseo que Dios haya encontrado la forma de mandarte a alguien que te cuide y se ocupe de que no estés desatendida.

Si como temo no me queda mucho tiempo en este mundo, si Dios permite que los que ya no están puedan seguir influyendo en la vida de las personas que dejan atrás, haré todo cuanto esté en mi mano para que tu camino se cruce con el de mi familia. Me encantaría que los conocieras y que ellos te conocieran a ti. Nada me gustaría más que saber que mi princesa es un miembro más de mi familia.

Le he hablado de ti a Julia, mi esposa, y le he dicho cómo te llamo. Estoy convencido de que ella se acordará y en caso de que por fin ocurra el milagro que espero, ella te entregará mis cartas.

Debes saber que te quiero, querida princesa.

Para siempre.

Con todo mi amor,
tu papá

Artemisa se posó la carta en el regazo. Embargada por la tristeza de la pérdida revivida, cerró los ojos intentando asimilar la belleza de sus palabras.

Charlie la abrazó con más fuerza.

—Al final consiguió su milagro, ¿no? —susurró.

—Pues sí. Consiguió unirnos, aunque por el camino nos hayamos dado un buen golpetazo.

—Casi literalmente. Estoy empezando a sospechar que fue él quien nos hizo tropezar en el baile de Londres consiguiendo que me tiraras el ponche por encima —bromeó él.

—Quizá me equivoqué y no fuera un accidente a fin de cuentas.

—Me gusta verlo así.

Artemisa flexionó las rodillas y subió los pies al banco, abrió los ojos y dejó sus preciosas cartas en la mesita de noche antes de acurrucarse entre los brazos de Charlie.

—Te toca a ti leer la carta. Aunque deberás decidir tú si quieres hacerlo en voz alta o no.

—Cariño, si se ha molestado tanto en conseguir que nos encontremos, temo que si no te hago partícipe de la lectura de esta carta me arriesgo a recibir una buena represalia del cielo.

Ella lo rodeó con los brazos para ofrecerle todo el apoyo posible.

El joven Jonquil tomó la carta de su padre y rompió el sello. Artemisa creyó ver que le temblaban las manos.

Queridísimo Charlie:

Estoy intentando imaginarte de mayor sabiendo que ya serás todo un hombre cuando leas esta carta. En este momento tienes siete años, te encantan las travesuras y correteas por los jardines con la alegría y despreocupación propias de un niño pequeño. Hemos vivido juntos algunas aventuras maravillosas mientras tus hermanos estaban en la escuela. No contaba con un compañero de juegos tan aventurero desde que yo mismo correteaba por esta misma propiedad con el tío Stanley y tu madre.

Tus hermanos son lo bastante mayores como para conservar recuerdos sobre mí durante muchos años, pero me temo que a ti te quedarán muy pocos. He pasado muchas horas reflexionando sobre ello, tratando de encontrar una solución.

Y esto es lo que he decidido, Charlie:

En el diario que te han entregado, encontrarás una página tras otra de recuerdos, aspectos de mi carácter, cosas que me gustan, otras que no tanto, aventuras que he vivido. Hallarás recuerdos de cuando era niño y mis hermanos y los de tu madre seguían con vida. También podrás leer acerca de las aventuras que he vivido desde que me casé y a medida que fuisteis naciendo todos. También he incluido algunos de mis recuerdos preferidos sobre los momentos que he pasado contigo. Seguiré escribiendo en él incluso después de terminar esta carta. Espero poder volcarlo todo en sus páginas para que nunca llegue a ser un desconocido para ti.

Pero lo más importante es asegurarme de que sabes lo mucho que te quiero. Te quiero con todo mi corazón.

Me preocupa que llegues a dudarlo. Si alguna vez te ocurre y tienes dudas, relee estas palabras hasta convencerte.

Te quiero, Charlie.

Te quiero.

Esta familia te quiere y sus integrantes se quieren mucho entre ellos. Sé parte de ellos. Deja que ellos sean parte de ti. No tienes por qué estar solo, mi querido Charlie.

Sé bueno con tu madre. Asegúrate de que es feliz.

Sé feliz tú también.

Con todo mi amor,
papá

Charlie dejó la carta encima del libro al que su padre se había referido. Artemisa le ofreció el pañuelo que su «papá», el padre de

Charlie, le había dado quince años atrás. Él se limpió las lágrimas que le resbalaban por las mejillas. Estaba triste, sí, pero también parecía conmovido y aliviado.

—Deberíamos leer juntos el diario —propuso ella—. Poco a poco. A mí también me gustaría conocerlo mejor.

—Podemos turnarnos —sugirió él.

Ella asintió.

El lomo crujió un poco cuando Charlie lo abrió, prueba de lo mucho que había aguardado para ser leído.

—Crecí en Lampton Park —leyó en voz alta—, y mi mejor amigo Stanley creció en Farland Meadows. Solíamos vernos a orillas del Trent para planificar lo que a nosotros nos parecían grandes aventuras...

Artemisa se refugiaba entre los brazos de su esposo y escuchaba mientras él leía las historias sobre el increíble caballero que tanto los había amado a ambos. La vida le había le había deparado muchas decepciones y tristezas, pero no podía negar que también le había reservado algunos milagros.

Y tal como su «papá» había deseado, alguien había llegado a su vida poco después de que él desapareciera de ella, alguien que la había ayudado a ponerse en pie. Adam se había casado con Perséfone y, a partir de ese momento, había contado con un feroz protector, aunque no siempre lo había sabido valorar. La relación que su cuñado tenía con «papá» y su esposa la había llevado hasta la fiesta donde había conocido a Charlie. Y aunque ambos habían bromeado al respecto, ella no descartaba la posibilidad de que el destino hubiera intervenido para unirlos cuando su respectiva terquedad y orgullo los había separado.

«Nada me gustaría más que saber que mi princesa forma parte de mi familia».

Y ya era una más. Después de toda una vida buscando algo que le parecía inalcanzable, por fin lo había logrado.

Capítulo 38

egresé a esa tienda de París una y otra vez. —Artemisa leía el diario de «papá» apoyada en Charlie mientras el carruaje serpenteaba por los caminos en dirección a Brier Hill. Él estaba particularmente encantado con la situación—. No podía ignorar la creciente convicción de que aquel colgante sería perfecto para Julia a pesar de que en principio parecía un regalo demasiado serio para una niña pequeña. Ni que decir tiene que ella ya no era una niña pequeña, pero en mi mente todavía no lo había aceptado.

Charlie rodeó a Artemisa por la cintura y tiró de ella hacia sí. Su perfume, delicado y sutil, flotaba a su alrededor estimulando sus sentidos.

—Me parece que Kes se enfadó mucho conmigo —siguió leyendo Artemisa—. Él tiene una mente muy lógica y siempre actúa con sensatez. Y mi falta de decisión resultaba casi insoportable a mi amigo.

Parte del cuello de Artemisa asomaba por encima de su vestido de viaje y Charlie le dio un delicado beso en la piel.

—Charlie — le regañó ella entre risas.

—¿Mmm?

Él se sentó mejor para poder darle un pequeño beso en la mejilla, cerca de la oreja.

—No estás escuchando a tu padre —protestó, alzando el diario que intentaba leer.

Charlie puso la cinta aguamarina que habían estado usando como marcapáginas en el libro.

—Creo que mi padre lo entendería —afirmó, cerrando el libro.

Lo dejó en el asiento de enfrente y luego se volvió para abrazarla.

Ella fingió asombrarse.

—Pero, señor Jonquil, qué atrevido. Me parece que me voy a desmayar.

—De atrevido nada, querida. Llevo varios kilómetros pensando en esto.

—Ojalá tuviera un vaso de ponche. Va muy bien para sofocar el entusiasmo ajeno —repuso ella con ironía.

Charlie se rio a carcajadas. Había descubierto lo divertida que podía ser Artemisa. Lo más probable es que pasaran el resto de su vida riendo... y estaba impaciente.

Ella le puso las manos en las mejillas y le dio un delicado beso en los labios.

—Me encanta el sonido de tu risa, Charlie.

—Y a mí me encanta sentirte entre mis brazos. —Le tocó el mechón de pelo que reposaba sobre el hombro—. Y la suavidad de tu pelo. —Le acarició el cuello y le echó la cabeza para atrás para poder darle un beso justo debajo de la oreja—. Y el placer incomparable de besarte.

Ella suspiró y se apoyó en él. Charlie le dio un apasionado beso en los labios transmitiéndole con el gesto todo el amor que se apoderaba cada día más de su corazón. Ella le rodeó el cuello con los brazos mientras susurraba su nombre entre beso y beso, y él perdió la cabeza.

Se había sorprendido mucho la primera vez que pensó que lo que sentía por ella podía ser amor, pero ahora estaba convencido de ello.

El carruaje se detuvo. Él no se separó inmediatamente. Siguió abrazándola con la frente pegada a la de Artemisa.

—Me parece que hemos llegado a casa, Charlie —le dijo en voz baja.

Él sonrió.

—A casa.

Estaba convencido de que por fin lo sentiría así; a diferencia de cuando se habían marchado de allí.

El señor y la señora Giles aguardaban ante la puerta principal cuando bajaron del carruaje algunos minutos después. Les dieron una cariñosa bienvenida.

El señor Giles miró a Charlie.

—Ha llegado una caja muy pesada para usted, señor.

—Ah, ¿sí?

No esperaba nada.

Miró a Artemisa y se dio cuenta de trataba de ocultar una sonrisa.

—¿Qué has hecho? —le preguntó.

—Me has descubierto. He estado conspirando.

Se moría de curiosidad.

—¿Dónde está esa caja? —le preguntó al mayordomo.

—La llevaron a su biblioteca, señor Jonquil.

Charlie miró de reojo a Artemisa, pero su expresión no revelaba nada. La tomó de la mano, entraron juntos a la casa y subieron la escalera hacia la biblioteca.

Y allí estaba la caja esperándolo. Era más pequeña que un arcón de viaje. La observó desde todos los ángulos mientras Artemisa se sentaba en el sofá.

—Pensaba que sería más grande.

—Yo no.

Un año antes, el tono impostado de Artemisa le hubiera molestado. Pero tras conocerla mucho mejor disfrutaba de las dotes de actriz con las que animaba su día a día.

El señor Giles le había dejado una palanca al lado de la caja. En cuestión de segundos, Charlie consiguió levantar la tapa.

Miró a Artemisa.

—¿Libros?

—Y documentos —precisó ella—. Escribí a Newton y le preguntué qué necesitaría un joven académico obsesionado por las matemáticas en su biblioteca personal para alcanzar sus objetivos, en especial cuando ese intelectual iba a impartir muy pronto una conferencia en la Real Sociedad de Londres.

—¿Y te ha enviado esto?

—Él escribió a Toss, uno de los nombres más interesantes que he oído, y a alguien llamado Duke, no el duque o el duque de esto o aquello, simplemente Duke, y a alguien llamado Poppy, quien, por lo visto, es un caballero.

Charlie se rio.

—Son mis mejores amigos.

Ella parecía intrigada.

—Pues tus mejores amigos reunieron esta colección de libros, documentos y esas cosas. Me dijeron que esto sustituiría bastante bien lo que hubieras estudiado en Cambridge si te lo hubieses podido permitir.

La voz y la expresión de Artemisa denotaban sentimiento de culpa. Charlie se alejó de la caja a pesar de la gran curiosidad que sentía por su contenido y se acercó a ella para sentarse a su lado.

—Abandonaría Cambridge cien veces por la vida que estoy construyendo contigo.

—¿Prometes que no me lo tendrás en cuenta? —preguntó ella.

—No pienso tenértelo en cuenta, Artie, mi única intención es adorarte.

Capítulo 39

Artemisa miró el reloj que colgaba en la pared del despacho de Rose por décima vez en una hora. Llevaban dos semanas en Londres y su tienda de vestidos estaba a punto de abrir al público. Habían llegado a la conclusión de que la joven que había sido su doncella tenía un talento especial para los negocios y entendía demasiado sobre moda como para no estar presente en el establecimiento. Podría ayudar con las consultas y supervisar el trabajo.

Dada la nueva ocupación de Rose, en la que encajaba a la perfección, ella debía buscarse otra doncella, pero no era eso lo que la tenía tan preocupada.

—Mirar el reloj no hará que el tiempo pase más rápido —observó Rose levantando la vista de los documentos que tenía sobre el escritorio.

—Charlie estaba muy nervioso cuando se marchó para impartir su conferencia. Estoy deseando saber cómo ha ido.

—Te has casado con un hombre muy inteligente que se expresa de maravilla cuando habla de matemáticas. No me cabe ninguna duda de que habrá sido un éxito rotundo.

Le hubiera encantado que dejaran entrar a las mujeres en la Real Sociedad para poder asistir.

Al poco llegaron al despacho dos de las «cazadoras», Daria y Gillian. Llevaban varios meses sin verse y la temporada ya había terminado.

—Venimos en misión de rescate —anunció Daria.

—¿Rescate?

Artemisa las miró a las dos.

Daria asintió.

—Venimos a salvar a Rose de tu indudable inquietud.

—Sí, por favor —dijo la aludida desde su escritorio con un deje de ironía tras la aparente seriedad.

—Vayámonos a Falstone House ahora mismo —propuso Daria—. Aunque tu Charlie no haya regresado todavía, seguro que llegará muy pronto.

—¿Mi Charlie?

No se estaba quejando. Al contrario, le había gustado oírla referirse a él de esa forma.

—Por lo visto, esta vez, Artemisa no ha acabado con Acteón después de todo —dijo Gillian, reprimiéndose para no añadir un «te lo dije».

Artemisa levantó la cabeza.

—Estás confundiendo las historias del mito. Esta vez, Artemisa no ha acabado con Orión después de todo.

Daria alternaba la mirada entre sus dos amigas sin conseguir reprimir una sonrisa.

—Nos vemos por la mañana —le dijo Artemisa a Rose.

Su negocio ya estaba demostrando ser una apuesta acertada y exitosa. Los años venideros en Londres iban a ser muy emocionantes. Y ella contaría con la compañía de Charlie. Su Charlie.

Las hermanas O'Doyle acababan de llegar a Falstone House cuando Artemisa, Gillian y Daria bajaron de su coche de caballos de alquiler. Entraron juntas en la casa.

—¿Estás muy desesperada por no estar con Charlie? —preguntó Nia sin molestarse en fingir que le estaba tomando el pelo—. Si no te conociera pensaría que estás un poco enamorada.

—Si no te conociera, pensaría que no quieres que te invite a la fiesta que celebraré en mi casa este otoño —contraatacó ella, que celebró para sí el giro que le había dado a la conversación.

Artemisa y Charlie habían decidido que sería divertido reunir a todos sus amigos un poco más adelante. Con los ingresos de la tienda y, si todo había ido bien esa mañana, con las conferencias y los artículos que publicaría Charlie podrían permitírselo.

Las «cazadoras» estaban a la cabeza de su lista de invitados, incluyendo a Lissette, que llevaba algunos meses en Francia. Charlie también quería invitar a algunos de sus amigos de Cambridge: Newton y su esposa, el hermano de Sorrel, Fennel, y aquellos jóvenes de nombres tan raros, Duke y Toss, que ya estaba en Falstone House.

Brier Hill ya no volvería a ser un lugar solitario y silencioso.

Falstone House era un hervidero de gente, pues estaban allí las familias Jonquil y Lancaster. Sorrel también había ido con su silla de ruedas, que utilizaba con frecuencia. Llevaba un vestido que Artemisa y Rose habían diseñado para ella. La prenda se adaptaba perfectamente al soporte que le sujetaba la cadera y realzaba su figura con una falda lo bastante estrecha como para que la tela no se enredara en las ruedas de su silla. Estaba particularmente orgullosa del resultado de ese diseño.

Hestia aguardaba en el regazo de la viuda, que la adoraba. Los hijos de Adam —en realidad todos los hijos de los Lancaster— habían ganado una abuela. Y Artemisa había ganado una madre, tal como le había prometido Charlie.

—Tía Artemisa.

Se volvió al escuchar la voz de Oliver. El niño tenía un porte regio y seguro, era la viva imagen de su padre.

—¿Sí, cariño?

—¿Cuándo volverá el tío Chorlito?

—¿El tío Chorlito? —repitió Daria a punto de estallar en una carcajada.

—La señorita Caroline Jonquil le estuvo llamando así durante años. Oliver lo oyó y decidió continuar con la tradición.

El pequeño aguardaba la respuesta con paciencia. Era mejor no decepcionarlo. No era un niño dado a las pataletas o las malas contestaciones, pero tenía un corazón muy sensible y no quería disgustarlo.

—Volverá enseguida.

Descorrió las cortinas para enseñarle a Oliver por dónde aparecería el carruaje y descubrió que su marido ya se estaba apeando del vehículo enfrente de la casa.

Se alejó de la ventana y sorteó a la multitud allí reunida. Todos los Jonquil y los Lancaster habían acudido para apoyar a Charlie en aquel día en que ella esperaba que cosechara un éxito rotundo.

Todos bromearon al verla pasar disparada. Pero no le importaba. Quería ser la primera en recibirlo.

Llegó al vestíbulo justo cuando entraba en la casa junto a Adam y el señor Barrington. Se fijó en su marido. Rose, Wilson y ella habían elegido cuidadosamente un chaleco esmeralda y una levita que le iba como un guante. Wilson había dejado al margen al ayuda de cámara de Charlie, al que había contratado hacía muy poco, para hacerle el nudo del pañuelo él mismo. El resultado había sido impresionante, el aspecto idóneo para demostrar su valía ante sus iguales gracias al artículo en el que tanto había trabajado. ¿Regresaría victorioso?

—¿Cómo se ha recibido la conferencia?

Aguantó la respiración.

—Creo que bien.

Artemisa miró a Adam.

—Por favor, libera a mi marido de las cadenas de su modestia.

—La conferencia ha sido un éxito —afirmó el duque sin exagerar—. Al final no tendremos que renegar de él.

Adam se quitó el abrigo y se fue directo para la sala de estar, sin duda a la búsqueda de Perséfone. Antes, cuando pasó al lado de su cuñada, se inclinó un poco hacia ella y susurró:

—Ha estado brillante.

Un lacayo se encargó del abrigo del señor Barrington. Artemisa miró expectante al caballero, no porque dudara de la opinión de Adam, sino porque quería que Charlie oyera más comentarios positivos sobre sus capacidades. Merecía saber lo extraordinario que era.

—Todos los presentes se han quedado impresionados —aseguró—. Me parece que tendrá muchas ocasiones de comentar sus teorías siempre que venga a Londres.

Artemisa miró a Charlie.

—¿Te han aceptado como miembro?

Él asintió.

—Sin duda alguna soy lo mejor que le ha pasado a la Real Sociedad en mucho tiempo.

También él se había vuelto muy teatrero. Y a ella le encantaban sus bromas. Era muy divertido y siempre conseguía hacerla reír sin caer en la burla o el menosprecio.

—Ha venido toda la familia —le dijo.

—¿La familia de quién?

Le dio los documentos y el abrigo al lacayo.

—Nuestra familia —afirmó ella—. Todos. Además de Newton y Toss, todas las «cazadoras» excepto Lissette, los «caballeros» y aquellas de sus esposas que siguen con nosotros, tu madre, tus hermanos, sus familias, mis hermanos, sus familias.

—¿Todos? ¿A la vez?

Ella asintió.

—Como ya dijo tu padre en la última carta que os escribió, es «un maravilloso pedacito de caos». Y todos están deseando verte y saber cómo ha ido la conferencia.

—Dudo mucho que haya alguien aquí que sienta el menor interés por la geometría euclidiana.

Artemisa le tomó la mano.

—Pero sienten un gran interés por ti.

—¿Las «cazadoras» también? —preguntó dudoso entre risas.

—Te he nombrado mi Orión. Ahora te aceptarán porque eres uno de los nuestros.

Charlie la atrajo hacia sí sin dejar de sonreír:

—¿Artemisa no mataba a Orión?

—Todavía no.

Las carcajadas de Charlie resonaron en el vestíbulo en un eco alegre y cargado de esperanza. La pareja había compartido felicidad y risas durante aquellas últimas semanas tras la estancia en Lampton Park.

Cuando entraron en la sala, ella observó a sus hermanos. Atenea y Harry. Dafne y James. Linus y Arabella. Perséfone y Adam. Los primeros años no habían sido fáciles para ellos. En ocasiones su vida había sido completamente lúgubre. Pero allí estaban, reunidos con sus hijos, rodeados de amigos. Felices. Alegres. Esperanzados.

❊ ❊ ❊

Charlie entró en la sala de estar de Falstone House abrazado a su esposa, satisfecho y optimista. Las últimas semanas habían sido idílicas. Artemisa y él se habían instalado en Brier Hill y habían hecho suya la casa. Rose y ella no iban a tardar mucho en abrir su tienda. Y la conferencia de Charlie en la Real Sociedad había sido recibida con mucho más entusiasmo del que él se había atrevido siquiera a soñar.

La casa estaba llena hasta los topes y rebosaba de risas y cumplidos. Al contemplar aquella numerosa reunión con todos los miembros de las familias Jonquil y Lancaster, los «caballeros», las «cazadoras» y sus camaradas de Cambridge, a Charlie le costaba entender por qué se había sentido solo durante tanto tiempo.

—¡Tío Chorlito! —Conocía tan bien la voz de Oliver como la del resto de sus sobrinos y sobrinas de la familia Jonquil. El pequeño corrió hasta él y Charlie lo aupó y lo zarandeó en el aire antes de abrazarlo—. ¿Me has echado de menos, renacuajo?

—Me llamo Oliver, no renacuajo.

—Mis hermanos me llamaban renacuajo cuando yo tenía tu edad.

—Vamos a jugar a la gallinita ciega —propuso el niño—. Pero mamá dice que tenemos que jugar en el jardín. ¿Vienes?

—Claro. Pero primero tengo que darle un buen abrazo a mi mamá y darle las buenas tardes.

El pequeño asintió muy serio.

—Uno nunca debe olvidarse de su mamá.

—¿Eso te lo ha enseñado tu papá?

—Sí. Y él lo sabe todo.

Lo dejó en el suelo y le dio un empujoncito para que fuera con Perséfone.

—Ve a darle un abrazo a tu mamá. Seguro que le gusta.

Cuando su sobrino se alejó, hizo ademán de volver a tomar a Artemisa de la mano, pero se lo impidió la aparición de Caroline.

—¿Cómo ha ido tu charla sobre matemáticas? —le preguntó.

Se puso en cuclillas ante ella.

—¿Me creerías si te dijera que ha sido un desastre?

—No. —Cerró los puños y se puso en jarras—. La tía Artemisa dice que eres la persona más inteligente del mundo. Y el tío Flip dice que lo sabes todo sobre matemáticas, y no lo dijo con esa cara de tonto que pone siempre, o sea, que decía la verdad. Y la abuela dice que las matemáticas son... —Se lo pensó un momento—. Que no son para débiles. Creo que eso significa que si las comprendes es porque probablemente eres muy inteligente.

—Tu abuela es muy pero que muy lista.

—El señor Layton también lo dijo. Y añadió que soy más bonita que un san Luís. —Caroline se sonrojó—. Es muy simpático.

—Lo es —corroboró Artemisa.

Charlie volvió a ponerse en pie mientras su sobrina se daba media vuelta y regresaba con el resto de la familia.

Artemisa entrelazó el brazo con el suyo.

—Menuda reunión, ¿verdad?

—Un reencuentro multitudinario y caótico. Afortunadamente, se relacionan con facilidad. —Se le llenaba el corazón de alegría al verlos a todos juntos—. Hasta Adam está soportando a Philip, y eso que estoy seguro de que sigue llamándole «hermano Adam».

—Lo disfruta más de lo que da a entender.

Charlie la miró dubitativo.

—¿Lo disfruta?

—Quizá no disfrute con las bromas de Philip, pero le gusta tener una familia. Por muy solos que nos sintiéramos tú y yo de niños, nuestra sensación de abandono no fue nada comparada con la suya.

—Pues lo más probable es que no se vuelva a sentir solo nunca más.

Artemisa le dio un beso en la mejilla.

—A «papá» le hubiera encantado tenerlo aquí. Hubiera disfrutado teniéndonos a todos aquí.

—Ya lo creo. Todos sus hijos, incluyendo a los que adoptó. —La estrechó por los hombros—. Todos juntos.

—Y le hubiera gustado especialmente ver que madre está rodeada de personas que la quieren. —Le dio un pequeño empujoncito con el hombro—. Ve abrazarla y a darle las buenas tardes como le has dicho a Oliver.

—¿Estarás aquí cuando vuelva?

Charlie repetía esa pregunta cada vez que se separaban.

—Siempre estoy —le aseguró.

Él se acercó a su madre. Se abrió paso entre los «caballeros» y sus esposas y se sentó con ella, algo que añoraba mucho hacer en esos momentos en que ya no vivía con ella.

—¿Estás en el paraíso, madre?

Sabía que así era con solo mirarla.

—Crispín disfruta de una apacible vida familiar. Adam está aquí rodeado de los suyos. Arabella está con nosotros. La «princesa» de tu padre ha encontrado la forma de llegar a nosotros. Todos mis hijos son felices, se sienten amados y están juntos. —Suspiró complacida—. Hacía mucho tiempo que soñaba con un día como este.

Justo en ese momento Stanley los miró. Charlie le hizo señas para que se acercara. Acudieron a la llamada también el resto de hermanos, deseosos de aprovechar ese momento en que la madre no estaba rodeada por sus amigos.

Y en cuestión de segundos, la viuda tuvo cerca a todos sus hijos, que se sucedían en una ronda de besos y abrazos. Philip fue el último.

—Nuestra baliza en las tormentas de la vida —proclamó el conde—. De no ser por ti nos hubiéramos perdido.

Ella los atrajo hacia sí en un abrazo colectivo.

—Mis chicos. Los luceros de mi vida. No podría estar más orgullosa de los caballeros en los que os habéis convertido. Y os quiero más cada día que pasa.

Las nueras y Crispín se unieron al círculo. Adam y Perséfone se sumaron a continuación y después lo hicieron Linus y Arabella. La madre que casi había adoptado a Atenea y a Harry, además de a Dafne y a James, fue recibiéndolos a todos hasta concentrar a su alrededor a casi todos los presentes.

Charlie dio un abrazo a Artemisa, que lo recibió con una expresión de sincera satisfacción y absoluta felicidad.

«Esta familia te quiere y sus integrantes se quieren mucho entre ellos», había escrito su padre. Había sido el último consejo que dejó para el hijo pequeño que dejaba atrás. «Sé parte de ellos. Deja que sean parte de ti. No tienes por qué estar solo».

Y no lo estaba. Ningún miembro de esa familia transitaría por los caminos de la vida en soledad. Se tenían los unos a los otros. Contaban con el legado del apoyo incondicional de su padre. La ferviente devoción de su madre. Y la promesa de lealtad mutua.

Contaban con el firme e inquebrantable amor que mantiene unidas a las familias.

Para siempre.

Agradecimientos

Quiero expresar mi más sincero agradecimiento a mi madre Ginny, que hace ya varios años me inspiró para empezar esta serie de novelas y lo puso todo en marcha.

A Jolene Perry, Kaylee Baldwin, Ranee' Clark, Brittany Larsen y Evelyn Hornbarger, por esas reuniones vía Zoom de los viernes que me ayudaron a superar el año 2020.

A Annette Lyon, Luisa Perkins y Emily King, por los encuentros de los martes y por ayudarme a seguir por el buen camino.

A Pam Pho, por ser la mejor agente que pueda imaginar y darme confianza, seguridad y hacerme de guía para seguir adelante. Y a Bob Diforio, por creer en mí y quitarme el peso de las cargas que yo no he sabido llevar.

A Sallie Matthews, por su experta orientación empresarial y ahorrarme innumerables preocupaciones y problemas a lo largo de todos estos años.

A Sam Millburn y su equipo de Covenant, por acoger estas dos series y apostar por ellas, y por convertir esta ultima historia en la celebración que siempre imaginé.

A Paul, Jonhathan y Katherine, por su inquebrantable apoyo en esta apuesta; por soportar la vida en una casa llena de libros, esquemas, libretas y papeles; y por encargarse de todo cuando los plazos de entrega y las correcciones tiran de mí en mil direcciones distintas.

Descarga la guía de lectura gratuita
de este libro en:
https://librosdeseda.com/